ハヤカワ・ミステリ文庫

〈HM㊲-1〉

催眠

〔上〕

ラーシュ・ケプレル

ヘレンハルメ美穂訳

早川書房

6722

HYPNOTISÖREN
by
Lars Kepler

Translated by
Miho Hellen-Halme
First published 2010 in Japan by
HAYAKAWA PUBLISHING, INC.
This book is published in Japan by
arrangement with
BONNIER GROUP AGENCY, STOCKHOLM, SWEDEN
through THE ENGLISH AGENCY (JAPAN) LTD.

催眠
〔上〕

登場人物

エリック・マリア・バルク……精神科医
シモーヌ……………………………エリックの妻。画廊経営
ベンヤミン…………………………エリックとシモーヌの息子。フォン・ウィルブランド病患者
アイーダ……………………………ベンヤミンのガールフレンド
ニッケ………………………………アイーダの弟
ヨセフ・エーク……………………一家惨殺事件で生き残った少年
エヴェリン…………………………ヨセフの姉
シム・シュルマン…………………画家
ケネット・ストレング……………シモーヌの父親。元刑事
エヴァ・ブラウ
マレック
リディア
シャーロット
ユッシ
（以上）…………………………エリックの元患者
マヤ・スヴァルトリング…………医学生
ヨーナ・リンナ……………………スウェーデン国家警察の警部

火、まるで火みたいだ。それが、催眠にかかった少年が発した最初の言葉だった。少年は命にかかわる大怪我を負っていた。顔、脚、胴、背中、足の裏、首、後頭部を、数百ヵ所もナイフで傷つけられていた。が、少年の目を通して事件の経緯を知る必要があり、彼は深い催眠をかけられることになった。

「まばたきをしてみる」と少年はつぶやいた。「台所に入っていく。けど、どうもおかしい。椅子の並んでるあたりで、ぱちぱち音がして、真っ赤な火が床に広がってる」

現場となった連棟住宅で、死体にまぎれて倒れていた少年を発見した巡査は、当初、彼がすでに事切れているものと思っていた。少年は大量に失血し、ショック状態に陥っていた。七時間後になってようやく意識を回復した。

唯一の生存者であり、事件の目撃者でもあるこの少年が、犯人像を詳しく証言してくれる可能性は高い、とヨーナ・リンナ警部は考えた。犯人の目的が一家を皆殺しにすることであった以上、凶行に及んでいるあいだわざわざ顔を隠していたとは考えにくい。

とはいえ、これとは別の、ある特殊な事情がなかったとしたら、催眠に頼ろうなどという考えは起こらなかったことだろう。

ギリシア神話によれば、催眠《ヒプノシス》の語源となった神ヒュプノスは、ケシの実を手に持った有翼の青年であるという。その名は眠りを意味する。夜や闇の息子であり、死と双子の兄弟であるとされる。

催眠《ヒプノシス》という語を現在の意味で用いたのは、一八四三年、スコットランド人外科医ジェイムズ・ブレイドが最初である。彼は、睡眠に似ていながら、注意力や感受性が研ぎすまされている状態を指す言葉として、この語を用いた。

今日、ほぼすべての人が催眠にかかることができるという点については、科学的に疑問の余地がない。が、催眠の有用性、信頼性、危険性については、いまだ意見が分かれている。おそらく、世界中の詐欺師やショービジネス、諜報機関などに悪用されてきたせいだろう。

技術的な面から言うと、人に催眠をかけるのはさほど難しくない。難しいのはむしろ、催眠状態の進行をコントロールし、患者を誘導すること、結果を分析・処理することのほうだ。深い催眠状態へ人を導く術を使いこなすには、豊富な経験と天賦の才能が不可欠である。医学的知識を備えた真の催眠の専門家は、世界中を探しても数えるほどしかいない。

1

十二月八日未明

電話が鳴り、エリック・マリア・バルクはいきなり夢から引き離された。眠りから覚めきらず、自分が微笑みながらこう言っているのが聞こえる。

「風船とリボン」

急に目覚めたせいで心臓が高鳴っている。自分が発した言葉の意味がよくわからない。どんな夢を見ていたのか、もう覚えていなかった。

シモーヌを起こさないよう、そっと寝室を出ると、ドアを閉めてから応答する。

「はい、エリック・マリア・バルクですが」

電話の相手はヨーナ・リンナ警部と名乗り、これから重要な話をするが、目はじゅうぶん覚めているか、と尋ねてきた。エリックは耳を傾けたが、その思いはいまもなお、夢の消えたあとの闇でまどろんでいた。

「先生は急性トラウマの治療に長けていらっしゃるそうですね」ヨーナ・リンナが言った。

「ええ」エリックはごく簡潔に答えた。

耳を傾けながら、鎮痛剤を一錠飲む。リンナ警部は、ある事件の目撃者から話を聞かなければならない、と説明した。人がふたり殺された現場を、十五歳の少年が目撃したのだという。問題は、本人も重傷を負っているということだ。容態は不安定で、医学的なショック状態にあり、意識がない。昨晩遅く、カロリンスカ医科大学フディンゲ病院の神経外科から、同大学ソルナ病院の神経外科病棟へ移された。

「主治医は？」エリックが尋ねる。

「ダニエラ・リチャーズ先生です」

「ダニエラなら有能な医師だ。彼女の力でじゅうぶん対応できるはず……」

「リチャーズ先生に言われて電話したんです。あなたの助けが要るとおっしゃってます。なるべく早く来ていただいたほうが」

エリックは着替えを取りに寝室へ戻った。ロールカーテンのすきまから、街灯の光がひとすじの線となって差し込んでいる。シモーヌは仰向けに横たわり、奇妙にうつろな視線で彼を見つめている。

「起こすつもりはなかったんだが」エリックは静かに言った。

「電話、だれから？」

「警察だよ……警部と名乗る男性だった。名前はよく聞こえなかった」

「どんな用件？」

「病院に行ってくる。助けが要るそうなんだ。患者は若い男の子だ」

「いま、いったい何時なの？」

シモーヌは目覚まし時計を見やり、目を閉じた。そばかすだらけの彼女の肩に、シーツの皺の跡がついている。エリックはささやきかけた。

「寝てていいよ、シクサン」

それから服を持って玄関へ行き、天井灯をつけると、急いで着替えを済ませた。ふと、鋼の刃に似たなにかが背後できらりと光り、彼は振り返った。玄関扉の取っ手にスケート靴がぶら下がっている。息子が忘れないように掛けておいたのだろう。エリックは急いでいるにもかかわらずクローゼットに向かうと、スーツケースを引っぱり出し、エッジカバーを探し当てた。鋭いブレードにカバーをかぶせ、スケート靴を玄関マットの上に置いてから家を出た。

十二月八日火曜日午前三時、エリック・マリア・バルクは車の運転席に乗り込んだ。漆黒の空から、ひらひらと雪が舞い落ちる。風はまったくなく、閑散とした通りに牡丹雪が眠そうに身を横たえている。イグニッションキーを回すと、音楽がやわらかな波のごとく打ち寄せてきた。マイルス・デイヴィス、『カインド・オブ・ブルー』だ。

眠りに沈んだ街を走り抜ける。さほど長い道のりではない。ルントマーカル通りを出て、スヴェア通りを走り、ノールトゥルの交差点へ。降りしきる雪の向こうに、広々とした真っ暗な空き地があるように見える。ブルンスヴィーケン湖だ。ゆっくりと病院の敷地内へ車を進める。慢性的な人手不足のアストリッド・リンドグレーン小児科病院と、分娩棟とのあいだを通り、放射線治療病棟や精神科の脇を素通りして、神経外科病棟前のいつもの場所に駐車すると、車を降りた。街灯の光がビルの窓に反射している。訪問者用の駐車場は閑散としている。暗闇に包まれた木々のあちこちを、クロウタドリが動きまわり、翼がかさかさと音を立てている。この時間には高速道路を通る車の音も聞こえないのだな、とエリックは思った。

通行証を差し込み、六桁の暗証番号を入力してロビーに入ると、エレベーターで五階に上がり、廊下を進んだ。天井の蛍光灯の光が青いビニール床に反射しているのが、まるで溝に張った氷のようだ。さきほど急にアドレナリンが分泌されたことによる疲れが、いまごろになって襲ってきた。今夜の眠りはなんとも心地が良く、その幸福な余韻がまだほのかに残っている。手術室を通り過ぎ、高圧室へ入る大きな扉を素通りし、看護師とあいさつを交わしながら、警部から電話で聞いた話を頭の中で反芻する。体じゅうを切りつけられ、出血している少年。汗もかいている。そわそわと体を動かし、じっとしていることができない。ひどく喉が渇いているようだ。少年と話をしようとしたが、容態が急に悪化した。完全に意識がなくなり、心臓の鼓動が異常に速くなった。主治医であるダニエラ・リチャーズ医師は、警察関係者を患者に会わせるわけにはいかないとの判断を下している。賢明な判断だった。

区画N18に入る扉の前に、制服を着た警察官がふたり立っている。エリックは彼らに近づいていった。ふと、ふたりの顔に不安の色がよぎったような気がした。いや、疲れているだけかもしれない、とエリックは考え、彼らの前で立ち止まると、身分証を出した。警官たちは身分証をさっと確認し、ボタンを押した。うなるような音とともに扉が開いた。区画に入り、ダニエラ・リチャーズと握手を交わす。彼女の口元が張りつめている。体の動きに、抑え込まれたストレスが見てとれる。

「まずはコーヒーでも飲んで」

「そんな時間あるのかい？」

「肝臓からの出血は抑えてあるわ」

黒い上着にジーンズ姿の四十五歳ぐらいの男性がコーヒーマシンを叩いている。金髪はぼさぼさで、唇をきっと引き結び、真剣な表情をしている。ダニエラの夫のマグヌスだろうか、とエリックは考えた。彼女のオフィスに置いてある写真で見ただけで、会ったことは一度もない。

「旦那さん？」エリックは男性のほうを示しながら尋ねた。

「えっ？」

ダニエラは驚き、同時に愉快そうな表情をうかべた。

「マグヌスが付き添ってきたんじゃないのかい」

「ちがうわよ」ダニエラは笑い声をあげた。

「ほんとうに？　本人に聞いてみよう」エリックは冗談めかしてそう言うと、男性に向かって歩きはじめた。

ダニエラの携帯電話が鳴った。彼女は笑いながら電話を開いた。

「エリック、やめて」そう言ってから、電話を耳に当てて応答する。「はい、ダニエラですけど」

耳を傾ける。が、なにも聞こえない。

「もしもし？」

そのまましばらく待っていたが、やがて皮肉をこめてハワイ風に〝アロハ〟と言い捨て、電話を切ってエリックのあとに続いた。

エリックはすでに金髪の男性のもとにいた。コーヒーマシンがうなり、シューッと音を響かせている。

「どうぞ」男性がコーヒーの入ったカップをエリックに渡そうとした。

「いや、結構です」

男性はコーヒーをすすり、笑みをうかべた。頬に小さなえくぼができた。

「美味い」そう言ってから、ふたたびエリックにカップを渡そうとする。

「飲みたくないんです」

男性はエリックに視線を据えたまま、ふたたびコーヒーをすすった。

「電話をお借りしてもいいですか?」いきなり尋ねる。「もしよろしければ、ですが。自分の携帯を車に置いてきてしまったので」

「私の携帯を、ですか?」エリックの声がこわばった。

金髪の男性はうなずくと、研磨された花崗岩のような明るい灰色の目で見つめ返してきた。

「わたしの電話、また使ったら?」ダニエラが言う。

「ありがたい」

「どういたしまして」

金髪の男性は携帯電話を受け取ると、じっと見つめ、それからダニエラの目に視線を移した。

「かならず返します」

「かまいませんよ。もうあなたのものになったも同然だし」ダニエラが冷やかすように言った。

男性は笑い声をあげ、脇に退いた。

「旦那さんじゃないのかい」とエリックが言う。

ダニエラは笑いながらかぶりを振ったが、やがてひどく疲れた表情になった。目をこすったせいで、銀灰色のアイラインが頬まで伸びている。

「患者さんを診ようか？」

「ぜひお願い」ダニエラはうなずいた。

「せっかく来たのだし」エリックが早口で付け加える。

「エリック、あなたの意見を聞かせて。いまひとつ自信が持てないの」

彼女が音のしない重い扉を開けると、エリックはそのあとに続き、手術室に隣接した薄暗い病室へ足を踏み入れた。ほっそりとした少年がベッドに横たわっている。看護師がふたりがかりで傷の手当てをしている。体じゅうに――足の裏、胸、腹、首、頭、顔、手、とにかくあらゆるところに切り傷や刺し傷があり、その数は数百に及んでいた。

脈は弱いがきわめて速い。唇はアルミニウムのような灰色だ。汗をかいている。両目をきつく閉じている。鼻が折れているように見える。喉から胸にかけて、まるで暗い雲のように内出血が広がっている。

無数の傷があるとはいえ、少年は美しい顔をしている、とエリックは思った。

ダニエラはこれまでの容態の変化や数値の変動について小声で語っていたが、ドアをノックする音にふと黙り込んだ。あの金髪の男性だ。ドアのガラス窓の向こうで手を振っている。

エリックとダニエラは顔を見合わせ、病室を出た。金髪の男性はまたコーヒーマシンのそばに戻っていた。マシンがシューッと音を立てている。

「Lサイズのカプチーノです」彼はエリックに向かって言った。「飲んでおいたほうがいいですよ。あの子を発見した警官に会っていただく前に」

エリックはようやく、この金髪の男性が一時間弱前に自分を電話で起こした例のヨーナ・リンナ警部であることに気づいた。フィンランドふうの訛りがあるが、電話ではその訛りがほとんど聞こえなかった。あるいは眠気のせいで気づかなかっただけかもしれないが。

「あの子を発見した警官に？　なぜ会う必要があるんです？」

「会っていただければ、ぼくがどうして少年の話を聞きたがっているか……」

ヨーナははたと黙り込んだ。ダニエラの携帯電話が鳴ったのだ。上着のポケットから電話を引っぱり出すと、ダニエラが差し出した手を無視し、ディスプレイに視線を走らせる。

「ぼく宛てですね。もしもし……いや、ここに来てもらってくれ。ああ、だが、そんなことはどうでもいいんだ」

電話の向こうで同僚が異議を唱えるのを、ヨーナは笑みをうかべながら聞いている。

「いや、ひとつ思いついたことがあってね」

相手がなにやら叫んでいる。

「ぼくなりのやりかたでやらせてもらうよ」ヨーナは穏やかな声でそう言うと、電話を切った。

ダニエラに電話を返し、小声で礼を言ってから、真剣な声で切り出した。

「あの子から話を聞かなければなりません」

「申しわけないが」とエリックが答えた。「私もリチャーズ先生と同じ考えですよ」

「いつごろ話を聞けるでしょう？」

「ショック状態にあるかぎり無理です」

「そうおっしゃるだろうと思ってましたよ」ヨーナが小声で言った。

「まだ予断を許さない状況なんです」とダニエラが説明する。「胸膜が傷ついていますし、小腸や肝臓も……」

よごれた制服を着た警官が入ってきた。不安げな目をしている。ヨーナは手を振って合図すると、彼に近寄っていき、握手を交わした。ヨーナが静かな声でなにか言い、警官は口元に手をやりながら医師たちを見つめた。ヨーナは警官に、なんの問題もない、先生たちも事件の状況を知る必要がある、大いに役立つかもしれないのだ、と繰り返し言い聞かせている。

「ええと」と警官は口を切り、かすかに咳払いをした。「トゥンバの運動場のトイレで、清掃員が男性の死体を見つけたっていう知らせが、無線で入りました。ぼくたちは車でフディンゲ通りを走ってたので、ダール通りに入って湖のほうへ向かえばすぐに現場に到着できるところにいました。相棒のヤンネが現場を見に行って、ぼくは第一発見者の清掃員から話を聞くことにしました。ぼくもヤンネも、どうせ麻薬のやり過ぎかなにかだろうと思ってたんですが、そうじゃないらしいとすぐにわかりました。更衣室から出てきたヤンネは真っ青で、ぼくを中に入れたがらないんです。〝すごい量の血が……〟って三回言って、それから階段にへなへな座り込んで……」

警官はふと黙り込むと、椅子に腰を下ろして目の前を見つめた。口が半開きになっている。

「先を続けられるかい？」ヨーナが尋ねる。

「はい……救急車が来て、遺体の身元もわかって、ぼくが遺族に知らせに行くことになりました。人手が足りないので、ひとりで行きました。ショック状態のヤンネを行かせるわけにはいかないって上司も言うし、たしかにそのとおりだと思ったので」

エリックが時計を見やった。

「最後まで聞いていただく時間はありますよ」ヨーナが穏やかなフィンランド訛りでエリ

ックに告げた。

「被害者の男性は」警官は視線を落として続けた。「トゥンバ高校の教師で、丘のほうの新興住宅地に住んでました。だれも玄関に出てこないので、何度か呼び鈴を鳴らしました。それで、自分でもなぜそうしたのかよくわかりませんが、とにかく家の裏手にまわって、窓から懐中電灯で中を照らしてみたんです」

警官は黙り込んだ。口元が震えている。椅子のひじ掛けを爪でかりかりと掻きはじめた。

「話を続けてくれ」ヨーナが促す。

「続けなきゃいけませんか？　ぼくは……ぼくは……」

「きみは少年と、その母親と、五歳の少女を発見した。息があるのは少年だけだった」

「けど、ぼくは最初……てっきり……」

警官は口を閉ざした。顔から血の気が引いている。

「来てくれてありがとう、エルランド」とヨーナが言った。

警官はさっとうなずくと、立ち上がり、よごれた上着をぼんやりと手ではたいてからその場を去った。

「全員が切りつけられていました」とヨーナが続けた。「まったくの狂気の沙汰です。すさまじい暴力で、被害者たちは蹴られ、殴られ、刺され、五歳の少女は……遺体をまっぷたつに切断されていました。腰から下は、テレビの前のひじ掛け椅子に……」

彼は言葉を切り、エリックを見やってから、ふたたび話しはじめた。

「犯人はどうやら、一家の父親が運動場にいることを知っていたようです。運動場ではサッカーの試合が行なわれていました。父親は審判でした。犯人は彼がひとりきりになるのを待って、殺した。それから、遺体を切断した。きわめて残虐な手口です。それから彼の自宅に行って、家族を殺害した」

「その順序でまちがいないんですか？」エリックが尋ねる。

「ぼくはそのように理解しています」

エリックは口元に手をやった。自分の手が震えていることに気づいた。父親、母親、息子、娘――ゆっくりとそう考えてから、ヨーナ・リンナの視線を受け止めた。

「つまり、犯人は一家を皆殺しにしようとしたわけですね」か細い声で言う。

ヨーナがためらうようなしぐさを見せた。

「問題はまさにその点で……子どもがひとり足りないんです。二十三歳の長女です。行方がつかめていません。スンドビーベリでひとり暮らしをしているはずが、アパートにはおらず、ボーイフレンドの家にもいない。犯人が彼女を狙う可能性はじゅうぶんに考えられます。目撃者である少年の話をできるだけ早く聞きたいのはそのためです」

「これから病室に入って、もっと詳しく診察します」とエリックは言った。

「ありがたい」ヨーナがうなずく。

「しかし、患者の命を危険にさらすわけには……」

「それはわかっています。ただ、こちらが手がかりを得るのが遅くなればなるほど、長女を捜し出す時間を犯人に与えてしまうことになるんです」

「代わりに現場検証をなさっては？」ダニエラが言う。

「もちろん進行中ですよ」

「じゃあ、現場に行って作業を急がせたらどうですか？」

「現場検証で手がかりが得られるとは思えません」

「というと？」

「どちらの現場からも、数百人、いや、ことによっては千人ほどのDNAが、混ざりあった状態で見つかるでしょうからね」

エリックは患者のもとへ戻った。ベッドのそばに立ち、血の気のない傷だらけの顔を見つめる。息が浅い。唇が凍りついている。エリックが少年の名を口にすると、苦しげに張りつめたなにかが少年の顔にうかんだ。

「ヨセフ」エリックは低い声で繰り返した。「私の名は、エリック・マリア・バルク。医師だ。これからきみの診察をさせてもらう。私の言っていることがわかったら、うなずいてみてくれ」

少年は微動だにしなかった。浅い呼吸で腹が動いているだけだ。それでも、エリックは少年が自分の呼びかけを理解したと確信した。が、その後少年の意識レベルが下がり、接触は断たれた。


三十分後、エリックが病室を出ると、ダニエラとヨーナの視線が彼に向けられた。

「一命はとりとめそうでしょうか？」ヨーナが尋ねる。

「現時点ではなんとも言えませんが……」

「あの子が唯一の目撃者なんです」ヨーナがさえぎる。「何者かがあの子の父親、母親、妹を殺したうえ、いまこの瞬間も、お姉さんを狙っているかもしれないんですよ」

「それはわかってます」ダニエラが言った。「けれど、警察はここでわたしたちの邪魔なんかしてないで、お姉さんを捜すことに専念したほうがいいんじゃないですか？」

「もちろん捜していますよ。しかし、時間がないんです。やはりヨセフから話を聞かなければ。あの子はおそらく犯人の顔を見ています」

「事情聴取ができるまでには、まだ数週間ほどかかる可能性もあります」エリックが言う。

「家族が全員亡くなったと伝えて、さらにショックを与えるわけにはいかないでしょう」

「しかし、催眠をかければ」とヨーナが言った。

あたりがしんと静まり返った。エリックはここに来る途中で目にした、ブルンスヴィーケン湖に降りしきる雪に思いを馳せた。黒々とした湖の上を舞う雪が、木々のあいだから見えた。

「だめだ」彼はひとりごとのようにつぶやいた。

「催眠は効きませんか?」

「私にはできない」

「ぼくは人の顔を忘れない性質でしてね」ヨーナはにっこりと笑った。「あなたは有名な催眠療法士だ。あなたなら……」

「あれはぺてんだったんだ」

「そんなことはないでしょう。しかもこれは非常事態です」

ダニエラが頬を赤らめ、床に向かって笑みをうかべている。

「できません」とエリックが言う。

「主治医はわたしです」ダニエラが声をあげた。「主治医として、催眠を許可する気にはなれません」

「しかし、もし患者にとっての危険が少ないと判断できるとしたら、いかがです?」ヨーナが尋ねた。

ヨーナは初めから催眠が近道になり得ると考えていたにちがいない、とエリックは思った。いまここで思いついたわけではないのだ。ヨーナ・リンナがエリックを病院に呼んだのは、少年に催眠をかけるよう説得するためで、彼が急性のショックやトラウマ治療の専門家だからではなかったのだろう。

「もう二度と催眠はやらないと誓ったんです」エリックは言った。

「なるほど」とヨーナが言う。「催眠にかけてはあなたが第一人者だと聞いたんですが、しかたないですね。あなたの意思を尊重するしかありません」

「申しわけない」

エリックは窓越しに患者を見つめ、それからダニエラのほうを向いた。

「デスモプレシンは与えたかい？」

「いいえ、しばらく待つことにしたわ」

「どうして？」

「血栓塞栓性合併症の危険があるから」

「そういう説があることは知ってるが、正しくないと思うよ。ぼくは息子にいつもデスモプレシンを与えてる」

ヨーナが椅子からゆっくりと立ち上がった。

「ほかの催眠療法士を紹介していただけるとありがたいんですが」

「あの子が意識を回復するかどうかすらわからないんですよ」ダニエラが答える。

「しかし、それは……」

「意識がなければ、催眠にかかることもないわ」と彼女は続け、かすかに笑みをうかべてみせた。

「バルク先生が話しかけたとき、あの子は耳を傾けてました」

「そうは思えないわ」ダニエラがつぶやく。

「いや、たしかに聞こえていたようだよ」エリックが口をはさんだ。

「あの子の姉さんの命を救えるかもしれないんですよ」ヨーナが畳みかける。

「ぼくは帰るよ」エリックが低い声で言った。「デスモプレシンを与えなさい。高圧室を使うのも手だ」

彼は部屋を出ると、廊下を歩きながら白衣を脱ぎ、エレベーターに乗った。ロビーでは数人が行き来していた。扉の鍵が開かれ、空が少し明るくなっている。駐車場から車を出すやいなや、エリックは助手席の前の小物入れに手を伸ばし、小さな木箱を取り出した。道路に視線を据えたまま、極彩色の鸚鵡と先住民の絵が描かれたふたを器用に開け、錠剤を三錠つまみ、さっと飲み込む。ベンヤミンを起こして注射を打ってやる時間が来るまで、数時間ほど眠らなければならない。

2

十二月八日（火）朝

ヨーナ・リンナ警部は、いつも朝食を買っているベリィ通りの小さな店〈イル・カッフェ〉で、パルメザンチーズとブレザーオラ、サンドライトマトをはさんだ大きなサンドイッチを注文した。早朝で、カフェは開店したばかりだ。ヨーナの注文を受けた若い女性店員は、まだパンを袋から出している最中だった。

昨晩遅く、トゥンバの現場検証を行ない、カロリンスカ医科大学ソルナ病院に収容された生存者のもとを訪れ、夜中にダニエラ・リチャーズ医師やエリック・マリア・バルク医師と話をしたあと、ヨーナはフレードヘル地区にある自宅アパートに戻り、三時間眠った。

朝食が出来上がるのを待ちつつ、曇った窓越しに地方裁判所を眺め、広大な警察本部と地方裁判所とを隔てる公園の下の地下道に思いを馳せた。クレジットカードを返された彼は、ガラス張りのカウンターに置いてあるやたらと大きなペンを借り、レシートにサインをしてから、カフェをあとにした。

雨混じりの雪が勢いよく降りしきる中、ヨーナはベリィ通りを急ぎ足で進んでいった。片方の手には温かいサンドイッチの包みを、もう片方の手にはフロアボール（ホッケーに似た室内競技）のスティックの入ったスポーツバッグを持っている。

今晩の相手は追跡捜索班だ——残念ながら、とヨーナは考えた。連中の予告どおり、こてんぱんにやられるだろう。

国家警察フロアボールチームはこれまでのところ、地区警察、交通警察、海上警察、国家警察特殊部隊、ストックホルム県警特殊部隊、公安警察の各チームに負けている。もっともこれは、試合のあと憂さ晴らしと称してパブに集まる格好の口実となっていた。

これまでに勝った相手といったら、科学捜査班の連中だけだもんな、とヨーナは考えた。

この日の夜、ヨーナは結局フロアボールの試合には出られず、パブに行くこともないのだが、いまの彼にはそのことを知る由もなく、彼は警察本部の大きな入口を素通りし、建物の南側を歩いていった。地方裁判所の審理室を示す看板に、ハーケンクロイツが落書きされている。ヨーナは緩やかな坂を大股で上り、クローノベリ拘置所の出入口にさしかかった。車が中に入っていき、大きな鉄の門扉が音もなく閉まるのが見えた。守衛室の大きなガラス窓に、雪の粒が当たっては融けている。屋内プールの脇を通り過ぎると、芝生を斜めに横切り、巨大な警察本部の西側にたどり着いた。外壁がまるで磨き上げられて水中に沈められた色の濃い銅のようだ、とヨーナは思った。勾留請求用の審理室の外に細長い駐輪場があるが、自転車は一台も見当たらない。二本ある旗竿に、濡れた旗が垂れ下がってまとわりついている。ヨーナは金属製の低い円柱のあいだを小走りで抜けると、曇りガラスの高い屋根の下に入り、靴についた雪を落としてから、警察庁の入口の扉を抜けた。スウェーデンの警察は法務省の管轄下にあるが、法務省には個々のケースで法律をどう適用するかを決める権限がない。警察業務を担う中央行政機関が警察庁だ。国家警察、公安警察、警察大学、国立科学捜査研究所が警察庁に属している。

国家警察は、スウェーデン唯一の中央警察組織として、全国的または国際的な重大犯罪の捜査を担当している。この国家警察に、ヨーナ・リンナは九年前から警部として勤務している。

いつもの廊下を進み、掲示板のそばで帽子を脱ぐと、ヨガ教室案内、キャンピングカー売ります、警察官組合からのお知らせ、射撃クラブの集合時間変更、などの貼り紙に視線を走らせた。

金曜日に水拭きしたはずの床は、すでにすっかり汚くなっている。ベニー・ルビーンのオフィスの扉が半開きになっている。白髪混じりの口ひげをたくわえ、日焼けしすぎた皺だらけの肌をした六十歳のベニーは、かつて何年かはオロフ・パルメ首相暗殺事件の捜査グループに所属していたこともあるが、現在は通信センター関連の仕事に携わり、新たな無線通信システム〝RAKEL〟への移行作業を進めている。彼は煙草を耳の後ろにはさんでコンピュータに向かい、恐ろしいほどの遅さでキーボードを叩いていた。

「そこにいるのはわかってるぞ、おれは後ろに目がついてるんだ」ベニーが急に声をあげた。

「だからそんなに入力するのが下手なんですね」ヨーナがからかった。

ベニーが見つけてきた最新の品がスカンジナビア航空の広告ポスターであることに、ヨーナは目をとめた。適度に異国情緒の漂う風貌をした若い女性が、極小のビキニを身にまとい、フルーツドリンクをストローで飲んでいる写真だ。グラビアモデルのカレンダーを飾ることが禁止されたとき、ベニーは大いに憤慨した。そのまま仕事を辞めてしまうのではないかと思われたほどだった。が、彼は辞職せず、その代わり現在に至るまで何年も、無言の抵抗をかたくなに続けていた。新しい月を迎えるたびに、ベニーは壁の装飾を一新する。航空会社の広告、脚を大きく広げたフィギュアスケート選手の写真、ヨガの教本の写真、H&Mの下着の広告――こうしたものまで禁止とは言われていない、というわけだ。

とりわけヨーナの記憶に残っているのは、ぴったりとしたショートパンツをはいた短距離走者ゲイル・ディバースのポスターと、ふんわりとしたズロースをはき、脚を広げて座っている赤毛の女性を描いた、エゴン・シーレの大胆なリトグラフだった。

ヨーナは自分の助手を務めるアーニャ・ラーションにあいさつをしようと立ち止まった

が、口を半開きにしてコンピュータに向かっている丸顔のアーニャが、すっかり仕事に没頭しているようすなので、邪魔をするのはやめることにした。自分のオフィスへ向かい、濡れたコートをドアの内側に掛けると、窓辺に飾っている星形のランプをつけ、届いている書類にざっと目を通す——職場環境に関する文書、省エネ電球使用の提案、検察庁からの問い合わせ、スカンセン（ストックホルムにある野外民俗博物館。レストランなどが併設されている）で行なわれる警察のクリスマスパーティーへの招待状。

ヨーナはオフィスを出て会議室に入り、いつもの席に腰を下ろすと、サンドイッチの包みを開いて食べはじめた。

部屋の長辺となる壁には大きなホワイトボードが設けられ、こう書かれている——服装、身体防護具、武器、催涙ガス、通信機器、車両、その他の技術的装備、通信経路、呼び出し符号、受信態勢、無線封止、コード、通信テスト。

ペッテル・ネースルンドが廊下で立ち止まった。会議室に背中を向けてドア枠にもたれかかり、満足げな笑い声をあげている。ペッテルは筋骨隆々とした禿げ頭の男で、歳の頃は三十五歳ほど。主任警部で、ヨーナの直属の上司ということになる。何年も前からマグダレーナ・ロナンデルを口説きにかかっていて、彼女が気まずそうな目つきをしていることにも、つねに話題を仕事に戻そうと苦心していることにも、まったく気づいていない。マグダレーナは四年前から追跡捜索班で警部補を務めている。三十歳を迎える前に法学の学位を取るのが目標だ。

ペッテルは声をひそめ、どんな拳銃が好みか、ライフリングの摩耗で銃身を交換する頻度はどのくらいか、とマグダレーナに尋ねた。彼女はペッテルの下品なほのめかしに気づかないふりをし、自分はきちんと発砲数を記録しておくことにしている、と答えた。

「だが、きみは大口径が好みだろう?」

「いえ、べつに。わたしが使ってるのはグロック17です。軍の九ミリ弾がかなり使えますから」

「チェコ製のは使わないのかい……」

「使いますけど……やっぱりm39Bがいちばんです」

ふたりは会議室に入ると、それぞれの席につき、ヨーナにあいさつをした。

「それに、グロックは照星のそばにガス抜き装置、コンペンセイターがついてるのもあるでしょう」マグダレーナが続けた。「反動がぐんと減るから、すばやく次の弾を撃てるわ」

「ムーミンはどう思う?」ペッテルが尋ねる。

ヨーナは柔和な笑みをうかべた。明るい灰色の瞳が氷のように澄みわたった。彼は歌うようなフィンランド訛りで答えた。

「反動の件はどうでもいいことです。大事なことはほかにある」

「撃てなくてもいいと言いたいのかい」ペッテルがにやりと笑う。

「ヨーナは射撃の名手ですよ」マグダレーナが口をはさんだ。

「まったく、なんでも上手なんだからなあ」ペッテルがため息をついた。

マグダレーナはペッテルを無視してヨーナのほうを向いた。

「コンペンセイター付きグロックのいちばんの利点は、暗闇の中で銃口から上がる硝煙が見えないことですよね」

「そのとおり」ヨーナが小声で答えた。

マグダレーナは嬉しそうな表情になり、黒革のファイルを開いて書類をめくりはじめた。

ベニーが入ってきて腰を下ろし、到着している面々を見渡すと、平手でテーブルを強く叩いた。マグダレーナ・ロナンデルが苛立った視線を向けると、ベニーはにっこりと笑みをうかべた。

「トゥンバの事件を引き受けましたよ」ヨーナが言った。

「どんな事件？」ペッテルが尋ねる。

「一家全員が刺し殺された」

「その事件なら、われわれの管轄じゃないだろう」

「シリアルキラーかもしれない、あるいは少なくとも……」

「いいかげんにしろよ」ベニーが口をはさみ、ヨーナの目を見つめると、ふたたびテーブルを平手で叩いた。

「ギャングのしわざだよ」ペッテルが言う。「賭け事で借金がふくらんで……被害者の男、ソルヴァラ競馬場では有名だったっていうじゃないか」

「ギャンブル中毒だな」ベニーが口を添えた。

「地元のあやしい連中から金を借りちまって、その借りをこうして返すことになった、というわけだ」ペッテルが締めくくった。

沈黙が訪れた。ヨーナは水をひと口飲み、サンドイッチのパンくずをいくつか集めて口に運ぶと、小声で言った。

「この事件はどこかにおう。勘でわかるんですよ」

「じゃあ、異動を願い出るんだな」ペッテルがにやりと笑った。「国家警察には関係ないよ」

「いや、関係あると思います」

「どうしても担当したいのなら、トゥンバの地区警察に移るんだね」

「調べてみるつもりです」ヨーナは言い張った。

「そういうことを決めるのはおれの役目だぞ」

イングヴェ・スヴェンソンが入ってきて腰を下ろした。ジェルで髪をオールバックに固め、赤毛の無精ひげを生やしている。両目の下に隈ができている。あいかわらず、皺だらけの黒い背広を着ている。

「おお、イングヴェ」ベニーが満足そうに言う。

イングヴェ・スヴェンソンはスウェーデンでも五指に入る組織犯罪の専門家で、分析班を率い、外国の警察との連携を担当する国際警察連携部門に属している。

「イングヴェ、トゥンバの事件についてどう思う?」ペッテルが尋ねる。「もうチェック済みだろう?」

「ええ、どうやら地元ギャングのしわざのようですね」とイングヴェは答えた。「借金取りが被害者宅を訪れた。父親は帰宅しているはずの時間だったが、昨日はたまたまサッカーの試合の審判を頼まれて出かけていた。借金取りはおそらくスピードとロヒプノールを両方やっていて、イライラしてキレやすくなっていた。なにかのきっかけでカッとなって、タクティカルナイフを出して家族を脅し、父親の行方を聞き出そうとした。家族は素直に従ったが、犯人はもうおさまりがつかなくなっていて、家族全員を手にかけてから、運動場へ向かった。そんなところでしょう」

ペッテルは嘲るような笑みをうかべている。ごくごくと水を飲み、手で口を覆ってげっぷをしてから、ヨーナに向かって尋ねた。

「さあ、いまの説明でどうだ?」

「悪くない推理ですが、まったくの見当違いですね」

「どこが見当違いだって？」イングヴェは喧嘩腰だ。

「犯人は先に運動場で父親を殺した」ヨーナは穏やかに答えた。「それから彼の自宅に行って、家族を殺した」

「そうだとしたら、借金取りのしわざとは考えにくいですね」マグダレーナ・ロナンデルが言う。

「検死の結果しだいだな」イングヴェがつぶやく。

「ぼくが正しかったと証明されますよ」

「ふん」イングヴェはため息をつくと、唇と歯茎のあいだに嚙みタバコをふたつ突っ込んだ。

「ヨーナ、とにかく、この事件を担当させるつもりはないからな」ペッテルが言う。

「わかりました」ヨーナはため息をついて席を立った。

「どこに行くんだ——会議中だぞ」

「カルロスと直談判します」

「この件について？　やめておけ」

「話してきます」ヨーナはそう答えて会議室を出た。

「待ちなさい」ペッテルが叫ぶ。「さもないと……」

だがペッテルの脅しはヨーナの耳に届かず、彼は穏やかにドアを閉め、廊下を歩き出した。アーニャに声をかけると、彼女はコンピュータ画面の向こうから怪訝な顔でヨーナを見た。

「会議中じゃないんですか？」

「そうだよ」ヨーナはそう答え、エレベーターに向かった。

五階に警察庁の会議室と事務局があり、国家警察を率いるカルロス・エリアソン長官もここにオフィスを構えている。ドアが半開きになっている。開いているというよりも閉まりかけているという印象を与えるのはあいかわらずだ。

「やあやあ、入りたまえ」

ヨーナがオフィスに足を踏み入れると、カルロスの顔に、心配と喜びがちょうど半分ずつ混ざった表情がよぎった。

「ちょっと待ってくれ、この子たちにエサをやるから」カルロスはそう言い、水槽の角をコツンと叩いてみせた。

水面近くへ上がってきた魚たちを眺めて笑みをうかべ、エサを撒く。

「ほら、こっちにあるよ」

彼はニキータと名付けているいちばん小さな熱帯魚に向かってささやき、エサのある方向を示してやった。それからヨーナのほうを振り返り、愛想良く話しかけた。

「殺人捜査特別班が、ダーラナ地方の事件をきみに見てもらえないかと言ってきたぞ」

「ぼくが見なくたってなんとかなるでしょう」

「いや、いまひとつ自信がないようで――トミー・クフードがここに来て、ぜひきみにと……」

「いずれにせよ、ぼくは忙しいので」

ヨーナはカルロスの向かいに腰を下ろした。革と木の心地良いにおいがする。水槽越しに太陽の光が差し込み、部屋の中で戯れている。

「トゥンバの事件を担当させてください」ヨーナは単刀直入に言った。

皺の目立つカルロスの温和な顔で、一瞬、心配げな表情のほうが優勢になった。

「ついいましがた、ペッテル・ネースルンドから電話がかかってきたよ。彼の言うとおりだ。国家警察の出る幕じゃない」カルロスは慎重に言った。

「そうとは限らないと思います」ヨーナが言い張る。

「借金取りがもっと大きな犯罪組織につながっているのであれば、話は別だが」

「借金取りのしわざじゃありません」

「ほう?」

「犯人は一家の父親を先に殺害しました。それから彼の自宅に行って、家族を手にかけた。一家を皆殺しにしようとしたんです。犯人は今後、長女を捜し出すだろうし、長男が一命をとりとめれば、もう一度狙おうとするにちがいありません」

カルロスは、魚たちがおぞましい話を耳にしては困るとでも言いたげに、水槽をちらりと見やってから、疑わしげな口調で言った。

「ほう。なぜそうとわかる?」

「血の海に残っていた足跡です。自宅の足跡のほうが、歩幅が狭かった」

「なんだって?」

ヨーナは身を乗り出した。

「当然ですが、足跡がそこらじゅうに残っていました。測ったわけではありませんが、更衣室の足跡のほうが……なんというか、元気そうで、自宅の足跡のほうは疲れているという印象を受けました」

「まったく」カルロスはうんざりした声を出した。「またそうやってほじくり返すんだから」

「けど、ぼくの言ってることは正しい」

カルロスは首を横に振った。

「今回ばかりは見当違いだ」

「そんなはずはありません」

カルロスは魚たちのほうを向いて言った。

「このヨーナ・リンナって男はな、私がこれまで出会っただれよりも頑固な男だよ」

「自分が正しいってわかってるのに、引き下がるわけにはいかないでしょう？」

「ペッテルの頭越しに決定を下すことはできない。しかも根拠はきみの勘だけじゃないか」

「問題ありませんよ」

「賭け事でかさんだ借金を返せなくなって、借金取りに殺された。みんなそう考えてる」

「あなたも？」

「ああ。私も同じ考えだ」

「犯人は先に父親を殺した。だから更衣室の足跡のほうが元気そうだったんです」ヨーナが粘る。

「あくまでもあきらめないつもりか」

ヨーナは肩をすくめ、笑みをうかべた。

「法医学局に電話して、直接確認したほうがよさそうだな」カルロスはそうつぶやいて受話器をとった。

「ぼくの推理が裏付けられるでしょうね」ヨーナが視線を落として答えた。

ヨーナ・リンナは自分が頑固な人間だと自覚し、またこの頑固さがあるからこそ前進できるのだと考えている。父親ユルヨ・リンナの影響かもしれない。ユルヨは警察官で、ストックホルム郊外のメシュタ警察区で巡回にあたっていた。レーヴェンストレムスカ病院の少し北でウプサラ通りを走っていた彼は、指令センターからの指示を受け、ウップランズ・ヴェスビーのハマルビー通りへ向かった。オルソン家の子どもたちがまた折檻されているようだと、近所の人が通報してきたのだった。一九七九年、スウェーデンは世界に先駆けて子どもへの体罰を法律で禁止し、警察官もこの新法を真剣に受け止めるようにとの命令が警察庁から出ていた。ユルヨ・リンナはパトカーで中庭に乗り入れ、アパートの入口前で停止すると、同僚のヨニー・アンデシェンを待った。数分後、無線で呼び出してみると、ヨニーはホットドッグ屋台の列に並んでいた。父親がときおり子どもに威厳を示してなにがいけない、というのが彼の言い分だった。ユルヨ・リンナは無口な男だった。こうしたケースで警察官が介入する場合、かならずふたりで踏み込まなければならないと決まっている。ユルヨはそのことを承知していたが、食い下がりはしなかった。相棒にカバーしてもらう当然の権利があることを知りながら、なにも言わなかったのだ。しつこい奴とも腰抜けとも思われたくなかったし、待っているのもいやだった。ユルヨ・リンナは階段で三階へ上がり、呼び鈴を鳴らした。扉を開けた少女はおびえた目をしていた。ユルヨは階段で待つよう告げたが、少女は首を横に振り、アパートの奥へ駆け込んでいった。ユルヨ・リンナはそのあとを追って居間に入った。少女がバルコニーへの扉を力のかぎりに叩く。バルコニーに幼い男の子が裸で立っている。おむつしかはいていない。二歳ぐらいだろう。ユルヨはあわてて居間を横切った。とにかく男の子を中に入れてやることしか頭になく、そのせいで、居間の入口近くにあるソファーに座ってバルコニーのほうを向いている、酔った男の存在にまったく気づかなかった。両手を使って扉の留め金をはずし、ノブを回す。散弾銃のカチリという音を耳にして、ユルヨははじめて動きを止めた。銃声が鳴り響いた。小さな鉛弾が三十六発、彼の背骨へ一気に撃ちこまれた。ほぼ即死だった。

十一歳だったヨーナは、母のリトヴァとともに、メシュタの中心街にある陽当たりの良いアパートを出て、ストックホルム・フレードヘル地区に住むおばの3Kのアパートに移り住んだ。基礎学校（義務教育を担う九年制の学校。日本の小中学校に相当）を終え、クングスホルメン高校を卒業すると、警察大学に入学した。クラスメートたちのこと、広い芝生をのんびり歩いたことなどは、いまもよく思い出す。穏やかな時代だった。その後、研修を経て、巡査としての日々が始まった。ヨーナ・リンナは割り当てられたデスクワークをこなし、男女平等推進計画の策定や組合関係の仕事にかかわり、ストックホルムマラソンや数百もの交通事故現場で交通整理をし、サッカー観戦を終えたフーリガンどもが地下鉄の車内で女性警官をからかう卑猥な歌――〝女ポリ公、警棒使って、あそこに出し入れシーコシコ！〟――を大声で合唱すれば、同僚である彼女を思ってばつの悪い思いをし、傷口の腐りかけたヘロイン中毒者の遺体を発見し、万引き犯と差し向かいで話し合い、嘔吐している酔っぱらいを搬送する救急隊員の手助けをし、エイズを患い麻薬の禁断症状でがたがた震えているおびえた娼婦たちと話をし、妻や子どもに暴力をふるった何百人もの男たちと出会い（いつも同じパターンだった――酒に酔っていても落ち着き払い、大音量でラジオをかける、ブラインドを下げるなどの準備をしたうえでことに及ぶのだ）、スピード違反や飲酒運転の取り締まりをし、武器や麻薬、密造酒を没収した。あるとき、腰痛のため自宅療養していたヨーナは、体がなまらないよう近所を散歩している最中、クラーストルプ基礎学校のそばで、スキンヘッドの男がムスリムの女性の胸をさわっている場面に遭遇した。ヨーナは腰の痛みをこらえつつ、スキンヘッドを追いかけて湖畔を走った。公園を端から端まで横切り、スメード岬を通り過ぎ、ヴェステル橋を渡り、ロングホルメン島からセーデルマルム島に入り、ホーガリド通りの信号のそばで、やっとスキンヘッドを捕らえた。

とくに出世を望んだわけではなかったが、それでもヨーナ・リンナは順調に昇進していった。彼は過酷な仕事を好み、けっして妥協しなかった。階級章には冠がひとつ、楢の葉をあしらった帯状の刺繍が二本入っている。主任警部であることを示す線はない。主任とか長とかいった名のつく地位に関心がなく、殺人捜査特別班の一員となることも拒んでいる。

そしていま、十二月八日の朝、ヨーナ・リンナは国家警察長官のオフィスに座っている。トゥンバとカロリンスカ大学病院で過ごした長い夜の疲れは、まだ感じていない。彼は、カルロス・エリアソンがストックホルム法医学局副主任であるニルス・オレン教授、通称〝針《ノーレン》〟と電話で話している声に耳を傾けた。

「いや、どちらの現場が先かだけでいい」カルロスはそう言うと、しばし黙って耳を傾けた。「それはわかってる、わかってるんだが……いまの時点で、きみはどう考えているのかね？」

ヨーナは椅子の背もたれに体をあずけ、金髪のぼさぼさ頭を掻きながら、長官の顔がだんだん赤くなっていくようすを見守った。カルロスはノーレン教授の淡々とした声に耳を傾け、返事代わりにただうなずき、別れのあいさつもせずに受話器を置いた。

「法医学局の話では……うむ……」

「父親が先に殺された、と」ヨーナが代わりに言った。

カルロスはうなずいた。

「ぼくの言ったとおりだったでしょう」ヨーナはにっこりと笑った。

カルロスは視線を落とし、咳払いをした。

「いいだろう。きみが捜査責任者だ。トゥンバ事件はきみに任せる」

「その前に」ヨーナは真剣な口調で言った。

「その前に？」

「ひとつだけ聞かせてください。正しかったのはどっちですか？　あなたでしたか？　それとも、ぼく？」

「きみだよ」カルロスは大声をあげた。「まったく、ヨーナ、困ったもんだな！　いつものとおり、きみが正しかったよ！」

ヨーナは笑みが広がるのを手で隠しながら立ち上がった。

「さっそく目撃者から話を聞きます。手遅れになる前に」

「あの少年のことか？」カルロスが尋ねる。

「ええ」

「検事とは話したかい？」

「被疑者が割り出せるまで、捜査の責任を検察に委ねるつもりはありませんよ」

「そういうつもりで言ったんじゃない。ただ、それほどの大怪我を負った少年から事情を聞くのであれば、万が一の事態にそなえて、検事にも話を通しておいたほうがいいぞ」

「たしかに。いつもながら賢明なアドバイスですね――イェンスに電話しておくことにします」ヨーナはそう言ってオフィスをあとにした。

3

十二月八日(火)午前

ヨーナ・リンナは国家警察長官との話し合いを終えると、車に乗り込んだ。カロリンスカ大学病院の構内にあるストックホルム法医学局へは、さほど長い道のりではない。イグニッションキーを回し、ギアを一速に入れると、駐車場から用心深く外へ出た。

イェンス・スヴァーネイェルム首席検事に電話をかける前に、トゥンバの事件についてこれまでにわかったことを頭の中で整理しなければならない。捜査メモを集めたフォルダーは助手席に置いてある。サンクトエリック広場に向かって車を走らせながら、初めにざっと現場を見て検察庁へ報告した内容と、昨晩の社会福祉委員会との話し合いでとったメモの内容を思い返す。

橋を渡り、ほの白いカールベリ城を左に眺めながら、あれほどの怪我を負った患者から事情を聞くのは危険だと反対する医師たちの言葉を反芻し、これまでの十二時間をもう一度振り返ってみようと考えた。

カリム・ムハメドはイランから難民としてスウェーデンにやってきた。イランではジャーナリストとして働いていたが、ルーホッラー・ホメイニが帰国を果たしたのち投獄された。牢獄で八年を過ごしたが、その後トルコへの脱出に成功し、そこからドイツへ、次いでスウェーデン南部のトレレボリへ渡った。そして二年ほど前から、トゥリンゲのアリス・テグネール通り九番地所在、ヤスミン・ジャービル所有のヨハンソン清掃会社で働いている。同社はボートシルカ市に委託され、トゥリンゲベリ基礎学校、ヴィスタ基礎学校、ブルーエング基礎学校、ストルヴレート市民プール、トゥンバ高校、トゥンバ体育館、トゥンバ・レードストゥハーゲ運動場の更衣室を清掃している。

カリム・ムハメドがレードストゥハーゲ運動場に到着したのは昨日、十二月七日月曜日二十時五十分のことだった。ここの清掃を終えたら勤務終了だった。彼は駐車場にフォルクスワーゲンのワゴン車を駐めた。さほど離れていないところに赤のトヨタが一台駐まっていた。サッカー場の照明灯はすでに消えていたが、更衣室の灯りはついたままだった。ワゴン車後部の扉を開けると、スロープを引き出し、車の荷台にのぼって、いちばん小さな清掃用ワゴンを固定するベルトをはずした。

木造平屋の建物にたどり着き、男性更衣室の扉の鍵を差し込んで回そうとしたところで、鍵がかかっていないことに気づいた。ノックをしたが応答はなく、彼は扉を開けた。プラスチックのドアストッパーで扉を固定したとき、床の血痕が目に入った。中に入り、遺体を発見した彼は、車に戻り、緊急通報番号に電話をかけた。

指令センターは、トゥンバ駅にほど近いフディンゲ通りにいた無線車との連絡に成功した。ヤン・エリクソン巡査とエルランド・ビョルカンデル巡査が現場へ赴くことになった。

エルランド・ビョルカンデルがカリム・ムハメドの話を聞き、ヤン・エリクソンが更衣室内に入った。エリクソンは被害者の声が聞こえたような気がして、まだ生きていると思い、被害者のもとへ駆けつけた。が、その体をひっくり返してみて、気のせいだったとわかった。遺体は激しく損傷していた。右腕が欠けているうえ、胸はずたずたに切り裂かれ、まるで血まみれの汚物を入れた深皿のようだった。救急車が到着し、その直後、リレモル・ブルーム警部補が到着した。被害者の身元はほどなく判明した。アンデシュ・エーク、トゥンバ高校の教諭で、化学と物理を担当している。妻のカーチャ・エークは、フディンゲ図書館で司書をしている。イェルデ通り八番地の連棟住宅で、ふたりの子ども、リサとヨセフとともに暮らしている。

夜が更けつつあったので、リレモル・ブルーム警部補は遺族に知らせにいく任務をエルランド・ビョルカンデル巡査に託し、自らはヤン・エリクソン巡査の報告を聞いたうえで、現場周辺を正式に立ち入り禁止とした。

エルランド・ビョルカンデルはトゥンバのエーク家に到着し、車を駐めて呼び鈴を押した。応答がないので、彼は連棟住宅の裏手にまわり、懐中電灯をつけて家の中を照らした。最初に目に入ったのは、寝室のカーペットに広がった血の海と、死体を部屋の外へ引きずっていったらしい血の筋、戸口に落ちている子ども用の眼鏡だった。エルランド・ビョルカンデルは増援を呼ぶことなく、裏口を破り、銃を構えて踏み込んだ。家の中を見てまわり、被害者三名を発見し、ただちに警察の増援と救急車を呼んだ。少年が生きていることにはまったく気づいていなかった。エルランド・ビョルカンデルの呼びかけは、誤ってストックホルム全域に流された。

二十二時十分、車でドロットニングホルム通りを走っていたヨーナ・リンナは、明らかに取り乱したようすで呼びかける声が無線から流れてくるのを耳にした。声の主はエルランド・ビョルカンデルという名の巡査で、子どもが殺されてます、現場にいるのは自分だけです、母親も殺されてます、みんな死んでます、と叫んでいた。それからしばらくして、ビョルカンデルは家の外に出たらしく、はるかに落ち着いたようすで、リレモル・ブルーム警部補に指示されて、ひとりでイェルデ通りのこの家に来た、と語った。そして、はっと口を閉ざし、チャンネルをまちがえてしまいました、とつぶやいた。無線は途絶えた。

車内がしんと静まり返った。ワイパーがフロントガラスをこするようにして水滴をぬぐっている。ヨーナはクリスティーネベリ地区のそばをゆっくりと走り抜けながら、同僚の援護を受けられなかった父親に思いを馳せた。

そしてステファン基礎学校そばの道路脇に車を駐めた。トゥンバの地区警察のずさんさに腹が立った。警察官がこんなふうにひとりで現場に踏み込むなど、あってはならないことだ。ヨーナはため息をつくと、電話を手に取り、リレモル・ブルームにつなぐよう求めた。

リレモル・ブルームは警察大学でヨーナと同級生だった。彼女は研修を終えると、追跡捜索班所属のイェルケル・リンドクヴィストと結婚した。二年後に息子が生まれ、ダンテと名付けられた。イェルケルは、父親もある一定の期間以上、有給の育児休暇を取得しなければならないと法律で定められているにもかかわらず、けっして休暇を取ろうとしなかった。彼の選択によって、一家は経済面でかなりの損をし、リレモルの出世も遅れた。その後、イェルケルはリレモルを捨て、警察大学を出たばかりの若い女性警官に走った。ヨーナが聞いたところによれば、二週間ごとの週末に息子と会う約束すら果たしていないという。

リレモルが応答すると、ヨーナは手短に名乗り、社交辞令をさっさと済ませ、無線で聞いた内容について切り出した。

「人手が足りないから」とリレモルは説明した。「それに、わたしの判断では……」

「どんな理由があろうと、とにかくきみの判断はまちがいだ」

「話を聞こうともしてくれないのね」

「もちろん聞くつもりだよ、しかし……」

「じゃあ、聞きなさいよ！」

「たとえ相手がイェルケルだったとしても、犯罪現場に警官をひとりきりで送り込むのは許されないことだよ」

「言いたいことはそれだけ？」

短い沈黙があったのち、リレモル・ブルームは、エルランド・ビョルカンデル巡査に与えた任務は父親の死を遺族に伝えることだけで、裏口の扉を破ったのは彼の勝手な行動だった、と説明した。ヨーナは彼女の判断が正しかったことを認め、何度も謝った。それから、ほとんど社交辞令のつもりで、トゥンバの事件の詳細について質問した。

リレモルはエルランド・ビョルカンデル巡査から報告された内容を語った。血の海となったキッチンに散らばっていた包丁やフォーク、ナイフ類。幼い少女の眼鏡。血痕。手形。遺体。遺体の断片が、家の中のどこで発見されたか。犯人は家族を殺したあとに、父親のアンデシュ・エークを手にかけたのだろうと、リレモルは推測していた。アンデシュ・エークはギャンブル中毒で、社会福祉当局にマークされていたという。債務免除を受けたにもかかわらず、地元裏社会のたちの悪い連中からも懲りずに金を借りていた。ついに借金取りが彼をつかまえようとして、家族に襲いかかったというわけだ。更衣室で見つかったアンデシュ・エークの遺体は切断されていて、狩猟用のナイフと切断された腕がシャワールームで見つかった。リレモルは自宅のほうで見つかった家族について知っていることを語り、長男がフディンゲ病院に運ばれたと話した。人手が足りないので、現場検証にもまだとりかかれていない、と何度もこぼしていた。

「これからそっちに行くよ」とヨーナが言った。

「どうして?」リレモルは驚いたようすだ。

「気になるんだ。自分の目で確かめたい」

「いますぐ?」

「ああ。もしよければ」

「助かるわ」彼女の声の調子からすると、どうやら本気でそう言っているらしかった。いったいなにが気になったのか、初めは自分でもよくわからなかった。きわめて残酷な手口だから、というわけではない。むしろ、知り得た情報と、そこから導き出された結論が、どうも嚙み合っていないという印象があった。

トゥンバ・レードストゥハーゲ運動場の更衣室と、イェルデ通り八番地の連棟住宅、両方の現場を実際に訪れ、そこに残っているさまざまな痕跡を目にして、ヨーナは自分の直感が正しいと確信した。証拠と呼べるほどのものではないが、現場を見て受けた印象があまりにも強烈で、そのまま受け流すことなどできそうになかった。父親が先に殺され、そのあとに家族が襲われたにちがいないと、ヨーナは確信した。第一の根拠は、更衣室の床に残された血まみれの足跡が、連棟住宅の足跡よりも力強く、精力的だったこと。第二に、運動場のシャワールームに残されていた狩猟用ナイフの刃先が折れていたこと。これで、連棟住宅のキッチンの床に包丁類が散らばっていたことの説明がつく。犯人は新たな凶器を探していたのだ。

ヨーナは法医学者や国立科学捜査研究所との連絡がつくまで、医学的知識をそなえた専門家として、フディンゲ病院の一般医に捜査を手伝ってもらうことにした。ふたりで連棟住宅の現場をざっと検証したうえで、ヨーナはストックホルムの法医学局に連絡を取り、より本格的な司法解剖を依頼した。

ヨーナが家を出ると、リレモル・ブルームは街灯の下、配電箱のそばで煙草を吸っていた。ヨーナは動揺していた。こんなふうにショックに震えるのは久しぶりのことだった。だれよりも残酷な殺され方をしていたのは、幼い少女だった。

鑑識官がすでにこちらへ向かっているという。ヨーナは現場を囲んでばたばたと風に吹かれている青と白の立ち入り禁止テープをまたぎ、リレモルのもとへ向かった。

あたりは暗く、風が吹きすさんでいた。まばらな粉雪がときおりふたりの顔にちくりと当たった。リレモルは憔悴の中に美しさのある女性だった。顔には疲れによる皺が目立つようになり、化粧は濃く、雑になされている。が、彼女のまっすぐな鼻筋、高い頬骨、吊り上がった目を、ヨーナは以前から美しいと思っていた。

「捜査開始の手続きは済ませた？」

リレモルは首を横に振り、煙を吐き出した。

「ぼくが手続きするよ」

「じゃあ、帰って寝ることにするわ」

「いいね」ヨーナが微笑む。

「いっしょに来る？」リレモルが冗談めかして言った。

「被害者の長男と話ができるかどうか聞いてみなければ」

「そうそう、ひとつ仕事を済ませたわよ。リンシェーピンの国立科学捜査研究所に電話しておいたわ。フディンゲ病院と連絡を取り合えるように」

「すばらしい」

リレモルは煙草を坂道に捨て、踏みつけて火をもみ消した。

「それにしても、国家警察がこの事件となんのかかわりがあるの？」彼女はそう尋ねると、自分の車に視線を向けた。

「そのうちわかるさ」ヨーナはつぶやいた。

動機はギャンブルでかさんだ借金の取り立てなんかじゃない、とヨーナはふたたび考えた。それではつじつまが合わないのだ。犯人は一家を皆殺しにしようとした。が、その意志の裏にどんな力や動機があるのかは、まだ明らかになっていない。

運転席に戻ると、フディンゲ病院に電話をかけ、患者がカロリンスカ医科大学ソルナ病院の神経外科病棟に移されたことを知った。国立科学捜査研究所の指示で、医師が長男の体から鑑定のもととなるサンプルを採取した約一時間後、容態が悪化したのだという。

真夜中、ヨーナは車でストックホルムに向けて走り出した。セーデルテリエ通りを走りながら、社会福祉局に電話をかける。事情聴取を行なうにあたって協力を求めるためだ。当直の被害者・証人支援担当であるスサンヌ・グラナートに電話がつながった。ヨーナは事情を説明し、患者の容態について詳しいことがわかった時点でかけ直させてほしいと告げた。

午前二時五分、ヨーナはカロリンスカ大学病院神経外科の集中治療病棟に到着し、その十五分後、主治医であるダニエラ・リチャーズ医師と話をする機会を得た。リチャーズ医師の判断では、少年が事情聴取に耐えられるほど回復するには数週間を要するだろう——一命をとりとめればの話だが——とのことだった。

「医学的なショック状態に陥っています」と彼女は言った。

「具体的にはどういうことです？」

「大量に出血しているので、心臓がそれを補おうとして、脈拍数が異常に上がり……」

「止血はできたんですか？」

「できたと思います。思いたいです。輸血も続けています。それでも、体内の酸素が足りないせいで、代謝にともなって生じる老廃物が運搬されなくなっています。そうすると、血液が酸性に偏って、心臓や肺、肝臓、腎臓を損なうおそれがあるんです」

「意識はあるんですか？」

「ありません」

「どうしても患者さんと話をしなければならない場合、なにか方法はありますか？」

「患者さんの回復を促すことができるとしたら、エリック・マリア・バルク先生だけでしょうね」

「あの催眠術で有名な？」

ダニエラ・リチャーズは笑みをうかべ、頬を赤らめて言った。

「エリックに協力してほしいのなら、催眠のことは口にしないほうがいいですよ。彼はショック状態や急性トラウマの治療の第一人者なんです」

「来ていただいてもかまいませんか？」

「ええ。わたし自身、来てもらおうかと思っていたところですから」

ヨーナは携帯電話を出そうとポケットを探ったが、車の中に忘れてきたことに気づき、ダニエラ・リチャーズの電話を借りた。エリック・マリア・バルクに事情を説明したあと、社会福祉局のスサンヌ・グラナートにふたたび電話をかけ、ヨセフ・エークと近いうちに話がしたいと考えていることを伝えた。スサンヌ・グラナートは、社会福祉局のリストにエーク家が載っている、父親がギャンブル中毒で、三年ほど前に娘と何度か連絡をとったことがある、と語った。

「娘さんと、ですか?」ヨーナはいぶかしんだ。

「長女のエヴェリンのほうですよ」

4

十二月八日（火）朝

エリック・マリア・バルクは、夜中にカロリンスカ大学病院へ赴いてヨーナ・リンナ警部に会い、ちょうど帰宅したところだ。ヨーナ・リンナには、もう二度と催眠をやらないという誓いを破るよう迫られたが、それでもエリックはヨーナに好感を抱いた。長女のことを心の底から心配しているようすが、彼の心をとらえたのかもしれない。犯人はいまこの瞬間にもおそらく、長女を狙い、その行方を追っているのだろう。

寝室に入り、ベッドで寝ている妻のシモーヌを見つめる。眠気が襲ってきた。薬が効きはじめたのだ。目が痛く、まぶたが重い。眠りが訪れつつある。シモーヌを覆う光が、まるで傷だらけのガラス板のように見える。大怪我を負った少年を診るため、妻をここに残して外出してから、かなりの時間が経過し、シモーヌはいまベッドを占領するように眠っている。その体はずしりと重く、掛け布団が足元まで蹴飛ばされ、ネグリジェが腰のあたりまでめくれあがっている。体じゅうの力を抜き、うつぶせに横たわっている。腕や肩に鳥肌が立っている。エリックがそっと布団を掛けてやると、彼女はなにやらつぶやいて丸くなった。エリックはベッドに腰を下ろし、シモーヌの足首を撫でた。足の指が反応して動くのがわかった。

「シャワーを浴びてくるよ」エリックはそう言って仰向けになった。

「刑事さん、なんていう名前?」ろれつの回らない舌でシモーヌが尋ねる。

だが、答える間もなく、エリックは天文台公園に来ていた。公園の砂場を掘り、黄色い石を見つけた。卵のように丸く、かぼちゃほどの大きさがある。手で砂を払ってみると、側面に浮き彫りめいた模様がある。まるでとがった歯のようだ。ずしりと重いその石をひっくり返してみたところで、それが恐竜の頭蓋骨であることに気づいた。

「この人でなし!」シモーヌが叫んだ。

エリックはびくりと体を震わせた。どうやら寝入って夢を見ていたらしい。強い薬のせいで、会話の最中に眠り込んでしまったのだ。彼は笑みをうかべようとした。シモーヌの視線は冷たかった。

「シクサン? どうした?」

「またなの?」

「なんの話?」

「なんの話、ですって」シモーヌは苛立ちをあらわにした。「ダニエラってだれ？」

「ダニエラ？」

「約束したじゃない。誓ってくれたじゃない、エリック」彼女は取り乱していた。「信じてたのに。なんて馬鹿だったのかしら、あなたのことを信じるなんて……」

「いったいなんの話だい？　ダニエラ・リチャーズは、カロリンスカ大学病院の同僚だよ。彼女がどうかしたのかい？」

「嘘つかないで」

「ちょっと待った、こんなのばかばかしいよ」エリックは微笑みながら言った。

「なにがおかしいの？　わたし、ときどき……昔のことはもう忘れられるかもしれない、って思えるようになってきてたのに」

　エリックは数秒ほど眠りに落ちたが、シモーヌの声は聞こえていた。

「わたしたち、別れたほうがいいのかも」彼女がささやく。

「ダニエラとはなんでもないんだよ」

「それはもう関係ないわ」シモーヌは疲れきったようすで言った。

「関係ない？　どうでもいいのかい？　十年前にぼくが犯したたったひとつのミスのせいで、きみは別れたいっていうのか？」

「ミスですって？」

「ぼくは酔っていたし、それに……」

「もう聞きたくない。全部知ってるもの、わたし……ああ！　こんな役回りはもういや。嫉妬深いわけじゃないの。ただ、あなたには誠をつくしてきた。あなたにも誠実であってほしい」

「あれ以来、一度もきみを裏切ったことはないし、これからも……」

「じゃあ、どうしてそれを証明してくれないの。確固たる証拠が欲しいわ」

「ぼくを信用してほしい。それしか道はないんだ」

「なるほどね」彼女はため息をつくと、枕と掛け布団を持って寝室を出ていった。

エリックは深く息をついた。このまま眠気に負けるのではなく、彼女のあとを追うべきだ。彼女を引き止めてベッドに戻すか、あるいは客用の寝室までついていき、ソファーベッドのかたわらの床に横たわるべきだ。が、強い眠気に襲われている。抵抗する力は残っていなかった。彼はベッドに沈み込み、薬に含まれるドーパミンが体全体にめぐるのを感じた。顔が、足の指が、手の指先が、心地良く弛緩していく。重い、化学的な眠りが、まるで粉煙のように彼の意識を包み込んだ。

二時間後、エリックはそっと目を開けた。カーテンに当たる弱々しい光が目に入った。昨晩目にした光景が、すぐに次々と頭をよぎった——シモーヌになじられたこと。少年の白く輝く体が、数百ものどす黒い傷に覆われていたこと。首筋や喉元、胸に刻まれた、深い傷の数々。

ヨーナ・リンナ警部を思い出す。犯人の目的は一家皆殺しだ、犯人は最初に父親を手にかけ、それから母親、長男、次女に襲いかかったのだ――彼はそう確信しているらしかった。

枕元のナイトテーブルの上で電話が鳴った。

エリックは起き上がったが、電話には出ず、代わりにカーテンを開け、しばらく目を細めて向かいの建物を眺めながら、頭の中を整理しようとした。朝の日差しに照らされて、ガラス窓についている埃の筋がくっきりと見えた。

シモーヌはもう画廊へ出勤したらしい。彼女がどうしてあんな態度をとったのか、なぜダニエラの話を始めたのか、エリックには理解できなかった。もしかすると、彼女はまったく別のことを言いたかったのかもしれない。たとえば、薬のこととか。深刻な中毒状態に陥りかけていることを、彼ははっきりと自覚していた。が、眠らないわけにはいかない。病院で頻繁に深夜当直をこなしているせいで、不眠に悩まされている。薬がなければ自分はおしまいだ。そう考えながら、目覚まし時計に手を伸ばしたが、時計はひっくり返って床に落ちた。

電話が鳴り止んだ。が、すぐにまた鳴り出した。

ベンヤミンの部屋に行き、息子のかたわらに身を横たえようか、と考える。そっと息子を起こし、なにか夢を見たかと聞いてみたい。

エリックはナイトテーブルの上の電話を取った。

「はい、エリック・マリア・バルク」

「もしもし。ダニエラ・リチャーズですけど」

「まだ病棟にいるのかい？　いま、何時？」

「八時十五分――ちょっと疲れてきたわ」

「帰ったほうがいいよ」

「帰るわけにはいかないわ」ダニエラは冷静に言った。「もう一度来てほしいの。例の刑事さんがこっちに向かってる。犯人があの子のお姉さんを狙ってるって、信じて疑ってないみたい。とにかく患者さんと話をさせてほしい、って」

エリックはふと目の奥に暗い重みを感じた。

「しかし、容態を考えると、いい考えとはとても……」

「でも、お姉さんの件がある。わたし、たぶんもうすぐ、ヨセフの事情聴取を許可してしまうと思うわ」

「あの子が事情聴取に耐えられるときみが判断するのであれば、かまわないだろうが……」

「事情聴取に耐えられる？　耐えられるわけないわ。いくらなんでも早すぎる。あの子の容態は……あの子は、まったく無防備なまま、自分の身を守る力を取り戻す前に、家族になにが起こったかを知らされることになるのよ……精神を病んでしまうかもしれないし、ことによっては……」

「きみの判断が第一だよ」エリックがさえぎる。

「警察に会わせるのは避けたい。それは事実よ。でも、なにもしないで回復を待ってるわけにもいかない。だって、ヨセフのお姉さんの身には、まちがいなく危険が迫ってるんだから」

「しかし……」

「人殺しがお姉さんを狙ってるのよ」ダニエラが声を張り上げた。

「それは推測にすぎない」

「ごめんなさい。どうしてこんなに興奮してしまうのか、自分でもよくわからない。きっと、まだ手遅れじゃないからだわ。できることがまだあるから。そういうケースは少ないもの。でも今回は、もしかしたらお姉さんの命を救えるかもしれないから……」

「いったいなにが言いたいんだい？」

「ここに来て、あなたの得意なことをやってほしいの」

「事件について、あの子と話をしてみることはできるよ。だが、もう少し回復してからの話だ」

「ヨセフに催眠をかけてちょうだい」ダニエラの声は真剣だった。

「断わる」

「それしか道はないのよ」

「できない」

「けど、あなたよりも催眠に長けている人はいないわ」

「ぼくはカロリンスカで催眠をやることを禁止されているんだよ」

「それだったら、あなたが来るまでになんとかしておくから」

「もう二度と催眠はやらないと誓ったんだ」

「来るだけ来てくれない？」

しばらく沈黙が下りたのち、エリックが尋ねた。

「意識は戻ったのかい？」

「もうすぐ戻りそうよ」

エリックは自分の息が電話に当たって雑音を立てているのを聞いた。

「あなたが催眠をかけてくれないのなら、警察の事情聴取を許可するしかないわ」

ダニエラは電話を切った。

エリックはその場に立ちつくした。電話を持つ手が震えている。目の奥にあった重みが、脳のほうへ転がっていく。彼はナイトテーブルの引き出しを開けた。鸚鵡《おうむ》の絵のついた木箱がない。車の中に置き忘れたにちがいない。

太陽の光が差し込むアパートを横切り、ベンヤミンを起こしに行く。

ベンヤミンは口を開いたまま眠っている。一晩ぐっすり眠ったというのに、顔は蒼白く、いまだ疲れ切っているように見える。

「ベニー？」

ベンヤミンは目を開けると、寝ぼけ眼で、まるで見知らぬ人を目にしたかのように父親を見つめた。が、やがてその顔に笑みがうかんだ。生まれたときから変わらない笑顔だ。

「火曜日だよ――起きる時間だ」

ベンヤミンは欠伸をしながら上半身を起こし、頭を掻くと、ひもをつけて首にかけてある携帯電話に目をやった。毎朝、ベンヤミンが目を覚まして最初にすることがこれだった――夜のあいだに送られてきた携帯メールがないか確かめること。エリックはピューマの絵柄の黄色い鞄を取り出した。中には、製剤、デスモプレシン、消毒液、殺菌済みの注射針、ガーゼ、外科用テープ、痛み止めが入っている。

「いまやろうか？　それとも、朝食のときにする？」

ベンヤミンは肩をすくめた。

「どっちでもいいよ」

エリックは息子のほっそりとした腕に消毒液をさっと擦り込むと、窓越しに入ってくる光のほうに腕を向け、やわらかな筋肉に触れた。注射器を指先で軽くはじいてから、そっと皮下に針を差し込む。注射器の中身がゆっくりと空になっていくあいだ、ベンヤミンは空いているほうの手で携帯電話をいじっていた。

「くそっ、バッテリーが切れそうだ」ベンヤミンはそう言って横になった。エリックが血を止めるため、ベンヤミンの腕にガーゼを当てる。外科用テープで固定しているあいだ、ベンヤミンは長いことそのまま横になっていた。

エリックは息子の両脚を前後へ慎重に動かし、ほっそりとした膝の関節を曲げ伸ばししてやってから、最後に両足と足の指をマッサージした。

「どうだい？」エリックはベンヤミンの顔を見つめたまま尋ねた。

ベンヤミンはしかめ面をしてみせた。

「いつもと変わんないよ」

「痛み止めはどうする？」

ベンヤミンは首を横に振った。エリックはふと、無数の切り傷を負った少年、意識のない目撃者に思いを馳せた。いまこの瞬間も、犯人は長女を捜しているのだろうか。

「パパ？　どうしたの？」ベンヤミンが遠慮がちに尋ねる。

エリックはベンヤミンの目を見つめた。

「学校まで車で送ってあげようか」

「なんでまた？」

ラッシュアワーの車の列が、低く単調なうなり声をあげている。父親の隣に座っているベンヤミンは、前に進んでは停まる車の動きのせいで眠気に襲われ、大きな欠伸をした。一晩ぐっすり眠ったあとのふんわりとした温もりが、まだ体の中に残っているのを感じる。パパは急いでるだろうに、わざわざ学校まで送ってくれる、とベンヤミンは考え、ひとり笑みをうかべた。いつもそうだ。病院でなにかむごいことがあると、ぼくになにかあっては大変と、パパはいつにも増して心配性になる。

「ああ、スケート靴を忘れたじゃないか。用意してたのに」エリックが急に声をあげた。

「ほんとだ」

「戻ろう」

「いいよ、べつに、戻らなくたって」

エリックは車線を変更しようとしたが、別の車に阻まれた。しかたなく元の車線に戻ろうとすると、あやうくごみ収集車とぶつかりそうになった。

「戻ってもきっと間に合う……」

「いいってば。スケート靴なんかどうでもいいんだ」ベンヤミンが声をあげた。

エリックは驚いたようすでベンヤミンをちらりと見やった。

「スケート、好きじゃなかったっけ？」

ベンヤミンはなんと答えればいいかわからなかった。あれこれ詮索されるのは気に入らないが、嘘をつくのも気が進まない。

「ちがったっけ？」

「なにが？」

「スケート、嫌いになったのかい？」

「なんで好きじゃないといけないわけ」ベンヤミンがつぶやく。

「新しい靴を買ったばかり……」

「べつに楽しくないし」うんざりしたようすでベンヤミンがさえぎった。

「じゃあ、取りに戻らなくていいんだね？」

ベンヤミンは返事代わりにため息をついた。

「スケートもつまらない」エリックが言う。「チェスもテレビゲームもつまらない。いったいなにが楽しいんだい？」

「わかんない」

「楽しいこと、なにもないのかい？」

「あるよ」

「映画とか?」

「ときどきは」

「ときどき?」エリックは微笑んだ。

「うん」

「一晩に三本、いや、四本観たって飽きないくせに」明るい声でエリックが言う。

「だからなんだって言うわけ?」

「いや、別に」エリックは笑いながら言った。「なんでもないよ。ただ、そんなきみが映画好きだったとしたら、一日当たりいったい何本映画を観ることになるんだろうね? そして、もし、映画を心の底から愛していたとしたら……」

「うるさい」

「画面をふたつ用意して、早送りしながら観ないと、時間が足りないだろうね」

ベンヤミンは、父親の愛情のこもったからかいに、思わず笑みをうかべている自分に気づいた。

突然、くぐもった爆音が響き、空に水色の星が光った。煙色をした星の頂点が下へ垂れている。

「こんな時間に花火かな」とベンヤミンが言う。

「えっ?」

「見てよ」

空に煙の星が浮かんでいる。ベンヤミンはどういうわけか、アイーダの姿を思い浮かべ、みぞおちを締めつけられるような感覚に襲われた。体の中が温かくなるのを感じる。先週の金曜日、郊外のスンドビーベリにあるアイーダの家の狭い居間で、ソファーに座り、じっと黙ったまま体を寄せ合っていたことを思い出す。ふたりが映画『エレファント』を観ているあいだ、アイーダの弟は床にポケモンカードを広げ、なにやらひとりごとを言っていた。


エリックが校庭の外に車を停めたとき、ベンヤミンはふとアイーダがいることに気づいた。フェンスの向こうに立って待っている。ベンヤミンに気づいて手を振った。彼は鞄をつかみ、あわてて言った。

「それじゃ。送ってくれてありがとう」

「愛してるよ」エリックが小声で言う。

ベンヤミンはうなずき、車を降りた。

「今晩、映画でも観ようか?」エリックが尋ねる。

「さあ」ベンヤミンは視線を落として答えた。

「あれ、アイーダかい」

「うん」ベンヤミンの声はほとんど声になっていなかった。

「あいさつさせてもらおうかな」エリックが車を降りる。

「なんでだよ？」

　ふたりはアイーダのほうへ歩き出した。ベンヤミンは気まずさのあまり視線をそらした。これではまるで子どもみたいだ。アイーダが父親の眼鏡にかなうかどうかを気にしていると思われてはたまらない。親にどう思われようと関係ないのだ。ふたりが近づいていくと、アイーダは緊張したようすで、ベンヤミンとエリックのあいだに視線をさまよわせていた。ベンヤミンが言い訳を思いつく間もなく、エリックが片手を差し出した。

「はじめまして」

　アイーダは警戒しながら握手に応えた。ベンヤミンは父親がアイーダのタトゥーを見てぎょっとしていることに気づいた。彼女は首筋にハーケンクロイツのタトゥーを入れている。その隣には、ユダヤ民族を象徴する六芒星が小さく彫り込まれている。黒いアイシャドーを塗り、髪はお下げにして、黒の革ジャンに、これまた黒のふわりと広がるチュールスカートを身につけている。

「ベンヤミンの父のエリックです」

「アイーダです」

　彼女の声は高く、弱々しかった。ベンヤミンは頬を赤らめ、落ち着かないようすでアイーダを見やり、それから地面に視線を落とした。

「きみ、ナチスの信奉者なのかい？」エリックが尋ねる。

「あなたは？」

「ちがうよ」

「わたしもちがいます」彼女はそう言うと、ほんの一瞬、エリックの目を見つめた。

「それなら、なぜ……」

「べつに意味はありません。なんでもないんです。ただ……」

ベンヤミンが大声で割って入った。父親のことが恥ずかしく、胸の中で心臓が激しく打っている。

「何年か前、成り行きでそういう連中とつきあうようになっちゃったんだよね。けど、そいつらが馬鹿だってわかって、それで……」

「あなたが説明することないわ」アイーダが苛立たしげにさえぎった。

ベンヤミンはしばらく黙り込んだが、やがて口を開いた。

「ぼくはただ……自分のまちがいを認めて責任を持つのは立派なことだと思うよ」

「それはそうだが」エリックが言う。「入れ墨を消さないのはむしろ、自分のまちがいにまだ気づいていないことのしるしとも……」

「そんな言い方やめろよ」ベンヤミンが叫んだ。「アイーダのこと、なんにも知らないくせに」

アイーダはなにも言わずにきびすを返し、その場を去った。ベンヤミンはあわてて彼女のあとを追った。

「ごめん」息を切らしながら言う。「まったく、親父のやつ……」

「お父さんの言ったこと、正しいと思わない？」

「思わないよ」ベンヤミンは弱々しく答えた。

「わたしは、そのとおりかもしれないって思った」アイーダはそう言うと、かすかに笑みをうかべ、ベンヤミンの手を握った。

5

十二月八日（火）午前

法医学局は、カロリンスカ医科大学の広大なキャンパス内、レッツィウス通り五番地の赤いれんが造りの建物の中にあり、四方を大きなビルに囲まれている。ヨーナ・リンナは閉ざされた建物の角を曲がり、訪問者用の駐車場に車を駐めた。霜に覆われた小さな芝生を横切り、スチール製のスロープを上がって正面入口へ向かう。

解剖を意味するスウェーデン語〝オブドゥクシュン〟は、〝覆う、隠す、包み込む〟という意味のラテン語を語源とする。妙なことだな、とヨーナは考えた。実際にやることはその反対なのに。もしかすると、人はこの作業の終わりを——解剖を終えて、遺体を閉じ、内臓をようやく隠すことのできる瞬間を、無意識のうちに強調したがっているのかもしれない。

受付の若い女性に名を告げ、中に入る許可を得てから、ニルス・オレンのもとへ向かった。法医学教授ニルス・オレンは、〝針《ノーレン》〟のあだ名で呼ばれている。報告書にいつも〝Nオレン〟と署名しているのがその由来だ。

ノーレンのオフィスはモダンな内装で、すっきりとした光沢のある純白とつやのないライトグレーが基調になっている。デザインを意識した贅沢なインテリアだ。数少ない椅子類は、つや消し加工をしたスチール製で、座る部分にシンプルな白い革が張ってある。机の上のランプは、大きなガラス板が吊り下がったかたちをしている。

ノーレンは座ったままヨーナと握手を交わした。白衣の下に白のタートルネックセーターを着て、縁の白い大きな眼鏡をかけている。ほっそりとした顔つきで、ひげをきれいに剃り、白髪混じりの髪を短く刈り込んでいる。血色の悪い唇に、曲がった長い鼻をしている。

「おはよう」ノーレンがしわがれ声で言った。

色褪せたカラー写真が壁に貼ってある。写っているのは、ノーレンとその同僚たちだ――法医学者、法化学者、法遺伝学者、法歯学者。全員が白衣を身にまとい、解剖台のまわりに集まって、陽気な笑みをうかべている。台の上には黒ずんだ骨片が載っている。写真の下の説明によれば、ストックホルム近郊、ビョルケ島のビルカ遺跡そばで、九世紀の墓から発掘された遺体だという。

「また新しい写真ですね」とヨーナが言う。

「まったく、ここでは写真をテープで貼るのがせいぜいだよ」ノーレンは不満げにこぼした。「昔の病理学研究所の建物には、大きさ十八平方メートルの絵があったのに」

「それはすごい」

「ペーター・ヴァイス（一九一六〜八二。作家、美術家）の作品だ」

「作家のですか？」

ノーレンはうなずいた。デスクランプの光が眼鏡に反射している。

「そうだよ。一九三〇年代に、研究所全員の肖像画を描いたんだ。半年かけて描き上げて、報酬は六百クローナだったと聞いたよ。私の父も法医学者のひとりとして描かれていた。解剖台の足元のほうで、ベッティル・ファルコネル教授の隣に立っていた」

ノーレンはかすかに首をかしげ、コンピュータに戻った。それからゆっくりと口を開いた。

「トゥンバ事件の司法解剖報告書を書いてるんだがね」

「それで？」

ノーレンは目を細めてヨーナを見つめた。

「今朝、カルロスから電話がかかってきて、急かされたよ」

ヨーナは微笑んだ。

「知ってます」

ノーレンは鼻にずり落ちていた眼鏡を指先で上げた。

「なんでも、死亡推定時刻が重要だとか」

「そうなんです、殺された順番を知りたくて……」

ノーレンは唇をとがらせ、コンピュータの画面を目で追った。

「あれは仮の結論にすぎなかったが……」

「父親が先に殺された、というのが？」

「うむ……根拠は遺体の体温だけでね」ノーレンはそう言うと、コンピュータ画面を指差した。「エリクソンの話では、現場は両方とも――更衣室も、自宅も、ほぼ同じ気温を保っていたそうだ。したがって、父親が殺されてから一時間と少しが経過したあとに、ほかの家族が殺された、と私は推測した」

「過去形ですね。その後、考えを変えられたんですか？」

ノーレンは首を横に振った。かすかなうめき声をあげつつ立ち上がる。

「ぎっくり腰だよ」彼はそう説明すると、オフィスを離れ、廊下を歩き出した。

ぎこちない足取りで、ゆっくりと解剖室のある区画へ向かっていく。ヨーナもそのあとを追った。

電気の消えた部屋を通り過ぎる。ステンレスの解剖台が一台置かれている。まるでキッチンの流し台のようだが、マス目が入っていて、縁が高くなっている。ふたりが入った先は、解剖室よりも涼しい部屋だ。法医学局が検証した遺体が、気温を四度に保った引き出し型の冷蔵庫に保管されている。ノーレンは立ち止まると、番号をチェックし、大きな引き出しを開けた。中身は空だった。

「搬送済みのようだね」彼は笑みをうかべると、ふたたび廊下を歩き出した。無数の小さな車輪の跡が床を埋めつくしている。ドアを開け、扉を押さえてヨーナを通してやった。

ふたりがたどり着いたのは、灯りの煌々とついた、真っ白なタイル張りの部屋だった。壁沿いに大きな洗面台がある。オレンジ色のホースから水がしたたり、床の排水口に流れ落ちている。ビニールで覆われた細長い解剖台の上に、血の気のない裸の遺体が横たえられている。黒ずんだ傷跡が数百ヵ所はありそうだ。

「カーチャ・エークですね」ヨーナが言った。

カーチャの顔には奇妙な静けさがあった。口が半開きになっている。目が開いているが、その視線は穏やかで、まるで美しい音楽に耳を傾けているかのようだ。額や頬に残った長い傷跡と、顔の表情が、まったく嚙み合っていない。ヨーナはカーチャ・エークの体に視線を走らせた。喉のあたりに、すでに大理石模様のごとく血管が浮き出つつある。

「午後には内臓の検証にたどり着きたいと思っているがね」

「了解です。それにしてもひどい」ヨーナがため息をついた。

別のドアが開き、不安げな笑みをうかべた若い男が入ってきた。眉毛にいくつもリングピアスがついている。真っ黒に染めた髪をひとつに結び、白衣の背中に垂らしている。ノーレンはかすかに微笑むと、片方の拳を上げ、人差し指と小指を立てるハードロック風のあいさつをしてみせた。若い男もすぐに応えた。

「国家警察のヨーナ・リンナ君だよ」ノーレンが紹介する。「ここに来る常連さんのひとりだ」

「フリッペといいます」若者はそう自己紹介すると、ヨーナと握手を交わした。

「法医学が専門だ」ノーレンが言い添えた。

フリッペがゴム手袋をはめる。ヨーナは彼とともに解剖台へ近寄った。悪臭に満ちた冷たい空気が、カーチャの遺体を包んでいる。

「亡くなった三人のうち、カーチャの遺体がいちばん損傷が少ない」ノーレンが指摘した。

「それでも、これだけ切りつけられたり刺されたりしているわけだが」

三人は遺体を見つめた。大小さまざまな傷が体全体を覆っている。

「しかも、あとのふたりとはちがって、遺体が切断されていない。直接の死因は、首のこの傷ではなく、これだ。CTスキャンによれば、心臓がひと突きにされている」

「ですが、画像だけからだと、出血の状況はなかなか判断できません」フリッペが言う。

「当然のことながら、開けたときにもう一度確認するよ」ノーレンがヨーナに向かって付け加えた。

「犯人に抵抗したんですね」ヨーナが言う。

「おそらく、初めのうちはかなり積極的に争っていたのだろう。手のひらにいくつも傷があるからね。だが、その後はただひたすら身を守り、逃げることしかできなかった」

フリッペがノーレンをちらりと見やった。

「両腕の外側にある傷を見てごらん」

「ナイフをかわそうとしたわけですね」とヨーナがつぶやく。

「そのとおり」

ヨーナは身をかがめ、カーチャの開いた目の中に見える黄褐色の斑点を見つめた。

「お日さんを見てるのかい？」

「ええ……」

「死後数時間ほどで初めて現われるんだ。数日ほどかかることもある」ノーレンが説明する。「最終的には真っ黒になる。眼圧が低下するせいだ」

そして棚からハンマーを取ると、フリッペを促し、特発性筋収縮の有無をチェックさせた。フリッペはカーチャの上腕二頭筋の中央を叩き、指先で筋肉の収縮を確かめた。

「ほとんどありません」ヨーナに向かって言う。

「ふつうは約十三時間後に消えるんだ」ノーレンが説明した。

「死人は完全に死んでいるわけではないんですね」カーチャ・エークのぐったりとした腕

に、亡霊の動きを見たような気がして、ヨーナはかすかに身震いした。

「モルトゥイ・ウィウォス・ドケント――死者は生者を教える、というわけだ」ノーレンはそう答え、だれにともなく笑みをうかべながら、フリッペとともにカーチャの遺体をひっくり返してうつぶせにした。

肩甲骨や両腕、腰から臀部にかけて広がっている、ぼんやりとした赤褐色の斑点を指差す。

「大量に失血した場合にはね、死斑がかすかにしか出ないんだよ」

「そうでしょうね」とヨーナが答える。

「血液には重みがあるうえ、死人には血をめぐらせる拍動がない」ノーレンはフリッペに向かって言った。「当たり前のことと思うだろうが、血液は下に向かって流れ、いちばん低い位置に集まる。というわけで、とりわけ支持面と接触している部分に死斑が出るのだ」

ノーレンはカーチャの右ふくらはぎに現われた死斑を親指で押した。やがて死斑はほぼ消えた。

「ほら、見てごらん……死後二十四時間ほどまでは、こうして押すと死斑が消えるんだ」

「しかし、腰骨や胸にも死斑があったような気がしたんですが」ヨーナがためらいながら口をはさんだ。

「ブラボー」ノーレンは軽い驚きの混じった笑みをヨーナに向けた。「気づかないだろうと思っていたよ」

「つまり、死後しばらくはうつぶせに倒れていたが、その後ひっくり返されたというわけですか」ヨーナはフィンランド的な厳粛さのこもった声で言った。

「二時間後といったところだろうね」

「犯人は二時間も現場にいたわけか」ヨーナは考え込んだ。「あるいは、犯人、もしくは別の何者かが現場に戻り、カーチャをひっくり返した」

ノーレンは肩をすくめた。

「作業はまだまだ終わっておらんのだよ」

「ひとつうかがってもいいですか？　腹にまるで帝王切開の跡のような傷があったと思うんですが……」

「帝王切開ね」ノーレンは微笑んだ。「たしかにそのとおりだ。見てみようか？」

ノーレンとフリッペがふたたび遺体をひっくり返した。

「この傷のことかね？」

ノーレンは下腹部の大きな傷を指差した。臍から下へ、十五センチほど腹が切り開かれている。

「ええ」

「ひとつひとつの傷を詳しく調べるところまでは、まだ行き着いていないんだがね」

「ウルネラ・インキサ・スキッサ」フリッペがラテン語を口にした。

「うむ。そのようだね。ふつうの言葉でいうと、切創――切り傷のことだ」

「刺し傷ではないわけですね」とヨーナが言う。

「傷口がまっすぐな線状で、しかも周囲の皮膚が傷ついていないことから考えるに……」

ノーレンが指先で傷口をつつき、フリッペが身をかがめてのぞき込んだ。

「そうですね……」

「創壁を見てみなさい。あまり出血していないが……」

ノーレンがいきなり黙り込んだ。

「どうしました?」ヨーナが尋ねる。

ノーレンは奇妙なまなざしで彼を見つめた。

「この傷は死後につけられたものだよ」

彼は手袋をはずした。

「CTスキャンを確認しなければ」焦ったようすでそう言うと、ドア脇の机に向かい、コンピュータを開いた。

キーを押して立体映像を確認していく。手を止め、さらに移動し、角度を変えた。

「傷は子宮まで達しているようだね」ノーレンがささやくように言った。「昔の傷跡をなぞっているようだ」

「昔の傷跡？　どういうことですか？」とヨーナが尋ねる。

「気づかなかったのかい？」ノーレンは微笑み、遺体のもとへ戻ってきた。「緊急帝王切開の跡だ」

彼は縦についた傷跡を指差した。ヨーナが目を近づけると、新たにつけられた傷に沿って、まるで細い糸のように薄いピンク色の傷跡が残っているのがわかった。はるか昔に治癒した、帝王切開の手術跡だ。

「しかし、妊娠していたわけではないんですよね？」

「ああ、それはないよ」ノーレンは笑い声をあげ、ずり落ちた眼鏡を上げた。

「犯人は外科的知識のある人物ということになるんでしょうか？」

ノーレンはかぶりを振った。ヨーナは考え込んだ。何者かが、きわめて激しい暴力と憤怒をもって、カーチャ・エークを手にかけた。そして、二時間後に現場へ戻り、彼女を仰向けにしたうえで、昔の帝王切開の跡をなぞるように腹を切り開いた。

「ほかの被害者にも似たような傷があるか、確認してください」

「その点を優先したほうがいいかね？」

「ええ。そう思います」

「思います、だと？」

「いや。そうしてください」

「結局のところ、全部が優先事項だと言いたいんだね」

「まあ、そういうことですね」ヨーナは微笑み、部屋を出ていった。

駐車場で運転席に座ると、ヨーナは寒さに震えた。エンジンをかけ、レッツィウス通りに出ると、車内暖房の強度を上げ、イェンス・スヴァーネイェルム首席検事に電話をかけた。

「はい、スヴァーネイェルム」

「どうも。ヨーナ・リンナですが」

「ああ、おはようございます……ちょうどカルロスと話をしたところでね——あなたから連絡があるはずだと聞きましたよ」

「どうもよくわからない事件です」

「運転中ですか？」

「いま法医学局を出たところで、これから病院に寄ろうと思ってます。なんとしても生き残った少年から話を聞かなくては」

「事情はカルロスから聞きました。急いだほうがよさそうだ。プロファイリンググループに連絡は？」

「プロファイリングだけじゃ足りませんよ」

「たしかに。私もあなたと同意見ですよ。長女の命を救うためには、長男に話を聞くしかない」

そのとき突然、音もなく打ち上げられた花火がヨーナの目に映った。ストックホルムのはるか上空に、水色の星が現われたのだ。

「社会福祉局の……」ヨーナは咳払いをし、それから続けた。「社会福祉局のスサンヌ・グラナートという人に連絡してあります。長男の話を聞く際には、精神科医のエリック・マリア・バルク先生に同席してもらうつもりです。ショック状態や急性トラウマの治療の専門家です」

「すべて問題ありません」イェンスが穏やかに言った。

「それでは、これから直接、神経外科病棟に向かいます」

「よろしく頼みますよ」

6

十二月八日未明

エリック側のナイトテーブルの上で、電話がごく小さな音で鳴り出す前から、シモーヌはなぜか目を覚ましていた。

エリックは風船とリボンがどうのとつぶやき、電話を手に取ると、急ぎ足で寝室を出ていった。

ドアを閉めてから応答している。壁の向こうから聞こえてくるエリックの声は、繊細で、どことなくやさしげだ。しばらくすると彼は忍び足で寝室へ戻ってきた。シモーヌはだれからの電話だったのかと尋ねた。

「警察だよ……警部と名乗る男性だった。名前はよく聞こえなかった」エリックはそう答え、カロリンスカ大学病院に行かなければ、と言った。

シモーヌは目覚まし時計を見やり、目を閉じた。

「寝てていいよ、シクサン」エリックはそうささやきかけ、寝室を出ていった。

ネグリジェがねじれて体にまとわりつき、左胸をきつく締めつけている。彼女はネグリジェを整えると、横向きになり、ベッドの中でじっとしたままエリックの動きに耳を傾けた。

服を着ている。クローゼットを開けてなにか探しているらしい。靴べらを使い、アパートを出て、鍵をかけている。やがて通りに面した表玄関の扉が閉まる音が聞こえてきた。

そのままベッドに横たわり、眠りにつこうと長いこと試みたが、目が冴えてしかたなかった。エリックは警察の人と話しているようには聞こえなかった、と彼女は思った。それにしてはのんきな調子だった。ただ単に眠かっただけなのかもしれないが。

起き上がって用を足してから、飲むヨーグルトを少し口に入れ、ふたたび横になった。そのあと、十年前のできごとについて考えはじめてしまい、まったく眠れなくなった。三十分ほどじっとしていたが、やがて上半身を起こし、ベッドサイドランプをつけ、電話を手にとった。ディスプレイを見る。最新の着信履歴が残っている。ランプを消して眠るべきだと思いながらも、彼女は履歴の番号に電話をかけた。着信音が三回鳴った。ピッと音がしたかと思うと、電話から少し離れたところで女性が笑っているのが聞こえてきた。

「エリック、やめて」陽気な声だった。それから、声がぐんと近くなった。「はい、ダニエラですけど。もしもし？」

女はしばらく返答を待ったのち、疲れのにじんだ怪訝そうな声で〝アロハ〟と言って電話を切った。シモーヌは電話を持ったまま茫然となった。なぜエリックは、電話の相手が警部だと、しかも男の警部だと言ったのか？　なんとか理解しようとする。納得のいく説明を見つけようとする。が、どうしても十年前のできごとが思い出されてしかたがない。エリックが自分を裏切っていると、しゃあしゃあと嘘をついていると、突然悟らされたあのときのこと。

偶然にも、エリックがもう二度と催眠をやらないと宣言した、その同じ日のことだった。記憶がよみがえる。あの日は珍しいことに、開業したばかりの画廊に出勤していなかった。ベンヤミンが学校を休んだのか、単に休みをとることにしたのだったか、いまとなっては思い出せないが、とにかくあの日、シモーヌはストックホルム郊外のヤルファラにあった自宅のキッチンで、明るい色の食卓に向かい、郵便物に目を通していた。ふと、エリック宛ての水色の封筒が目にとまった。差出人欄を見ると、住所はおろか名字すらなく、ただ〝マヤ〟とだけ書かれていた。

体をかたちづくる原子のすべてをもって、おかしい、と感じる瞬間がある。彼女が裏切りを恐れるようになったのは、自分の父親が裏切られるのを目の当たりにしたからかもしれない。警察で定年まで勤め上げ、すぐれた捜査を行なったとして勲章まで得た父なのに、時とともに大胆さを増す自分の妻の不倫には、何年もまったく気づかなかったのだ。

両親が激しく言い争ったあの夜、シモーヌはひたすら隠れてじっとしていた。そして母は家族を捨てた。母が何年も密会を重ねていた相手は、近所に住む酒飲みだった。陳腐なダンス音楽のレコードを出したことのある人物で、まだ若いのに年金生活を送っていた。母はこの男とともに、スペインのコスタ・デル・ソルにあるフエンヒローラのアパートへ移り住んだ。

シモーヌと父はそれまでどおりの生活を続けた。これまでだってふたりで暮らしてきたようなものなのだから、と考え、歯をぐっと食いしばった。成長した彼女は、母と同じそばかすだらけの肌に、赤毛に近いブロンドの巻き毛を得た。が、母とはちがい、シモーヌには笑みをたたえた口がある。昔、エリックにそう言われた。彼女はその表現が気に入った。

若かりしころ、シモーヌは画家になりたいと思っていたが、その意志を貫く勇気がなく、結局あきらめることにした。父のケネットには、安定した堅実な職業を選ぶよう、強く勧められていた。そこで一種の妥協策として、彼女は美術史を専攻することにした。大学生活は意外にも楽しく、彼女はスウェーデンの画家ウーラ・ビルグレンをテーマに何本か論文を書いた。

エリックに出会ったのは、大学のパーティーでのことだった。博士号を取ったパーティーの主役が彼女であるとエリックが勘違いし、おめでとうを言いに近寄ってきたのだ。彼は自分のまちがいを知ると、顔を赤らめ、謝り、彼女のもとを離れようとした。が、どういうわけか——たしかにエリックは背の高い美男子だったが、それだけではなく、むしろ彼の控えめな態度に心をひかれ、彼女はこの人と話してみたいという気になった。たちまち話がはずんだ。会話は楽しく、興味深く、飽きることがなかった。ふたりは早くも次の日に再会し、映画館に行って、イングマール・ベルイマン監督の『ファニーとアレクサンデル』を観た。

震える手で〝マヤ〟からの封筒を開けたあの日、シモーヌとエリックが結婚して八年が経っていた。写真が十枚、食卓の上にばさばさと落ちた。明らかに素人が撮ったとわかるピントのずれた写真で、女の胸、口、喉元、薄緑色のパンティー、黒い巻き毛がクローズアップで写っていた。エリックが写っている写真も一枚あり、彼は驚きと幸福感の混じった表情をしていた。マヤはかなり若い、魅力的な女性だった。黒々と太い眉をしている。大きな口は真剣そのものだ。パンティーしか身につけていない姿で、幅の狭いベッドに横たわっている。あらわになった白い胸に、黒髪の房が広がっている。目の下がほんのりと赤らみ、いかにも嬉しそうだ。

裏切られたときの感覚は、なかなかよみがえってこなかった。ずっと昔から、あるのはただ、哀しみ、みぞおちをぎゅっと絞られるような奇妙にうつろな感覚、苦しい思いをひたすら避けようとする意志だけだった。それでも、なによりも先に感じたのが驚きであったことを覚えている。心の底から信頼していた相手に騙されていたことへの、啞然たる、愚かな驚き。それから、恥が訪れた。次いで、自分では駄目なのだというやるせない感覚、燃え上がる憤怒、孤独感がやってきた。

ベッドに横たわったシモーヌの頭の中を、さまざまな思いが駆けめぐり、痛みとともにあらゆる方向へ飛び散っていった。空がだんだん明るくなってきた。数分ほどまどろんだところで、エリックがカロリンスカ大学病院から帰ってきた。なるべく物音を立てないようにしていたが、彼がベッドに腰を下ろした瞬間、シモーヌは目を覚ました。これからシャワーを浴びるとエリックが言う。またたくさん薬を飲んだにちがいないとひと目でわかった。高鳴る心臓を抑えつつ、夜中に電話をかけてきた刑事の名前を尋ねてみたが、答えはなく、彼が会話の最中に寝入ってしまったのだとわかった。シモーヌは、発信元の番号に電話をかけたこと、応答したのが刑事ではなく、くすくす笑うダニエラという名の女だったことを話した。エリックは目を覚ましていることができず、ふたたび眠ってしまった。シモーヌは大声で彼を罵った。ほんとうのことを教えてほしい。あなたをまた信頼してもいいかもしれないと、やっと思えるようになってきたのに、あなたはなにもかも台無しにした。

シモーヌはベッドに座ってエリックを見つめた。エリックはなぜ彼女が怒っているのか理解できないらしい。もう嘘はたくさんだ、とシモーヌは思った。そして、これまで何度も頭の中で考えはしたものの、あまりにも遠く、あまりにも苦しく、失敗そのものであるように感じられる言葉を、ついに口にした。

「わたしたち、別れたほうがいいのかも」

シモーヌは枕と掛け布団を持って寝室を出た。背後でベッドのきしむ音がした。エリックが追いかけてきて彼女を慰め、なにがあったのか話してくれることを願った。が、彼はベッドに横たわったままで、シモーヌは客用の寝室に閉じこもると、長いこと涙を流し、それから鼻をかんだ。ソファーに横になって眠ろうとしたが、しばらくして、今朝は夫や息子と顔を合わせる気になれない、と思った。バスルームに行って顔を洗い、歯を磨き、化粧をして身支度を整える。ベンヤミンはまだ眠っている。息子への書き置きをテーブルに残してから、アパートを出た。どこかで朝食をとってから画廊に出勤するつもりだ。

クングストレードゴーデン公園にあるガラス張りのカフェに長居して、読書をしながら、サンドイッチをコーヒーとともに喉へ流し込んだ。大きな窓の向こうに、十人ほどの人影が見える。なにかのイベントの準備をしているらしい。野外ステージ前にピンク色の天幕が張ってあり、小さな発射台のまわりを囲むように、移動式フェンスが設置されている。そのとき、予想外の事態が発生した。ぱちぱちと音が鳴り、花火が打ち上がる。人々は後ろにひっくり返り、互いに向かって大声をあげた。花火の玉が破裂すると、明るい空に透明な青い光がきらめき、爆音が建物の壁にこだまして響きわたった。

7

十二月八日（火）午前

ばらばらに分解された人間がふたり、灰色の胎児を抱えている。画家のシム・シュルマンは、黄土や赤鉄鉱、酸化マグネシウム、炭を獣脂と混ぜて作った絵の具を、大きな石板の上に走らせる。やわらかい、愛情あふれるタッチだ。筆ではなく、先端の炭化した棒切れを用いる。およそ一万五千年前にフランスとスペインに興ったマドレーヌ文化の画法を借用しているのだ。突進する野牛、戯れる鹿、踊る鳥たちなどを描いたみごとな洞窟壁画が、隆盛期を迎えた時代のことである。

シム・シュルマンが描くのは動物ではなく、人間だった。ゆらゆらと揺れ、いかにも無造作に重なり合っている、温もりのある人間たち。シモーヌは彼の作品を目にするやいなや、うちの画廊で個展を開かないかと誘いかけた。

シュルマンはたいていい、長く豊かな黒髪をひとつに結んでいる。浅黒く濃い顔立ちが、イラクとスウェーデンの血を引いていることを物語っている。彼はストックホルム郊外のテンスタで、スーパーの店員をしていた母のアニタに女手ひとつで育てられた。シュルマンは十二歳にして、格闘技に熱中し、ひとりで歩いている若者を脅して金や煙草を巻き上げる非行少年グループの一員となった。ある朝、シムは駐まった車の後部座席で発見された。接着剤のシンナーを吸ったせいで意識不明になり、体温も低下していた。救急車がようやくテンスタに到着したときには、すでに心停止状態だった。

彼は一命をとりとめ、少年向けの更正プログラムに参加することになった。義務教育をきちんと終え、それと並行してなんらかの手仕事を覚える、という内容だった。シムは漠然と、画家になりたい、と言った。そこで社会福祉局は、青少年向けのカルチャースクールと画家のケーヴェ・リンドベリに連絡をとり、協力を求めた。初めてケーヴェ・リンドベリのアトリエを訪れたときの気持ちを、のちにシム・シュルマンはシモーヌに語った。広々と明るいアトリエに、テレビン油と油絵具のにおいが漂っていた。口を大きく開けた人間の顔が、鮮やかな色使いで巨大なキャンバスに描かれ、彼は作品群のあいだを縫って歩いた。それからわずか一年ほどで、シム・シュルマンは王立美術アカデミーに入学を許可された。弱冠十六歳、史上最年少での入学だった。

「いいえ、石板の絵は低めに配置したほうがいいわ」シモーヌは画廊のアシスタント、ユルヴァに向かって言った。「写真は間接照明で撮るの。カタログできっと映えるわ。床に置いたらどうかしら。壁に立てかけて、光をこっちから……」

「あら、いやだ。いとしの君がまた来たわよ」ユルヴァがいきなり言った。

シモーヌは振り返った。男がドアをぐいと引いて開けようとしている。だれかはすぐにわかった。ノレーンという名の画家で、自分の水彩画の個展をこの画廊にやらせようとしている。ドアを叩き、ガラス越しになにやら怒鳴っている。中から開けてやろうとすると、ようやく静かになった。

ノレーンが画廊に入ってきた。背の低い、がっしりとした男だ。あたりを見まわしてから、ふたりに近づいていく。ユルヴァが視線をそらし、電話がどうのとつぶやいて事務所へ消えた。

「情けない、女しかいないんだな。話のわかるちゃんとした男はいないのかい？」

「なんの用？」シモーヌがつっけんどんな口調で尋ねる。

ノレーンはシュルマンの絵に向かってあごをしゃくった。

「これが芸術だっていうのか？」

「そのとおりよ」

「まったく、こちらのご婦人方ときたら」ノレーンの声には嘲りがこもっていた。「どれだけ男をくわえこんでも足りないというわけか。そういうことだろう？　ちがうか？」

「帰ってちょうだい」

「おれに向かってそんな口をきくと……」

「出ていきなさい」フレーンはそう言い捨てて画廊を出ると、ドアの外でくるりと振り向き、なにやら叫びながら股間に手をやった。

ユルヴァが弱々しく微笑みながら、そっと事務所から出てきた。

「逃げちゃってごめんなさい。この前、ほんとうに怖かったものだから」

「シムみたいな格好をしたほうがいいかしら？」

シモーヌは笑みをうかべ、シュルマンの大きな写真を指差した。黒い忍者服を身にまとい、頭上に刀を振り上げてポーズをとっている。

ふたりが笑いながら忍者服を二着買おうと決めたところで、シモーヌの鞄の中で携帯電話が鳴った。

「はい、シモーヌ・バルク・ギャラリーですが」

「学校事務所のシーヴ・ストゥーレソンです」電話の向こうで年配の女性が言った。

「まあ」シモーヌは怪訝な声で答えた。「息子がお世話になっております」

「ベンヤミンのことでお電話しました」

「ベンヤミンがどうかしたんですか？」

「今日、学校に来ていないんです。病欠の届けも出ていません。こういった場合、かならず親御さんに連絡することになっていますので」

「それでしたら、家に電話してみます。今朝、わたしが出勤するとき、夫も息子も家にいました。確認してから、折り返しお電話します」

ボタンを押して電話を切ると、すぐに自宅の番号にかけた。寝坊をしたり規則を無視したりするのはベンヤミンらしくない。息子が少々生真面目すぎるのではないかと、エリックとともに気をもんだこともあるほどだ。

だれも出ない。エリックは今日、遅くまで寝ているはずなのに。シモーヌは新たな不安に襲われたが、きっとエリックは睡眠薬を飲んで、大口を開けていびきをかきながら眠っているのだろう、ベンヤミンは大音量で音楽でも聞いているにちがいない、と思い直した。ベンヤミンの電話にかけてみる。応答はない。留守番電話に短いメッセージを残してから、エリックの携帯電話にかけてみた。当然のことながら電源が切られている。

「ユルヴァ」彼女は大声で呼びかけた。「ちょっと帰らなきゃいけなくなったわ。すぐに戻るから」

ユルヴァが事務所から顔を出した。手に分厚いファイルを持っている。彼女は微笑み、大声で返した。

「楽しんでいらっしゃい」

いまのシモーヌに気の利いた答えを返す余裕はなかった。鞄をつかむと、コートを肩にひっかけ、小走りで地下鉄駅へ急いだ。

留守宅の玄関には、どこか独特の静けさがある。錠に鍵を差し込んだときにはもう、家にはだれもいないとわかっていた。

忘れ去られたスケート靴が床に置いてあるが、ベンヤミンのリュックサックや靴、ジャケットはなく、エリックの上着も見当たらない。ベンヤミンの部屋をのぞくと、薬を入れているピューマの絵柄の鞄が出しっぱなしになっている。ということはつまり、エリックはベンヤミンにきちんと製剤を注射してやったのだろう。そうだといいのだが。

椅子に腰を下ろし、両手で顔を覆って、恐ろしい想像の数々を振り払おうとする。それでもなお、薬の副作用でベンヤミンに血栓ができ、エリックが大声で助けを呼び、ベンヤミンを抱えて長い階段を駆け下りている、そんな光景が頭に浮かぶ。

どうしても心配せずにはいられない。彼女の頭の中では、ベンヤミンが休み時間にバスケットボールを顔に受けてしまう場面や、彼の脳内で自然に出血が始まり、黒ずんだ小さな点が放射状に広がって、脳の皺に沿って流れ出していく光景などが、始終展開されているのだった。

立って歩きたがらないベンヤミンに苛立っていた自分を思い出すと、彼女はいまでも耐えがたいほどの恥ずかしさに襲われる。ベンヤミンは二歳になってもまだハイハイをしていた。先天的な血液凝固異常のせいで、立ち上がると関節の血管が破裂してしまうことを、エリックもシモーヌも当時はまだ知らなかったのだ。シモーヌは泣きじゃくるベンヤミンを叱り、ハイハイなんて赤ちゃんみたい、と言い放った。ベンヤミンは歩こうとしたが、ひどい痛みのせいで、数歩ほど進んだだけで横にならずにはいられなかった。

ベンヤミンがフォン・ウィルブランド病と診断されると、日々の手当てはシモーヌではなく、エリックの役目になった。一晩じっと眠ったあと、体の中で内出血が起こるのを防ぐため、ベンヤミンの関節をそっと曲げ伸ばししてやるのも、難しい注射を行なうのも、エリックの仕事だった。けっして注射針を筋肉組織に刺してはならず、ゆっくりと、慎重に、皮下に薬剤を注入しなければならない。ふつうの注射よりもはるかに痛みを伴う方法だ。初めの数年、ベンヤミンは注射針が刺さると、父親の腹に顔を押しつけ、声を出さずに泣いていた。いまでは、エリックが腕を消毒し、注射してガーゼを当てているあいだ、ベンヤミンは朝食をとりながらエリックのほうに腕を差し出しているだけで、注射器に目を向けることとすらない。

ベンヤミンの血液の凝固を促す製剤はヘマーテという名前で、まるでギリシア神話に出てくる復讐の女神かなにかのようだとシモーヌは思った。実際、まったく安心のできない恐ろしい薬だった。凍結乾燥した黄色い粉薬で、溶剤に混ぜて溶かし、温度を調節し、一回分の量をきちんと測ってから与えなければならない。ヘマーテによって血栓のリスクが格段に増すので、もっとすぐれた薬が発売されることを彼らはつねに願っていた。とはいえ、ヘマーテに加えて、大量のデスモプレシンと、粘膜の止血に効くシクロカプロンの点鼻薬があれば、ベンヤミンは比較的安心して暮らすことができた。

マルメにある血液凝固異常対応センターから、ラミネート加工を施した小さな〝リスク・カード〟が送られてきたときのことは、いまでも鮮明に覚えている。カードに貼った写真は、ベンヤミンの誕生日に写したものだった。四歳のベンヤミンの笑顔の下に、こんな説明書きが添えてあった。〝ぼくはフォン・ウィルブランド病です。ぼくの身になにかあったら、すぐに血液凝固異常対応センター（040－331010）に電話してください〟

シモーヌはベンヤミンの部屋をぐるりと見まわした。ハリー・ポッターのポスターをはがし、おもちゃをほとんど全部段ボール箱に詰めて物置に片付けてしまったのは、少し残念な気がした。アイーダと出会ったことで、ベンヤミンは焦って大人の階段を上ろうとしていた。

シモーヌははたと動きを止めた。ベンヤミンはもしかしたら、アイーダといっしょにいるのかもしれない。

ベンヤミンはまだ十四歳、アイーダは十七歳だ。ただの友だちだとベンヤミンは言うが、彼女がガールフレンドであることは一目瞭然だった。ベンヤミンは自分の病気のことを、アイーダにちゃんと話しているだろうか？　恥ずかしがって隠したりしていないだろうか？　薬をきちんと与えられていないと、少し叩かれただけでも命にかかわるということを、アイーダは知っているのだろうか？

ベンヤミンはアイーダに出会って以来、携帯電話にドクロ模様の黒いひもを通して首にかけ、肌身離さず持ち歩くようになった。夜更けまでメールをやりとりしているらしく、夜が明けてベンヤミンを起こしにいくと、いつも電話を首からかけたまま眠っていた。

シモーヌはベンヤミンの机の上にある紙や雑誌を慎重に探り、引き出しを開け、第二次世界大戦に関する本を片付けたところで、黒い口紅の跡のついた紙切れを見つけた。電話番号が書いてある。シモーヌはキッチンへ急ぎ、番号を押した。着信音が鳴っている。待つかたわら、いやなにおいのするスポンジクロスをごみ箱に放り込んだ瞬間、応答する声が聞こえてきた。

弱々しい、かすれた声だ。息を切らしている。

「もしもし」とシモーヌは切り出した。「お邪魔でしたらすみません。シモーヌ・バルクといいます。ベンヤミンの母親です。もしかして、うちの息子が……」

声の主は女性のようだ。ベンヤミンなどという人は知らない、まちがい電話だろう、と吐き出すように言う。

「ちょっと待って」シモーヌは冷静な声を出すよう努めた。「うちの息子、おたくのアイーダさんと親しくさせていただいてます。ふたりの居場所をご存じありませんか？　ベンヤミンと連絡をとらなければならないんです」

「テン……テン……」

「聞こえないわ。すみません、なんとおっしゃっているのか、よく聞こえません」

「テン……スタ」

「テンスタ？　アイーダさんはテンスタにいるんですか？」

「そう。あの、いまいましい……タトゥー」

聞こえてくるのは、酸素吸入器がゆっくりと作動している音のようだ。電話の向こう、受話器から遠いところで、シューッという音が規則的に繰り返されている。

「なんとおっしゃりたいんですか？」シモーヌは懇願するように問いかけた。

女性は苛立ったようすでなにごとかつぶやくと、電話を切った。シモーヌは電話を見つめた。かけ直そうと思ったところで、女性がなにを言おうとしていたのか、不意に理解した――テンスタ。タトゥー。すぐに電話番号案内を呼び出し、テンスタにあるタトゥー店の住所を聞き出す。ショッピングセンター内にあるという。ベンヤミンがタトゥーを入れさせられているのではないか、血が止まらずに流れつづけているのではないかと思うと、背筋が寒くなった。

8

十二月八日（火）午前

ベンヤミンを学校に送り届けたあと、病院の廊下を歩きながら、エリックはアイーダの首のタトゥーをとやかく言うべきではなかったと後悔した。アイーダやベンヤミンからしてみれば、ひとりよがりに責め立てているだけと映ったことだろう。

制服を着た警官ふたりが彼を区画内に招き入れた。ヨーナ・リンナはすでにヨセフ・エークの病室の前で待っていた。エリックの姿に気づくと笑みをうかべ、まるで小さな子どもがするように、手を開いたり閉じたりして合図してみせた。

エリックはヨーナのかたわらに立ち、扉の窓から患者の姿をのぞき込んだ。ベッドの上に、赤黒い血液の入った袋が吊り下がっている。容態は安定しつつあるが、いつ肝臓から新たな出血が始まってもおかしくない状況だ。

ヨセフは仰向けに横たわっている。口は固く引き結ばれ、腹がせわしなく上下している。

手の指がときおりぴくりと震えている。

空いているほうの腕のひじ裏に、新たなカテーテルが取り付けられている。看護師がモルヒネ点滴の準備をしている。滴下速度が少し下がったようだ。

「運動場のほうが先だったことが立証されましたよ」とヨーナが言った。「犯人は父親のアンデシュ・エークを殺してから、彼の自宅に行って、幼い次女のリサを殺し、長男を殺したと思い込み、母親のカーチャを殺した」

「司法解剖で立証されたんですか？」

「ええ」

「なるほど」

「というわけで、犯人が一家を皆殺しにしようとしているのなら、残るは長女のエヴェリンだけです」

「ヨセフが一命をとりとめたことを、犯人がまだ知らなければの話だが」

「ええ。しかし、ヨセフには警護をつけられます」

「たしかに」

「手遅れになる前に犯人をつきとめなければなりません。ヨセフが知っていることを話してもらわなければ」

「しかし、患者の健康が第一ですから」

「いまのあの子にとって第一なのは、姉さんを失わずに済むことじゃないでしょうか」

「そうかもしれません。もちろん、もう一度診察をしてみるつもりですが、まだ早すぎるという結論は変わらないと思いますよ」

「ふむ」

ダニエラがやってきた。細身の赤いコートに身を包み、早足で歩いている。急いでいるの、と言い、書きかけのカルテをエリックに手渡した。

「おそらく」エリックはヨーナに向かって説明した。「患者はもうすぐ、あと数時間ほどで、話ができるほどまでに意識を回復するでしょう。しかし、そのあとも……さらに長い治療のプロセスが待っているのだということをおわかりいただきたい。事情聴取を行なうことで容態が悪化しかねず、そうなると……」

「エリック、わたしたちの意見はもう関係ないの」ダニエラが口をはさんだ。「検事が決定を下したそうよ。特殊な事情があるから、って」

エリックは問いかけるような視線をヨーナに向けた。

「すると、私たちの許可はべつに必要ないと？」

「まあ、そうですね」ヨーナが答える。

「それなら、なぜさっさと事情聴取を始めないんです？」

「ヨセフはもう限界以上までつらい思いをしたと思います。あの子を傷つけるような真似はしたくない。だが、犯人より先に姉さんを見つけなければならない。ヨセフはおそらく犯人の顔を見ています。話を聞くにあたって、あなたが協力してくださらないのなら、ごくふつうのかたちで話を聞くまでですが、もちろん、最善の方法をとるに越したことはありません」

「最善の方法、というと？」

「催眠ですよ」

エリックはヨーナを見つめ、それからゆっくりと言った。

「私は催眠を行なうことを許されていない……」

「アニカとは話したわ」とダニエラが言う。

「彼女、なんと言ってた？」エリックは思わず笑みをうかべた。

「容態の不安定な、しかも未成年の患者に催眠をかけるってことで、あまり気が進まないようだったけど、それでも主治医はわたしだから、わたしに決断を任せてくれた」

「ほんとうに、勘弁してくれないか」

「なぜです？」ヨーナが尋ねる。

「理由を話すつもりはありませんが、とにかく、もう二度と催眠はやらないと誓ったんです。これは私が自分で決めたことで、いまでもあれは正しい決断だったと思ってます」

「今回のケースで催眠を使わないのは、正しい決断といえるでしょうか？」

「わからない」

「今回だけ、特別にお願い」ダニエラが畳みかけた。

「催眠か」エリックがため息をつく。

「患者が少しでも催眠に反応しそうだとあなたが判断した時点で、すぐに試してみてちょうだい」

「きみも同席してくれるかい？」

「催眠をかけるっていう決断は、わたしが責任をもって下すわ。けど、あとのことはあなたに任せたいの」

「つまり、ぼくひとりでやれと？」

ダニエラは疲れた顔でエリックを見つめた。

「昨晩からずっと働きづめなのよ。ティンドラを学校に送っていく約束もしてる。文句があるなら今夜お聞きするわ。でも、いまはとにかく家に帰って眠らなくちゃ」

エリックは廊下を去っていくダニエラを見送った。赤いコートが彼女の背後でひらひらと揺れている。ヨーナは病室をのぞき込んでいる。エリックはトイレに行き、中から鍵をかけると、顔を洗い、無漂白の紙ナプキンを何枚か引っぱり出して額や頬の水をぬぐった。電話を取り出し、シモーヌにかけるが、応答がない。自宅にもかけてみる。着信音に耳を傾け、留守番電話の音声ガイダンスを聞いた。ピーッと音が鳴り、録音が始まると、エリックはなにを言えばいいのかわからなくなった。

「シクサン、ぼくは……とにかく話を聞いてくれ。いったいなにを勘違いしたのか知らないが、とにかくなにもなかったんだ。きみにとってはもうどうでもいいことなのかもしれないが、ぼくはかならず証明してみせる、ぼくはけっして……」

彼は黙り込んだ。自分の言葉にはもはやなんの意味もないのだとわかっている。自分は十年前、シモーヌに嘘をついた。以来、彼女を愛していることを、いまだにどんなかたちでも証明できていない。まだ足りないのだ。彼女にふたたび信頼されるには至っていない。エリックは電話を切ると、トイレを出て、扉のガラス越しに病室をのぞき込んでいるヨーナのもとへ戻った。

「催眠っていうのは、実のところ、いったいどういうものなんですか？」やがてヨーナが尋ねた。

「暗示や瞑想に似た、一種の変性意識状態にすぎません」

「なるほど」しばらく間があったのち、ヨーナが言った。

「あなたが念頭に置いている催眠は、いわゆる他者催眠ですね。つまり、なんらかの目的をもって、他人を催眠状態にすることです」

「目的というと、たとえば？」

「たとえば、負の幻覚を引き起こすこと」

「負の幻覚？」

「いちばんよくあるのは、痛みを意識させないようにすることです」

「しかし、痛みがなくなるわけではない」

「それは痛みをどう定義するかによります。患者はもちろん、痛みの刺激に対して生理学的な反応を示します。が、痛みを感じることはありません。臨床的な催眠状態で外科手術をすることも可能です」

ヨーナはメモ帳になにやら書きつけた。

「神経生理学的に言うと」とエリックは続けた。「催眠状態にあるときには、脳が特殊なはたらきかたをします。ふだんはほとんど使っていない脳の部分が、突然活性化されるんです。催眠状態にある人は、完全にリラックスしていて、まるで眠っているように見えますが、脳波を調べてみると、目を覚まして周囲に注意を払っている人の脳と同じように活動していることがわかります」

「ヨセフはときどき目を開けますね」ヨーナはそう言うと、病室をのぞき込んだ。

「そうですね」

「いったいどんなことが起こるんでしょう？」

「患者に、ということですか？」

「ええ。あなたが催眠をかけたら」

「催眠療法の場合ですが、動的な催眠状態にあるとき、患者はほぼかならず自己分裂を起こします。ものごとを経験し、行動している自分と、それを観察している自分に分かれるんです」

「まるで芝居を見るように、自分の姿を外から見るようになるわけですね」

「そのとおり」

「患者さんにはどんなことを言うんですか？」

「なによりもまず、患者を安心させなければなりません。恐ろしい経験をしたのですからね。そこで、私は自分の意図を説明してから、患者をリラックスさせます。まぶたが重くなる、目を閉じたくなる、鼻で深く息をする、そういったことを穏やかに話しかけて、体の各部分を上から下まで意識させ、それからまた下から上へ戻ります」

ヨーナがメモしているあいだ、エリックはしばらく待った。

「それが終わったら、いわゆる誘導を始めます」と彼は続けた。「隠れた命令のようなものを言葉の中に織り込んで、患者にいろいろな場所や単純なできごとを想像させます。暗示をかけて、さまざまな考えの中を歩きまわらせ、そこからだんだんと遠ざかっていき、ついには状況をコントロールする必要性がほとんど失われるところまで導いていきます。言ってみれば、本を読んでいて、内容が面白くなってきたために、自分のいる場所や、読書をしているという事実を忘れそうになる、そんな状態に似ています」

「なるほど」

「誘導が終わったあとに、こんなふうに患者の手を持ち上げてから放すと、手は上がったまま硬直して動きません。誘導が終わると、私は数を逆にかぞえて、催眠をさらに深めます。私は数をかぞえますが、患者にグレースケールを思い浮かべさせる医師もいます。いずれも頭の中にある考えの境界線を消すためです。このとき実際になにが起きているかというと、記憶の一部を抑え込んでいる、恐怖や批判的な思考を追い出しているわけです」

「ヨセフに催眠をかけることはできそうですか?」

「ええ。彼が抵抗しなければ」

「抵抗したら? その場合にはどうなります?」

エリックは答えなかった。ガラス越しにヨセフを観察し、その顔を、感受性を読み取ろうとする。

「どんな話が聞けるかは、いまの時点ではわかりません。まったく関係のない話が出てくるかもしれない」

「正式な証言を求めているわけではありません。ただ、ヒントが、人相が、手がかりが欲しいだけなんです」

「つまり、犯人に関する記憶を探せば、それでいいわけですね?」

「名前、場所、つながりなどが得られれば上出来です」

い込んだ。

「どんなことになるか、まったく予測がつかないな」エリックはそう言い、大きく息を吸い込んだ。

ヨーナは彼のあとについて病室に入り、隅の椅子に腰を下ろすと、靴を脱いで背もたれに体をあずけた。エリックは灯りを弱めてから、スチール製のスツールを引き寄せ、ベッドのそばに腰を下ろした。ヨセフに向かい、慎重に説明を始める。これから催眠をかけたいと思っている。昨日起こったことを理解する手助けをするために。

「ヨセフ、私はずっとここにいる」エリックは穏やかに言った。「怖がることはなにもない。心の底から安心してかまわないんだ。私はきみのためにここにいる。言いたくないことはなにも言わなくていい。きみが望むときにいつでも催眠をやめることができる」

いまになって初めて、エリックは自分がずっと催眠をやりたくてしかたがなかったことに気づいた。心臓が高鳴る。この熱意は抑えなければならない。催眠のプロセスを強いたり急かしたりするのは禁物だ。催眠は、静けさに満ちていなければならない。患者自身のやわらかなテンポで、沈み、味わえるようにしてやらなければならない。

少年を深くリラックスさせるのは簡単だった。体がすでに休息の態勢にあり、しかももっと休みたがっているようだった。

口を開き、誘導を始めると、長いこと催眠をやっていなかったのが嘘のように思えた。淡々と、穏やかな、しっかりとした声。言葉がとても楽に、当たり前のように湧き上がってくる。そして流れ出す言葉は、単調な温もりと、眠りを誘うようにだんだんと低くなっていく声の調子に満たされている。

ヨセフがきわめて敏感に反応していることがすぐに感じられた。エリックのもたらす安心感に、本能的にしがみついているかのようだった。傷ついた顔がずしりと重くなり、顔つきがやわらかくなり、口元の力が抜けていった。

「ヨセフ、もしよければ……夏の日を想像してみてくれ。なにもかもが最高で、なにもかもが心地良い。きみは小さな木のボートに乗って横になっている。ボートがゆらゆら揺れている。波が打ち寄せる。見上げると、真っ青な空に、小さな雲が漂っている」

誘導へのヨセフの反応はすばらしく、エリックは催眠の進行を少し緩めたほうがいいだろうかと考えた。つらい経験をしたあとに、催眠術への感受性が増すことはよくある。内的なストレスが、逆エンジンのような役割を果たすのだ。ブレーキが予想外に早く利き、回転数があっという間にゼロに近づく。

「これから数を逆にかぞえていくよ。数がひとつ聞こえるたびに、きみは少しずつ体の力を抜いていく。大いなる静けさに満たされるのを感じる。まわりのなにもかもが心地良い。足の指の力を抜こう。足首。ふくらはぎ。苦しいことはなにひとつない。なにもかもが穏やかだ。私の声に、だんだんと小さくなっていく数にだけ、耳を傾けていればいい。もう少し力を抜こう。体が重くなる。膝の力が抜ける。腿をたどって、足の付け根まで力を抜こう。きみは下に向かって、やわらかく、心地良く沈み込んでいく。すべてが穏やかで、静かで、ゆったりとしている」

エリックは少年の肩に手を置いた。腹に視線を据え、ヨセフが息を吐くごとに数を逆にかぞえる。ときおり誘導の内容を前後させながらも、カウントダウンは続けていった。催眠が進行するにつれ、夢のような軽やかさと身体的な力強さの感覚がエリックを満たした。数をかぞえながら、明るい、酸素の多い水の中を沈んでいく自分を見つめる。この感覚、青い海、大洋の感覚。すっかり忘れていた。微笑みながら、巨大な岩をなぞるように沈んでいく。プレートの割れ目がぱっくりと口を開け、とてつもない深淵へ続いている。小さなあぶくで、水がきらきらと光っている。幸福感が体に満ちる。エリックは無重力状態のように漂いつつ、ごつごつした岩壁に沿ってゆっくりと下へ沈んだ。

ヨセフは明らかに催眠状態に入っていた。頬や口元の力が完全に抜けている。エリックはいつも、催眠状態に入ると患者の顔が広がり、平たくなると感じていた。美しさには欠けるかもしれないが、どことなくはかない、つくられたところのない顔だ。

エリックはさらに沈んでいく。手を伸ばし、かたわらを過ぎていく岩壁に触れた。明るい水の色が、少しずつピンク色に変わった。

「さあ、きみはいま、すっかりリラックスしている」彼は穏やかに告げた。「なにもかもが、とても、とても心地良い」

少年のまぶたがうっすらと開き、その中でふたつの目が輝いている。

「ヨセフ……昨日のできごとを思い出してみてほしい。いつもどおりの月曜日だったね。だが、夜になると、だれかが家にやってきた」

少年は黙っている。

「なにがあったのか教えてくれるね」

少年はかすかにうなずいた。

「きみは自分の部屋にいるのかな？　音楽でも聞いているのかい？」

ヨセフは答えない。なにかを考え、探しているかのように、口が動いている。

「学校から帰ってきたとき、お母さんは家にいたね」エリックが言う。

ヨセフはうなずいた。

「なぜ？　理由はわかるかい？　リサが熱でも出したのかな？」

少年はうなずき、口の中をつばで湿らせた。

「ヨセフ、きみは学校から帰ってきて、なにをした？」

ヨセフがささやき声を発した。

「聞こえないよ。聞こえるように話してくれ」

ヨセフの唇が動き、エリックは身を乗り出した。

「火、まるで火みたいだ」ヨセフはつぶやいた。「まばたきをしてみる。台所に入っていく。けど、どうもおかしい。椅子の並んでるあたりで、ぱちぱち音がして、真っ赤な火が床に広がってる」

「火はどこから?」

「覚えてない。その前に、なにかがあって……」

ヨセフはまた黙り込んだ。

「もう少し時間をさかのぼってみよう。その火が台所に現われる前に」

「だれかいる」ヨセフが言った。「だれかがドアをノックしてるのが聞こえる」

「玄関のドア?」

「わからない」

ヨセフの顔が急に張りつめた。不安げなうめき声を漏らす。顔が奇妙に歪んで、下の歯がむき出しになった。

「大丈夫だよ」エリックが言う。「なんの心配もない。ヨセフ、ここは安全だ。きみは落ち着いている。なんの不安も感じていない。昨日あったことを、ただ見ているだけだ。きみはもう、そこにはいない。少し遠いところ、ちょうどいい距離から、ことの成り行きを見守っている。危ないことはなにひとつない」

「足が水色」ヨセフがささやいた。

「えっ?」

「ノックの音がする」ヨセフはろれつの回らない舌で言った。「ドアを開けたけど、だれもいない。だれも見えない。なのに、ノックの音がまだ続いてる。だれかの嫌がらせだ」

ヨセフの呼吸が速くなった。腹がぴくぴくと動いている。

「それから？」

「台所に行って、食パンを出した」

「パンを食べたんだね？」

「でも、ノックの音がまた始まった。リサの部屋から聞こえてきた。ドアが半開きになってて、お姫様の絵のランプがついてるのが見えた。ナイフでそっとドアをつついて、中をのぞいてみた。リサはベッドに寝てた。眼鏡をかけてたけど、目はつぶってて、はあはあと息をしてた。顔が真っ青だった。腕も脚もこわばってた。頭を後ろにのけぞらせて、首にぐっと力を入れて、ベッドの足元の板を蹴りつけてた。蹴る速度がだんだん速くなってく。やめろって言ってるのに、リサはやめない。もっと強く蹴りはじめる。おれは大声で怒鳴った。ナイフはもう突き刺さってた。母さんが駆け込んできておれを引っぱった。おれは振り向いた。ナイフが突き出た。おれの中から飛び出したんだ。おれは新しいナイフをとってきた。止《や》めるのが怖かった。続けなきゃならない。止《や》めるわけにはいかない。母さんが台所を這ってる。床が真っ赤だ。もうなにもかもナイフで切りつけてみないと気が済まない。自分の体。家具。壁。ぐさぐさ刺してるうちに、急にだるくなって横になった。

なにが起こってるのかわからない。体の中が痛い。喉が渇いた、でも動けない」

エリックは少年とともに漂っている自分を感じた。光の差し込む水中深くで、両脚がゆらゆらと動いている。彼は岩壁を目で追った。下へ、下へ。終わりが見えない。水の色が暗くなり、ブルーグレー、やがていざなうような黒に変わっていく。

「その前に……」エリックは自分の声が震えていることに気づいた。「その前に、お父さんにも会ったね」

「うん、サッカー場のそばで」とヨセフは答えた。

それから黙り込むと、怪訝そうな顔になり、眠ったまなざしで目の前の空間を見つめた。

エリックは彼の脈拍数が上がり、同時に血圧が下がっていることを目にとめた。

「もっと深いところまで沈んでいこう」エリックは静かに言った。「きみは沈んでいく。なにもかもが、もっと穏やかで、心地良く……」

「母さんの話は？」ヨセフが哀れな声を出した。

「ヨセフ、教えてくれ……お姉さんのエヴェリンにも会ったね？」

エリックはヨセフの表情をうかがった。勝手な推測が問題を引き起こしかねないことは承知している。推測がまちがっていた場合、催眠にひび割れが生じてしまうかもしれない。が、思い切って進むしかなかった。このままでは時間が足りなくなる。もうすぐ催眠を解かなければならない。患者の容態がふたたび深刻になりつつあった。

「エヴェリンに会ったとき、なにがあった？」

「姉さんのところなんか行くんじゃなかった」

「昨日行ったのかい？」

「別荘に隠れてた」ヨセフはにやりと笑みをうかべてささやいた。

「どの別荘？」

「ソーニャおばさんの」声に疲れがにじんでいる。

「別荘でなにがあったのかな？」

「おれはただ突っ立ってる。姉さんは喜んでない、姉さんが考えてることはわかる」とヨセフはつぶやいた。「姉さんにとって、おれは犬でしかないんだ、なんの価値もない……」

ヨセフは涙を流しはじめた。口が震えている。

「エヴェリンがそう言ったのかい？」

「いやだ、やらなくてもいいはずだ、やりたくない」ヨセフがうめくように言った。

「なにをやりたくないんだい？」

ヨセフのまぶたがぴくぴくと震えはじめた。

「それから？」

「ご褒美がほしければ、咬んで、咬んで、咬みまくれ。姉さんがそう言った」

「だれを咬めって？」

「別荘には写真がある……赤いキノコのかたちの写真立てに入ってる……父さんと、母さんと、リサが写ってる、けど……」

ヨセフの体が不意にこわばった。両脚が力なくびくびくと動いている。深い催眠状態から抜け出しつつあるのだ。エリックは慎重に舵を取り、ヨセフを落ち着かせ、数段階ほど彼を引き上げた。昨日のあらゆる記憶に通ずる扉、催眠の記憶に通ずる扉を、注意深く閉めていく。そっと覚醒へ導くプロセスを開始するにあたって、開いた扉がひとつでも残っていてはいけない。

ベッドに横たわるヨセフの顔に笑みがうかんでいる。エリックはヨセフのもとを離れた。ヨーナも隅の椅子から立ち上がり、エリックとともに病室を出ると、コーヒーマシンに近づいていった。

「感心しましたよ」ヨーナは小声でそう言い、携帯電話を取り出した。

エリックは寂寥《せきりょう》感に襲われた。なにかがおかしい、もう取り返しがつかない、という気がした。

「電話なさる前に、ひとつだけ」と彼は言った。「催眠状態にある患者は、かならず真実を話します。が、当然のことながら、それは患者なりの真実にすぎない。自分にとっての真実を語っているにすぎないんです。つまり、主観的な記憶を語っているわけで、けっして……」

「それはわかってますよ」

「統合失調症の患者さんに催眠をかけたことがありますが」

「なにがおっしゃりたいんです？」

「ヨセフが姉さんのことを話していましたね……」

「ええ、姉が犬のように咬めと言ったとか」

ヨーナは番号を押し、電話を耳に当てた。

「あの子の姉さんが犯行を促したとはかぎりません」

「しかし、促さなかったともかぎらない」ヨーナはそう言うと、片手を挙げてエリックを黙らせた。「やあ、いとしのアーニャ……」

電話の向こうからやさしげな声がかすかに聞こえてきた。

「ひとつ調べてもらえるかな？　そうそう。ヨセフ・エークには、ソーニャという名のおばがいる。どこかに別荘を持ってるはずなんだが……うん、そのとおり……助かるよ」

ヨーナは顔を上げてエリックを見た。

「失礼。お話の途中でしたね」

「ヨセフが家族を殺したともかぎらない。言いたかったことはそれだけです」

「しかし、ヨセフが自分で自分を傷つけた可能性はほんとうにあるんでしょうか？　あんなふうに自分の体を切りつけることができますか？　どう思われます？」

「考えにくいと思うが、理論的には可能でしょう」

「だとしたら、犯人はあの病室の中にいると考えてよさそうですね」

「まあ、そうでしょうね」

「病院から逃げ出す可能性は？」

「あの状態ではあり得ませんよ」エリックは驚いて笑みをうかべた。

ヨーナは廊下に向かって歩き出した。

「これから例のおばさんの別荘へ？」とエリックが尋ねる。

「ええ」

「私も行きますよ」エリックはそう言って歩き出した。「エヴェリンも怪我をしている、あるいは急性ショック状態に陥っている可能性もありますからね」

9

十二月八日（火）昼

シモーヌは地下鉄の席に座り、窓の外を眺めている。だれもいないアパートを出て、地下鉄の駅まで走ったせいで、まだ汗が引いていない。

地下鉄はフーヴスタ駅で停止している。

タクシーに乗ればよかったと後悔した。が、まだなにかあったと決まったわけじゃない、たいていのことは杞憂に終わる、と自分に言い聞かせる。

また携帯電話を見つめる。さきほど話をした妙な女性は、アイーダの母親だったのだろうか？　アイーダはほんとうに、テンスタのタトゥー店にいるのだろうか？

扉が閉まったが、またすぐに開いた。前のほうで呼び声がし、扉がもう一度閉まり、地下鉄はやっと動き出した。

シモーヌの向かいの席で、男ががさがさと新聞をいじっている。何紙もある新聞を集め、隣の席に広げて、なにやら見比べているようだが、やがて新聞を折り畳んだ。シモーヌは、窓に映った像を見て、男が自分をちらちら見ていることに気づいた。席を替えようかと考えはじめたところで、携帯メールの着信音が鳴った。画廊のユルヴァからだ。シモーヌはメールを読む気になれなかった。エリックからのメールであることを期待していたのだ。もう何度試したかわからないが、それでももう一度、エリックの携帯電話にかけてみる。くぐもった着信音に耳を傾けているうちに、いきなり留守番電話サービスにつながった。

「なあ、そこのおばさん」向かいの男が、厚かましく不愉快な調子で話しかけてきた。

シモーヌは聞こえないふりをし、窓の外を見ながら電話に耳を傾けているかのように装った。

「なあ」

返事をしてやらないかぎり、この男はあきらめないだろう。この男もまた、世の男たちの例に漏れず、女性にも自らの人生と考えがあり、いつでも男の言うことに耳を傾けられるよう待機しているわけではないのだということが、まったく理解できていないらしかった。

「おい、聞こえないのかよ、おまえに話しかけてるんだよ」

シモーヌは男のほうを向いた。

「よく聞こえてます」冷静な声で言う。

「じゃあ、なんで返事しないんだ」

「いま返事してるでしょう」

男は何度かまばたきをした。案の定、始まった。

「おまえ、女だろう？　ん？」

シモーヌはごくりとつばを飲み込んだ。こういう類いの男はたいてい、わたしの名前を聞き出そうとする。結婚しているかどうか尋ねてくる。挑発して、怒らせる。そして結局、わたしはひどく感じの悪い態度をとることになる。

「おまえ、女だろう？」

「知りたいことはそれだけ？」シモーヌはぶっきらぼうに言うと、窓へ視線を戻した。

男は席を立ち、シモーヌの隣に座った。

「なあ、聞けよ……おれには女がいたんだがな、おれの女は、おれの女は……」

頬につばが飛んできた。

「エリザベス・テイラーみたいだった」と男は続けた。「知ってるか？」

男はシモーヌの腕をつかんで揺さぶった。

「エリザベス・テイラー、知ってるかって聞いてるんだよ」

「ええ」シモーヌは苛立ちを隠さずに答えた。「当たり前でしょう」

男は満足したようすで背もたれに体をあずけ、ぼやきはじめた。

「男をとっかえひっかえだ。しかも、どんどんグレードアップしなきゃ気が済まないときた。ダイヤの指輪、プレゼント、ネックレス」

地下鉄がスピードを緩めた。シモーヌは次の駅が目的地であることを思い出した。テンスタ駅に近づいている。彼女は席を立った。が、男も立ち上がり、彼女の行く手を阻んだ。

「な、ハグしようぜ。ハグしてくれよ」

シモーヌは憤りを抑えつつ、失礼、とつぶやき、男の腕を振り払った。男の手が尻に触れたのがわかった。その瞬間、地下鉄が急停止し、男はバランスを崩して席にどさりと腰を下ろした。

「この淫売め」男が背後から穏やかな声で言った。

シモーヌは地下鉄を降りると、駆け足で駅を離れ、アクリルガラス張りの陸橋を渡って階段を下りた。ショッピングセンター前のベンチに酔っぱらいが三人座り、だみ声で話をしている。シモーヌは正面入口から早足で中に入り、ふたたびエリックの携帯電話にかけてみた。酒店から、瓶が割れたのか、古い赤ワインのにおいが漂っている。息を切らしつつ、レストランの窓を素通りする。缶詰から出したにちがいないとうもろこしや、きゅうり、ひからびたレタスなどの並ぶビュッフェが視界に入った。広間の中央に、店舗の位置を示す大きな案内図があった。文字を目で追い、目的の店を見つける。〈テンスタ・タトゥー〉。案内図によれば、最上階の奥のほうにあるらしい。シモーヌは幼い子どもを連れた母親や、腕を組んで歩く老夫婦、学校をさぼっている若者たちのあいだを縫って走り、エスカレーターへ向かった。

若者グループに囲まれて横たわっている少年、そこに割って入る自分、横たわっているのはベンヤミンで、タトゥーを彫りはじめたところから出血が止まらなくなっている――そんな光景が頭に浮かんだ。

大股でエスカレーターを駆け上がる。最上階に着いたとたん、閑散とした奥のほうでうごめく奇妙な人影に目がとまった。吹き抜けの欄干の外側に、人がぶら下がっているように見える。シモーヌは奥へ向かって歩き出した。近づくにつれ、なにが起こっているのか、はっきりと見えてきた――ふたりの少年が、子どもを欄干の向こうに落とそうとしているのだ。その後ろで、大柄な人影が行ったり来たりしながら、まるで体を暖めて寒さをしのごうとしているかのごとく、自分の上半身や二の腕を両手で叩いている。

欄干の向こうにぶら下がっている少女はおびえきった表情だが、少年たちの顔は穏やかそのものだった。

「あなたたち、なにやってるの？」シモーヌは歩きながら大声をあげた。

駆け寄る勇気はなかった。少年たちが驚いて手を放してしまうといけない。そうなれば、少女は一階の広間まで、少なくとも十メートルは落下することになる。

少年たちはシモーヌの姿を目にすると、わざと手が滑ったふりをしてみせた。シモーヌは悲鳴をあげたが、少年たちは手を放していなかった。ゆっくりと少女を引き上げる。少年の片方がシモーヌに奇怪な笑みを向け、ふたりは走り去った。後ろを行き来していた大柄な少年だけがその場に残った。少女は欄干のそばでしゃがみこみ、泣きじゃくっている。シモーヌは心臓の高鳴りを感じながら立ち止まり、少女のかたわらで身をかがめた。

「大丈夫？」

少女は黙ったまま首を横に振っている。

「警備員さんのところに行きましょう」

少女はまた首を横に振った。全身をがたがたと震わせ、欄干のそばで鞠《まり》のように丸くなっている。シモーヌは大柄な少年のほうを見やった。少年はその場に突っ立ったまま、ふたりのようすを見つめている。中綿入りの黒っぽいジャケット、黒のサングラスを身につけている。

「あなた、名前は？」

少年は答えない。上着のポケットからトランプのようなものを取り出すと、ぱらぱらとめくり、カードを切って混ぜはじめた。

「名前は、って聞いてるでしょ？」シモーヌはさきほどよりも大きな声で繰り返した。

「あの子たちの友だち？」

少年の表情はまったく変わらない。

「どうしてなにもしなかったの？　この子、殺されてたかもしれないのよ！」

シモーヌは体内を駆けめぐるアドレナリンを、こめかみのあたりで勢いよく打つ脈を感じた。

「あなたに聞いてるの。どうしてなにもしなかったの？」

少年をじっと見つめる。答えはない。

「この馬鹿！」シモーヌは叫んだ。

少年はそっと立ち去ろうとするそぶりを見せた。シモーヌが逃がすまいとあとを追うと、少年はつまずいてトランプを床にぶちまけた。なにやら早口でひとりごとを言ったが、そのままエスカレーターで階下へ逃げていった。

シモーヌが少女の世話をしようと振り返ると、少女の姿も消えていた。シモーヌは通路を駆け戻った。店舗はどこも空室になっていて、電気が消えている。少女の姿はなく、少年たちも見当たらない。そのまま少し歩き続け、ふと気がついてみると、タトゥー店の前にたどり着いていた。ショーウィンドウには黒いセロファンが無造作に貼られ、フェンリル（北欧神話に登場する、オオカミの姿をした巨大な怪物）の大きな絵が飾ってある。シモーヌはドアを開けて中に入った。だれもいないようだ。タトゥーの写真が壁を埋めつくしている。あたりを見まわし、出ていこうとしたところで、張りつめた甲高い声が聞こえてきた。

「ニッケ？　どこにいるの？　なにか言って」

黒いカーテンが開き、若い娘が姿を現わした。携帯電話を耳に当てている。上半身になにも身につけていない。首筋から血が数滴ほど流れ出し、細い線を描いている。心配そうな顔で、ほかのことはなにも目に入っていないようすだ。

「ニッケ」彼女は気を落ち着かせ、電話に向かって呼びかけた。「いったいなにがあったの?」

彼女の胸に鳥肌が立っているが、本人は自分が半裸であることなど忘れているらしい。

「ねえ、聞いてもいいかしら?」シモーヌが言う。

娘は店を出て走り出した。シモーヌが彼女を追ってドアに向かった瞬間、背後で声がした。

「アイーダ?」不安げな少年の声だ。

シモーヌは振り返った。声の主はベンヤミンだった。

「ニッケはどこ?」ベンヤミンが尋ねる。

「だれのこと?」

「アイーダの弟だよ。発達障害なんだ。外で見かけなかった?」

「いいえ、でも……」

「わりと大柄で、黒いサングラスをかけてる」

シモーヌはゆっくりとドアを離れ、店内の椅子に腰を下ろした。

アイーダが弟を連れて戻ってきた。ニッケは店の外で立ち止まり、不安げな目でアイーダの言うことすべてにうなずいてから、鼻の下をぬぐった。アイーダは片腕で胸を隠しながら店に入ってくると、シモーヌやベンヤミンを見もせずに素通りし、カーテンの向こうへ消えた。小さな六芒星の隣に暗赤色の薔薇のタトゥーを入れたせいで首筋が赤くなっているのが、シモーヌの目にちらりと映った。

「いったいなにがあったの？」ベンヤミンが尋ねる。

「ひどいのよ、男の子がふたり、小さな女の子を欄干の向こうに落とそうとしてるのを見かけたの。アイーダの弟さんはただ突っ立ってるだけで……」

「ママ、そいつらになにか言った？」

「近寄っていったら、馬鹿な真似はやめたけど、でも、なんだか楽しんでるみたいだった」

ベンヤミンはひどく気まずそうで、頬を赤らめ、あたりに視線をさまよわせている。まるでその場から逃げ出したがっているようだ。

「こんなところに入り浸るのはやめなさい」とシモーヌが言う。

「ぼくの勝手だろ」

「あなたはまだ十四歳……」

「うるさいな」ベンヤミンが小声でさえぎった。

「なによ？　あなたもタトゥーを入れるつもりだったの？」

「ちがうよ」

「まったく、首や顔にタトゥーを入れるなんて、見苦しいとしか……」

「ママ」

「みっともないわよ」

「アイーダに聞こえるだろ」

「でも……」

「出てってくれよ」ベンヤミンが鋭い声で言い放った。

シモーヌはベンヤミンを見つめた。息子のこんな声を耳にするのは初めてだ。その一方で、自分やエリックが似たような声を出すことが増えているのも事実だった。

「いっしょに帰りましょう」彼女は穏やかに言った。

「ママが先に出てってくれたら、ぼくも行く」

シモーヌが店を出ると、ニッケが暗いショーウィンドウのそばで腕組みをして待っていた。シモーヌは努めてやさしい表情をうかべながら彼に近づき、彼のポケモンカードを指差して言った。

「みんな、ピカチュウがいちばん好きよね」

ニッケはだれにともなくうなずいた。

「わたしは、ミュウのほうがかわいいと思うけど」

「ミュウはいろんなことを覚えるんだ」ニッケは少し警戒しているようすだ。

「さっきは大声出してごめんなさいね」

「ホエルオーにはかなわないよ。だれも勝てないんだ。いちばん大きいから」

「ホエルオーがいちばん大きいの？」

「うん」ニッケは真剣な表情で答えた。

彼は落としたカードを一枚拾い上げた。

「これはなんていうの？」

ベンヤミンが出てきた。目が潤んでいる。

「アルセウス」ニッケはそう答え、カードをいちばん上に重ねた。

「やさしそうなポケモンね」

ニッケはにっこりと笑った。

「帰ろう」ベンヤミンが小声で言う。

「じゃあね」シモーヌが微笑みながら言った。

「さよならまた今度」ニッケが機械的に答えた。

ベンヤミンは黙ったままシモーヌの横を歩いている。

「タクシーに乗りましょう」地下鉄駅の入口に近づいたところでシモーヌが言った。「地下鉄はもううんざり」

「いいよ」ベンヤミンはそう言ってきびすを返した。

「ちょっと待って」

シモーヌの目に、少女を欄干から落とそうとしていた少年二人組のひとりが映った。だれかを待っているのか、改札のそばにじっと立っている。ふと、ベンヤミンに引っぱられていることに気づいた。

「なんなの？」

「行こうよ。タクシーに乗るんだろ」

「あの子とちょっと話をしてくるわ」

「ほっとけよ、ママ」

ベンヤミンの顔から血の気がひき、不安げな表情がうかんでいる。シモーヌが少年に向かって決然と歩き出しても、ベンヤミンはその場を離れなかった。

シモーヌは少年の肩に手を置き、向きを変えさせた。少年は十三歳ぐらいにしか見えないが、驚いたりおびえたりするどころか、嘲るような笑みをうかべていて、まるで自分が仕掛けた罠に彼女がまんまとはまったとでも言いたげだ。

「さあ、警備員さんのところに行くわよ」シモーヌは毅然と告げた。

「なんだと？　このババア」

「あなた、さっき……」

「うるせえ！　一発ぶち込まれたくなかったら、黙っとけよ」

シモーヌは驚きのあまり言葉が出なくなった。少年は彼女の目の前の地面につばを吐くと、改札を飛び越え、地下鉄通路の奥へ悠々と消えていった。

シモーヌは空恐ろしさにおののきながら、駅を出てベンヤミンのもとへ戻った。

「あいつ、なんて言ってた？」

「べつになにも」シモーヌは疲れた声で答えた。

ふたりはタクシー乗り場へ向かい、いちばん前に停まっていたタクシーの後部座席に腰を下ろした。タクシーがテンスタ・ショッピングセンターを離れたところで、シモーヌは学校から電話がかかってきたことをベンヤミンに伝えた。

「アイーダがタトゥーを変えるのにいっしょに来てほしいって言うから」ベンヤミンが低い声で言った。

「そうだったのね」

ふたりは黙ったまま車に揺られ、ユルスタ通りを進んでいった。道路に沿って、茶色い砂利が敷き詰められ、錆び付いた鉄道の側線が伸びている。

「ニッケに馬鹿って言ったってほんとう？」

「いけないことを言ったわ……馬鹿はママのほうね」

「なんでそんなこと言ったんだよ?」

「ママだってまちがいを犯すことはあるのよ、ベンヤミン」シモーヌは静かに言った。

彼女はトラーネベリ橋の上からストゥーラ・エッシンゲン島を眺めた。湖は氷こそ張っていないものの、白っぽく淀んでいるように見える。

「パパとママ、もしかしたら別れるかもしれない」と彼女は言った。

「えっ……どうして?」

「あなたとはまったく関係のないことよ」

「どうしてって聞いたんだよ」

「ひとことでは答えられないわ。パパは……なんと説明したらいいのかしら? パパのこと、ママは生涯のパートナーだと思ってるけど、それでも……それでも、終わりが来てしまうことがある。出会ったとき、子どもが生まれたとき、そんなことは思いもよらないけれど……ごめんね。こんな話、しないほうがいいわね。ただ、ママがどうしてこんなふうに動揺してるのか、わかってほしかったの。それに、まだ別れると決まったわけじゃないわ」

「ぼくは巻き込まれたくない」

「ごめんね……」

「もうやめろよ」ベンヤミンはぶっきらぼうに言い放った。

10

十二月八日（火）午後

エリックはどうせ無理だろうと思いながらも眠ろうと試みた。ヨーナ・リンナ警部の運転に荒いところはまったくなかったが、それでもまどろみすら訪れなかった。車はエヴェリン・エークがいるとみられる別荘をめざして、国道274号線、ストックホルム東のヴェルムドーを走っている。

旧製材所を過ぎると、車の下で砂利がざらざらと音を立てはじめた。コデインのカプセルを飲んだせいで、エリックは目が乾いてひりひりするのを感じていた。目を細めて外を眺める。丸太小屋がいくつも並び、それぞれに小さな芝生の庭がある。十二月の不毛な冷気の中に、落葉した木々がそびえている。周囲の光や色合いに、エリックは子どものころの遠足を思い出した。朽ちた木の幹のにおい、腐葉土から漂うキノコのにおい。ソレントゥーナ高校でパートタイムの学校看護師として働いていたエリックの母親は、野外の新鮮な空気を吸うことが体にいいと信じて疑っていなかった。エリック・マリアという名前をつけたがったのもこの母親だった。男の子には珍しいマリアという名の由来は、母がウィーンに語学留学し、ブルク劇場でアウグスト・ストリンドベリ作の『父』を観たとき、主演俳優がクラウス・マリア・ブランダウアーだったことだ。彼の演技にいたく感動した母は、その名を何年も心に秘めていたのだった。子ども時代のエリックは、マリアというミドルネームをひた隠しにした。思春期を迎えると、ジョニー・キャッシュがサン・クエンティン刑務所で録音したアルバムに収録されている『スーという名の少年』という曲に自分を重ね合わせた――〝女の子たちに笑われて　おれは顔を赤らめる　男どもにも笑われて　おれはそいつの頭を殴る　まったく人生楽じゃないぜ　スーという名の少年には〟

エリックの父は社会保険事務所で働いていたが、彼がその生涯で真に関心を寄せていた対象はただひとつしかなかった――趣味の手品である。手作りのマントと中古の燕尾服に身を包み、小さく畳めるシルクハット――本人は〝シャポー・クラック〟と呼んでいた――をかぶった父は、車庫の中でエリックやその友だちを簡素な椅子に座らせ、自ら築き上げた、秘密の落とし戸のある小さな舞台で、手品を披露した。父のマジックの大半は、ブロメッラにある〈ベルナンド奇術用品店〉のカタログからヒントを得たものだった――カタンと音を立てて伸びる杖、殻と中身に分かれているせいで増殖したように見えるビリヤードボール、隠しポケットのあるベルベットの袋、ぎらぎら光る腕ギロチン、といった具合である。足でカセットプレーヤーのボタンを押してジャン・ミッシェル・ジャール（一九四八〜。フランスの音楽家、シンセサイザー奏者）の音楽を流し、空中浮遊するドクロの上であやしげに手を動かしている父の姿を思い浮かべると、エリックはいまでこそ愉快でいとおしい気持ちになるが、昔は幼年時代を過ぎたころから父のことが恥ずかしくなり、父の背後で友人たちに向かってこっそり天を仰いでみせていた。いまでは、父がそのことに気づいていないといいが、と心の底から願うばかりだ。

医師という職業を選んだことに、さして深い理由はなかったような気がする。ほかの職業に就きたいと思ったことはなく、べつの人生を想像してみたこともなかった。雨の中、国旗が掲揚され、夏の訪れを喜ぶ讃美歌を歌わされる学年末の終業式は、どの年の式も記憶に残っている。エリックは全科目で最高の成績をとった。両親もそれを当然と考えていた。母はよく、この高福祉社会が長続きするとは思えないのに、これが当たり前だと思っているスウェーデン人は甘やかされすぎだ、と口癖のように言っていた。医療や歯科治療、保育園や基礎学校、高校、大学、すべてが無料である現在の制度は、いつ消え去ってしまってもおかしくない。が、いまはとにかくその制度がある。ごく一般的な家庭の子女が、財産がなくとも、奨学金や施しを受けなくとも、行きたい大学に行き、医師、建築家、あるいは経済学博士になる、そんな可能性が開かれている。

この可能性を理解しているということは一種の特権で、それはエリックをまるで黄金のきらめきのように包み込んでいた。彼はこのおかげで、しっかりとゴールを見据え、ほかの子どもたちの先を走ることができた。だが、その一方で、少年時代の彼がある意味高慢であったことも事実だろう。

十八歳のとき、ソレントゥーナの自宅でソファーに座り、最高点の並ぶ成績表を見つめ、それから周囲に視線を走らせたときのことは、いまでもよく覚えている。簡素な部屋で、置物や土産物、洋銀のフレームに入った写真などが本棚に飾ってあった。両親の堅信礼、結婚式、五十歳の誕生日の写真。ひとり息子であるエリックの写真も、レースの産着姿のぽっちゃりとした赤ん坊の時代から、細身の地味なスーツを着てかすかに笑みをうかべている若者の時代まで、十枚ほどが並んでいた。

そこに母親が入ってきて、医科大学の入学願書を差し出した。母の言うことはいつも正しかった。カロリンスカ医科大学に足を踏み入れたとたん、彼は水を得た魚のような心地がした。精神医学を専門とするようになって、医師という職業が自分で認めたくないほどまでに適職であることがわかってきた。インターン期間――社会庁が医師免許を発行するにあたって必要とされる、十八カ月の研修期間――を終えると、エリックは国境なき医師団で働きはじめ、ソマリアの首都モガディシュの南に位置するキスマヨという都市に派遣された。ひどく密度の濃い日々だった。勤務先となった野戦病院で使われていたのは、一九六〇年代のレントゲン装置、使用期限の切れた医薬品、閉鎖や改装を経た病棟から譲り受けた、しみや錆びだらけの簡易ベッドなど、スウェーデンの病院で使われなくなった備品の数々だった。このソマリアで、エリックは深いトラウマを抱えた人々と初めて出会った。遊びたいという気持ちを失い、あらゆることに無関心な子どもたち。おぞましい罪を犯させられた経験を、淡々と語る若者たち。あまりにもひどい目に遭わされたせいで、話すことすらできなくなり、ただひたすら視線を落とし、とらえどころのない笑みをうかべている女たち。受けた屈辱に搦《から》めとられている人々、加害者がとうの昔にいなくなっているにもかかわらず、いまだ苦しみつづけている人々——そういった人々を助ける仕事がしたい、とエリックは思った。

スウェーデンに戻ると、ストックホルムで心理療法士養成課程を修了した。が、催眠に関するさまざまな理論を知ったのは、心的外傷学や災害精神医学を専門とするようになってからのことだった。彼は催眠の速効性に心をひかれた。トラウマの源にすばやく近づくことができる。戦争の被害者や自然災害の被災者を相手にするときには、このスピードこそが肝要だとエリックは考えた。

欧州臨床催眠学会の講座で催眠の基礎課程を修了すると、まもなく臨床実験催眠学会、欧州医学催眠専門委員会、スウェーデン臨床催眠学会のメンバーとなった。アメリカの小児科医、カレン・オルネスと、何年か文通を続けたこともある。慢性的な病を患い、ひどい苦痛にさいなまれている子どもたちを相手に催眠をかける、オルネスの先駆的な手法に、エリックはなににも増して感銘を受けたし、いまでもその気持ちは変わっていなかった。

その後、ウガンダの赤十字で五年間、心に傷を負った人々の治療にたずさわった。催眠を試したり発展させたりしている時間はまったくなかった。あまりにも重篤かつ急を要するケースばかりで、ごく基本的な処置で精一杯ということがほとんどだった。ウガンダ滞在中に催眠を行なったのはわずか十回ほどで、それも薬アレルギーの患者に鎮痛剤代わりとして使ったり、病的な強迫観念をとりあえず遮断するために用いたりと、比較的単純なケースにかぎられていた。が、ウガンダ滞在の最後の年、エリックはある少女に出会った。ひっきりなしに叫び声をあげるというので、部屋に閉じこめられていた。看護師として働いているカトリックの修道女たちによると、少女はムバレの北にあるスラム街から道路を這うようにしてやってきたのだという。ルギス語を話しているから、おそらくバギス族だろうとのことだった。少女は一睡もしなかった。片時も休むことなく、自分はおぞましい悪魔だ、目の中に火がある、と叫びつづけた。エリックは修道女たちに頼んで少女の部屋の扉を開けてもらった。少女をひと目見たとたん、深刻な脱水状態だとわかった。水を飲ませようとすると、彼女は水を見ただけで火傷をしたかのような悲鳴をあげ、床をのたうちまわってわめきつづけた。少女を落ち着かせるため、エリックは催眠を試してみようと決意した。シスター・マリオンという名の修道女が、彼の言葉を少女にも理解できるはずのブクス語に通訳してくれた。いったん少女が耳を傾けはじめると、催眠状態へいざなうのは簡単だった。わずか一時間後、少女は心の傷の原因となったできごとを語りはじめた。ジンジャから北上し、ムバレとソロティを結ぶ道路を走っていたタンクローリーが、スラム街のすぐ北で道路をはずれた。重い車両が横転し、道路脇の地面に深い溝ができた。巨大なタンクに穴が開き、純度の高いガソリンが地面にほとばしった。少女は家に駆け戻った。ちょうどおじが家にいたので、ガソリンが流れて地面にしみこみ、消えてなくなってしまっていると伝えた。おじはプラスチックのバケツをふたつ持って現場に駆けつけた。少女がタンクローリーのそばでおじに追いついてみると、すでに十人ほどが現場にいて、溝にたまったガソリンをバケツで汲み出していた。すさまじいガソリン臭が漂い、太陽が照りつけ、空気が熱を帯びていた。おじが少女に向かって手を振った。彼女は最初のバケツを受け取り、それを引きずるようにして家路についた。とても重かった。バケツを頭に載せようと立ち止まったところで、青い布で頭を覆った女性の姿が目に入った。タンクローリーのすぐそばで、膝までガソリンにつかり、小さなガラス瓶でガソリンを汲み上げている。ムバレの街へ向かう道路の先に視線を向けると、遠くのほうに、黄色い迷彩柄のシャツを着た男の姿が見えた。男は煙草をくわえて歩いていた。彼が煙を吸い込むと、煙草の火がオレンジ色に輝いた。

語りつづける少女のようすを、エリックはいまも鮮明に覚えている。彼女は涙を流しながら、低く、くぐもった声で、自分の目が煙草の火をとらえ、青い布をかぶった女性に移してしまったのだ、と語った。わたしの目の中に火があったの、と彼女は言った。だって、わたしがまた女の人のほうに目を向けたら、女の人が燃え上がったもの。まず青い布に火がつき、次いで体全体が炎に包まれた。タンクローリーのそばで、またたく間に炎の嵐が巻き起こった。少女は駆け出した。背後からは悲鳴しか聞こえなかった。

催眠が終わると、エリックとシスター・マリオンは、少女が催眠状態で語った内容について本人とじっくり話し合った。火がついたのは、強烈なにおいを放っていた、あのガソリンの蒸気のせいだ、と何度も説明した。男が吸っていた煙草の火が、空気を通じてガソリンに点いたのであって、彼女とはなんの関係もないのだ、と。

この少女のできごとからわずか一カ月ほどで、エリックはストックホルムに戻り、カロリンスカ医科大学で催眠やトラウマ治療を本格的に研究すべく、医学研究評議会の助成金を申請した。シモーヌと出会ったのはその直後だった。大学で行なわれた盛大なパーティーで初めて会ったときのことは、いまも覚えている。彼女は上機嫌で、頰をピンクに染め、喜びに輝いていた。最初に目を引いたのは、赤毛に近い金髪の巻き毛だった。次いで、彼女の顔に目がとまった。ゆるいカーブを描いた蒼白い額、明るい茶色のそばかすに覆われた色白のきれいな肌。小柄で、華奢で、まるで絵に描かれた天使のようだった。あの夜のシモーヌの服装を、エリックは鮮明に記憶している。体の線に合った緑の絹のブラウスに、黒いズボン、ヒールの高い黒のパンプス。薄いピンクの口紅をひいていた。澄んだ緑色の瞳が輝いていた。

一年後には早くも結婚し、ほとんど間を置かずに子どもをつくろうと決めた。が、なかなか恵まれず、流産が四回続いた。とりわけエリックの記憶に残っているのは、シモーヌが妊娠十六週で女の子を死産したときのことだ。そのちょうど二年後、ベンヤミンが生まれた。

エリックは目を細めて窓の外を見つめている。ヴェルムドーに向かっている同僚たちと無線で会話をしているヨーナの小さな声が耳に届いた。

「ひとつ気になることがあるんですが」とエリックは言った。

「なんでしょう」

「ヨセフ・エークが病院から逃げ出すことはあり得ないと言いましたが、もし、ほんとうに自分の体をあれほど傷つけることができたのだとしたら、あり得ないと決めつけないほうがいいかもしれません」

「ぼくも同じことを考えましてね」とヨーナは答えた。

「ほう」

「病室前で部下を見張りに立たせてます」

「おそらく心配無用でしょうがね」

「ええ」

送電塔下の道路脇に、車が三台並んで停まった。四人の警察官がほの白い光に照らされて会話を交わし、防弾チョッキを身に着け、地図を指差している。古い温室のガラスに太陽の光が反射してきらりと光った。

運転席に戻ってきたヨーナとともに、冷たい空気が車内に流れ込んできた。彼は部下たちがそれぞれの車に乗るのを待ちつつ、なにやら考え込みながらハンドルをコツコツと叩いた。

突然、無線から音が鳴り出した。音程がすばやく変化し、パチパチと大きな音がしたかと思うと、急に静まり返った。ヨーナは無線のチャンネルを変え、グループの全員につながっていることを確かめると、ひとりひとりと言葉を交わしてからイグニッションキーを回した。

車が連なり、土色の畑に沿って進んでいく。白樺林のそばを通り、錆び付いた大きなサイロを素通りした。

「着いたら、車で待っててください」ヨーナが低い声で言った。

「わかりました」

道路上にいたカラスが数羽、翼をばたつかせて飛び去った。

「催眠にはどんな欠点があるんですか？」ヨーナが尋ねる。

「というと？」

「あなたは世界でも指折りの催眠療法士だったのに、やめてしまった」

「人は正当な理由があって隠しごとをしていることもありますから」とエリックは答えた。

「もちろんそうでしょうが……」

「そして、その理由を催眠で判断することはきわめて難しい」

ヨーナは疑わしげな目でエリックをちらりと見やった。

「催眠をおやめになったのがそのせいだとは思えないんですがね」

「この話はしたくありません」

木々が道路脇を過ぎ去っていく。進むにつれて森が深まり、だんだん暗くなってきた。車の下で砂利ががらがらと音を立てる。道を離れて細い林道に入り、別荘を数軒ほど素通りしたところで停車した。ヨーナは遠くのほう、針葉樹の木立の向こうに、日陰になった空き地と茶色い木造の家を認めた。

「ここで待っててくださいよ」エリックにそう告げると、車を降りた。

敷地に入る入口のそばで、ほかの警官たちがすでに待機している。ヨーナは彼らのもとへ向かいながら、催眠状態のヨセフにふたたび思いを馳せた。力の抜けた唇から流れ出した言葉。自らの獣じみた攻撃性を、客観的に、明晰に語ってみせた少年。記憶は鮮明だったにちがいない——高熱のせいでひきつけを起こしていた妹、押し寄せる憤怒、よりどりみどりのナイフ、一線を越えたことの高揚感。催眠が終わりに近づくにつれ、ヨセフの話は支離滅裂になり、なにを言おうとしているのか、彼がなにをどんなふうに理解しているのか、姉のエヴェリンが彼に殺人を強いたというのはほんとうなのか、よくわからなくなった。

ヨーナは四人の警官たちを自分のまわりに集めた。ことさらに危険ばかりを強調しないよう努めながらも、重大な事態であることを告げ、万が一拳銃を使わなければならなくなった場合には、どんなことがあってもかならず脚を狙うように、と指示した。特殊警察戦術の研修で覚えた専門用語は避け、相手はおそらくなんの危険もない人物だろう、と語る。「娘を怖がらせないよう、みんな慎重に行動してほしい。娘はおびえているかもしれない。怪我をしているかもしれない。が、その一方で、彼女が危険人物かもしれないということをけっして忘れないでくれ」

警官三人を偵察に送り出し、家の裏手へまわらせることにする。家庭菜園には踏み込まず、その外側を通って、安全な距離をとりつつ裏へまわるよう指示した。

彼らは森の中の私道を進んでいった。ひとりがはたと立ち止まり、嚙みタバコを唇と歯茎のあいだにはさんだ。別荘の正面はチョコレートのような焦げ茶色で、横に細長い木の板が少しずつ重なり合うように組み合わさっている。窓枠は白、玄関扉は黒だ。窓にはピンクのカーテンがかかっている。煙突から煙は上がっていない。外階段には、ほうきが一本、ひからびた松ぼっくりの入った黄色いプラスチックバケツが置いてある。

ヨーナは送り出した警官三人が銃を手にし、適度な距離を置きつつ家を囲んでいることを確かめた。どこかで枝がきしんだ。遠くのほうでキツツキの音がこだましている。ヨーナは移動する部下たちの姿を目で追いながら、ゆっくりと家に近づき、ピンクのカーテンの向こうに目を凝らした。きつい風貌をした若い女性警官、クリスティナ・アンデションが巡査に向かって、私道にとどまるよう合図する。頬を赤くした彼女は、家に視線を据えたままうなずくと、冷静ながらも真剣な表情で拳銃を取り出し、数歩移動して道端に陣取った。

だれもいない、とヨーナは思いつつ、外階段に近づいていった。彼の重みで階段がきしんだ。ドアをノックし、人の動きで風が起こるかどうか見きわめるため、カーテンに視線を据える。なにも起こらない。しばらくじっと待っていたが、ふと体をこわばらせた。物音がしたような気がして、家のそばに広がる森、木々の幹や藪の向こうに視線を走らせる。銃を取り出し――スウェーデン警察の標準装備であるシグ・ザウエルよりも気に入っている、ずしりと重いスミス&ウェッソンだ――安全装置をはずすと、薬室に弾薬が入っていることを確かめた。そのとき、森の端でがさりと音がした。ノロジカが一頭、すばやい、角張った動きで、森の奥へ走り去っていく。ヨーナがクリスティナ・アンデション巡査にちらりと目を向けると、彼女もひきつった笑みを返してきた。ヨーナは窓を指差すと、そっと近寄り、カーテンのすき間から中をのぞき込んだ。

家の中は薄暗く、籐製の枠に傷だらけのガラス板がはめこまれたテーブルと、薄茶色のコーデュロイのソファーが見える。赤いウィンザーチェアーの背もたれに、木綿の白いパンティーが二枚干してある。キチネットには、茹で時間の短いマカロニの箱が数箱と、バジルソースの瓶、缶詰、りんごの入った袋が並んでいる。流し台のそばや食卓の下の床にいくつか転がっているナイフやフォークがきらりと光った。ヨーナは外階段に戻ると、クリスティナ・アンデションに向かって、中に入るという合図をした。扉を開け、さっと脇に退く。クリスティナ・アンデションからゴーサインが出ると、中をのぞき込み、足を踏み入れた。

エリックは車の中で、事態の推移を遠くから見守っていた。ヨーナ・リンナが茶色い家の中に消えていくのが見える。そのあとにもうひとりの警官が続いた。しばらくすると、ヨーナが外階段に戻ってきた。家の裏手にまわっていた三人が戻ってきて、ヨーナの前で立ち止まった。彼らは会話を交わし、地図を見て、道路やほかの別荘を指差している。ヨーナはどうやら、家の中にあるなにかを部下のひとりに見せたがっているらしい。全員がぞろぞろと中に入った。最後尾の警官が、家の中の熱が逃げないよう後ろ手に扉を閉めた。

そのとき、森の中、沼地に向かう下り坂が始まるあたりに、何者かが立っているのがエリックの目に映った。ほっそりとした若い娘で、散弾銃を手に持っている。彼女が家に向かって歩き出すと、つややかに光る二本の銃身が地面にひきずられ、ブルーベリーの茂みや苔に当たって軽くはずんでいるのが見えた。

警官たちは娘に気づいておらず、娘にも彼らの姿は見えていない。エリックはヨーナの携帯電話の番号を押した。車の中で電話が鳴り出した。隣の運転席に置きっぱなしになっている。

娘は銃を手に提げ、木々のあいだを縫ってゆっくり歩いている。このまま警察と娘が鉢合わせすれば、危険な事態になりかねない。エリックは車を降りると、敷地の入口まで走り、それから歩を緩めた。

「やあ」大声で呼びかける。

娘ははっと立ち止まり、彼に視線を向けた。

「今日はずいぶん冷え込んだね」エリックは声を落として言った。

「えっ？」

「日陰は冷えるよ」彼は声をあげた。

「そうですね」と娘が答える。

「最近引っ越してきたのかい？」エリックはそう尋ねながら彼女に近寄った。

「いえ、おばの別荘をちょっと借りてるだけです」

「おばさん？　ソーニャのことかい？」

「はい」彼女は笑みをうかべた。

エリックが彼女のそばにたどり着いた。

「なにを狩っていたのかな？」

「野うさぎです」

「銃を見せてくれないか？」

娘は銃を折ってエリックに手渡した。鼻の頭が赤くなっている。明るい茶色の髪に乾いた針葉がひっかかっている。

「エヴェリン」エリックは穏やかに言った。「警察の人が来てる。きみに話があるそうだ」

娘は不安げな表情になり、一歩後ずさった。

「きみの都合がよければ、ね」エリックは微笑んでみせた。

娘は弱々しくうなずいた。エリックは家に向かって大声で呼びかけた。ヨーナがむっとした表情で外に出てきた。車に戻れと命じるつもりだったのだろう。が、娘を目にすると、ほんの一瞬、はっと体をこわばらせた。

「エヴェリンですよ」エリックは銃をヨーナに渡した。

「やあ、エヴェリン」ヨーナが言う。

娘の顔が蒼白になった。いまにも気を失いそうだ。

「話があるんだ」ヨーナが真剣な表情で言う。

「いや」エヴェリンの声は声にならなかった。

「中に入ろう」

「いやです」

「家に入りたくないのかい？」

エヴェリンはエリックのほうを向いた。

「話さないといけないんですか？」口元が震えている。

「そんなことはないよ。自分で決めていいんだ」

「頼むから、いっしょに来てくれ」とヨーナが言う。

エヴェリンは首を横に振ったが、それでもヨーナのあとについて家に入った。

「外で待ってますよ」エリックは言った。

彼は私道を歩きはじめた。砂利道が針葉や松ぼっくりに覆われている。壁の向こうからエヴェリンの悲鳴が聞こえてきた。一度きりの悲鳴。孤独と絶望に満ちた叫び。理解しがたい喪失感の表出。ウガンダにいたころに何度も耳にした悲鳴だった。


エヴェリンはコーデュロイのソファーに座っている。両手を腿のあいだにはさみ、顔はまるで灰のように真っ白だ。彼女は家族になにが起きたかを知らされた。赤いキノコをかたどった写真立てが床に落ちている。写真に写ったエヴェリンの両親は、ハンモックのようなものに座っている。ふたりのあいだに妹のリサがいる。両親は強い日差しに目を細めている。リサの眼鏡が白く光っている。

「ほんとうに気の毒だ」ヨーナが静かに言った。

エヴェリンの顎が震えている。

「事件を解明する手助けをしてほしいんだが、できそうかな？」

ヨーナの重みで椅子がきしんだ。彼はしばらく待ってから続けた。

「月曜日、十二月七日はどこにいた？」

エヴェリンはかぶりを振った。

「昨日のことだよ」

「ここにいました」弱々しい声で答える。

「この別荘に？」

エヴェリンはヨーナの目を見つめた。

「そうです」

「一日中外出しなかった？」

「はい」

「ここでじっとしていたと？」

彼女はベッドの上に置いてある政治学の教科書を指し示した。

「学生なんだね。勉強してたのかい？」

「そうです」

「昨日は一歩も外に出ていない？」

「はい」

「だれか、そのことを証言してくれる人はいる？」

「というと？」

「いっしょに家にいた人はだれかいる？」

「いません」

「犯人に心当たりはあるかい？」

エヴェリンは首を横に振った。

「だれかに脅されていたなんていうことは？」

エヴェリンにはヨーナの言葉が聞こえていないようすだ。

「エヴェリン？」

「えっ？　なんですか？」

彼女は手の指を両脚で強くはさみ込んでいる。

「家族はだれかに脅されていなかったかい？　いがみ合っていた人や、敵はいる？」

「いいえ」

「お父さんが多額の借金を抱えていたことは知ってる?」

エヴェリンは首を横に振った。

「抱えていたんだよ。裏社会の連中から金を借りてた」

「そうですか」

「もしかすると、そいつらのだれかが……」

「ちがいます」

「ちがう? どうして?」

「あなたたちはなにもわかってない」エヴェリンは大声をあげた。

「なにがわかってないって?」

「なにもわかってないのよ」

「だから、なにがわかってないのか教えて……」

「無理です」彼女は叫んだ。

エヴェリンは興奮のあまり、顔を隠すこともなく大声で泣き出した。クリスティナ・アンデションが近寄り、彼女を抱きしめた。しばらくすると、エヴェリンは落ち着きを取り戻した。クリスティナ・アンデションの腕の中でじっと座り、ときおりしゃくりあげる程度になった。

「かわいそうに」クリスティナ・アンデションが慰めるように声をかけた。

エヴェリンを抱き寄せ、頭を撫でる。そのとき、クリスティナが急に悲鳴をあげ、エヴェリンを床に突き飛ばした。

「なんてこと、咬まれたわ……この子、わたしを咬んだわ」

驚いた表情で、血まみれになった自分の指先を見つめる。喉元の傷から血が流れ出していた。

エヴェリンは床に座り、うろたえたような笑みを手で隠していた。それから白目をむき、意識を失って倒れた。

11

十二月八日（火）夕方

ベンヤミンは自分の部屋に閉じこもっている。シモーヌは食卓について目を閉じ、ラジオを聴いている。ベルヴァルド・ホールからの生中継だ。離婚したら、自分はどんなふうに生活していくのだろう、と想像してみる。いまの生活とほとんど変わらないかもしれないという皮肉な考えが浮かんできた。コンサートやお芝居に行こうか。ギャラリーめぐりをするのもいい。パートナーのいない女性がみなそうしているように。

戸棚の中にモルト・ウイスキーを一瓶見つけ、少量をグラスに注ぐと、水を数滴加えた。ずしりと重いグラスに、薄い黄色の液体が入っている。玄関の扉が開いた。バッハのチェロ組曲の温かな音色がキッチンを満たしている。やわらかく、悲しいメロディーだ。エリックは戸口に立ってシモーヌを見つめた。疲れのせいで顔色が悪い。

「おいしそうだ」

「ウイスキーっていう飲みものよ」シモーヌは彼にグラスを渡した。それから、自分用にもうひとつグラスを取ってウイスキーを注ぐ。ふたりは向かい合って立ち、真剣な表情で乾杯した。

「今日、大変だったの?」シモーヌが小声で尋ねる。

「まあね」エリックはそう答え、弱々しい笑みをうかべた。

彼は急にやつれて見えた。顔の表情がどことなくぼやけ、まるでうっすらと埃が積もっているかのようだ。

「なに聴いてるの?」

「消しましょうか?」

「いや、いいよ——きれいな曲だ」

エリックはグラスを空け、シモーヌに手渡した。彼女はさらにウイスキーを注いだ。

「で、ベンヤミンは結局、タトゥーを入れてたわけではなかったんだね」

「留守番電話のメッセージでことの成り行きを追っていたのね」

「いま、家に帰ってくる途中で、初めてメッセージを聞いたんだよ。ずっと時間がなくて……」

「そう」シモーヌは電話をかけたときに応答したあの女のことを考えた。

「きみがベンヤミンを迎えに行ってくれてよかった」

シモーヌはうなずき、折り重なるさまざまな感情に思いを馳せた。どんな人間関係も、周囲から切り離されているわけではなく、ひとつの感情だけで成り立っているわけでもない。あらゆる思いが錯綜している。

　ふたりはまたウイスキーを飲んだ。シモーヌはふと、エリックが自分に微笑みを向けているとに気づいた。並びの悪い歯が垣間見える彼の笑顔に、彼女はいつも心を揺さぶられる。このまま会話をやめ、面倒なことはすべて忘れて、いますぐ彼とベッドに入ってしまいたい。いずれにしたって、人はだれしもいつかは独りになるのだから。

「わけがわからないわ」彼女はぶっきらぼうに言った。「というより……あなたを信用してないってことだけはわかってる」

「どうしてそんなことを……」

「わたしたち、なにもかも失ってしまったような気がする。あなたはいつだって、眠ってるか、職場かどこかに出かけてるかのどちらかだわ。わたしは、いろいろ楽しいことをしたり、旅行したりして、いっしょに過ごしたかったのに」

　エリックはグラスを置き、シモーヌに一歩近づくと、早口で言った。

「これからそうすればいい」

「もうやめて」シモーヌがささやく。

「なぜ？」

エリックは微笑み、シモーヌの頬を撫でると、真剣な表情になった。またたく間にふたりの唇が重なった。シモーヌは自分が全身でくちづけを欲していたことを悟った。

「パパ、聞きたいんだけど……」

キッチンに入ってきたベンヤミンは、ふたりの姿を見るなり黙り込んだ。

「まったくもう」ため息をついて出ていく。

「ベンヤミン」シモーヌが呼び止めた。

彼は戻ってきた。

「夕食、タイ料理のお店に取りに行ってくれる約束だったわよね」

「もう注文したの？」

「あと五分で出来上がるはずよ」シモーヌは財布をベンヤミンに手渡した。「場所はわかるわね？」

「当たり前だろ」ベンヤミンはため息をついた。

「寄り道しちゃだめよ」

「うるさいな」

「口答えはよくないぞ」エリックが言う。

「すぐそこまで行ってくるだけだよ。なにも起こりゃしないよ」ベンヤミンはそう言って玄関に出ていった。

シモーヌとエリックは顔を見合わせて微笑んだ。玄関の扉が閉まり、階段を駆け下りる足音が聞こえた。

エリックは食器棚からグラスを三つ取り出すと、ふと動きを止め、シモーヌの手を取って自分の頬に当てた。

「寝室に行きましょうか？」とシモーヌが言う。

エリックがはにかんだような笑みをうかべたところで、電話が鳴り出した。

「出なくていいよ」

「ベンヤミンかも」シモーヌがそう言って受話器を耳に当てた。「もしもし」なにも聞こえない。ただ、かすかにカチカチと音がする。ファスナーを開ける音かもしれない。

「もしもし？」

シモーヌは受話器を置いた。

「無言電話？」

エリックが不安そうな顔をしている、とシモーヌは思った。エリックは窓辺に行き、通りを見下ろしている。今朝、着信履歴の番号に電話をかけたときに応答したあの女の声が、耳の奥に響いた。エリック、やめて。彼女はそう言って笑っていた。なにをやめてほしかったのだろう？　服の下をまさぐること？　乳首を吸うこと？　スカートをたくし上げること?

「ベンヤミンに電話しよう」エリックが張りつめた声で言う。

「どうして……」

受話器を上げようとした瞬間、電話が鳴り出した。

「もしもし?」

相手の声は聞こえず、シモーヌは電話を切ると、ベンヤミンの番号を押した。

「話し中だわ」

「ベンヤミンの姿が見えない」とエリックが言う。

「追いかけたほうがいいかしら?」

「そうかもしれない」

「あの子、きっと怒るわ」シモーヌは笑みをうかべた。

「ぼくが行くよ」エリックは玄関へ出ていった。

ハンガーに掛かっていた上着を手に取った瞬間、玄関扉が開き、ベンヤミンが入ってきた。エリックは上着を戻し、ビニール袋を受け取った。食事の入った箱から湯気が出ている。

三人はテレビの前に座り、映画を観つつ、持ち帰り用の箱から直接食べた。セリフのやりとりにベンヤミンが笑い声をあげた。シモーヌとエリックは満足げな表情で顔を見合わせた。幼いベンヤミンが子ども向けの番組を見て大笑いしていたころと変わらない。エリックはシモーヌの膝に手を置き、シモーヌはその上に手を置いてエリックの指を握った。

ブルース・ウィリスが仰向けに倒れ、口から流れる血をぬぐっている。また電話が鳴った。エリックは食事をテーブルの上に置いてソファーを離れ、廊下に出ていくと、できるかぎり冷静な声で応答した。

「はい、エリック・マリア・バルクですが」

カチカチという小さな音のほかにはなにも聞こえない。

「もうたくさんだ」彼は憤りをあらわにした。

「エリック?」

ダニエラの声だ。

「エリックね?」

「食事中なんだが」

彼女は息をはずませている。

「あの子、なんて言ってた?」

「あの子?」

「ヨセフよ」

「ヨセフ・エークかい?」

「なんて言ってた？」

「いつのこと？」

「たったいま……電話で」

エリックはドア越しに居間をのぞき込み、映画に見入っているシモーヌとベンヤミンを見つめた。トゥンバのエーク家に思いを馳せる。幼い女の子、母親、父親。犯罪の動機となった、すさまじい憤怒。

「どうしてあの子がぼくに電話をかけてきたと？」

ダニエラは咳払いをした。

「電話を使わせてほしいって看護師に頼んだみたいなの。交換台に聞いてみたら、あなたの自宅につないだって」

「ほんとうに？」

「わたしが病室に入っていったとき、ヨセフは大声でわめいていた。カテーテルが引き抜かれてた。アルプラゾラム（精神安定剤の一種）を与えたわ。でも、眠りにつく前に、あなたのことをいろいろ言ってた」

「たとえば？　なんと言ってたんだい？」

ダニエラが受話器の向こうでごくりとつばを飲み込むのが聞こえた。彼女は疲れ切った声で答えた。

「おれの脳みそを勝手にいじりやがって、って。姉さんに手を出したらぶっ殺す、って。何度もそう言ってたわ。ぶっ殺してやるから覚悟しとけ、って」

12

十二月八日（火）夕方

ヨーナがエヴェリンとともにクローノベリ拘置所に到着してから、すでに三時間が経過している。彼女が収容されたのは小さな独房で、壁にはなにも掛かっておらず、曇った窓には鉄の棒が左右に何本も渡されていた。隅にあるステンレスの洗面台から、吐瀉物のにおいが漂っていた。ベッドは壁に固定され、マットレスが緑のビニールで覆われていた。そのかたわらに立ちつくし、問いかけるような視線を向けてくるエヴェリンを残して、ヨーナは独房をあとにした。

身柄拘束から十二時間以内に、検事は彼女を逮捕し勾留するか、それとも釈放するかを決めなければならない。勾留すると決めた場合には、三日目の十二時までに、裁判所に対して勾留請求を行なうことになる。検事がこれをしなければ、エヴェリンは釈放される。勾留を請求する場合、検事は彼女を、罪を犯したと疑うに足る〝相当な理由〟、あるいは

〝十分な理由〟のある被疑者として扱う。後者のほうが嫌疑の度合いが強い。

ヨーナはいま、ふたたび拘置所を訪れている。廊下のビニール床は真っ白で、つやつやと光っている。独房へ続く黄緑色の扉がずらりと並ぶ中を歩いていく。ドアの取っ手と錠のついた金属板に、ちらりと映る自分の姿が見えた。ドアの外の床にはそれぞれ、白い魔法瓶がひとつずつ置いてある。消火器のキャビネットを示す赤い表示がいくつもある。洗濯物を入れる白い袋と、ごみを入れる緑の袋を備えた清掃用ワゴンが、受付前に置きっぱなしになっている。

ヨーナは立ち止まり、人道支援団体から派遣されているカウンセラーと軽く言葉を交わしてから、女性用区画に入った。

拘置所に五つある取調室のうちひとつがここにあり、その前にストックホルムの新任首席検事、イェンス・スヴァーネイェルムが立っていた。歳は四十歳だが、せいぜい二十歳ほどにしか見えない。目つきがどことなく少年のようで、頬にも子どもっぽさが残っている。これまでの人生でつらい経験をしたことなど一度もないにちがいない、そんな印象を与える人物だ。

「エヴェリン・エーク」イェンスがゆっくりと言った。「この娘が、家族を殺すよう弟に迫った、と?」

「少なくとも、ヨセフの話では……」

「ヨセフ・エークが催眠状態で自白した内容を、裁判で使うことはできませんよ」イェンスがさえぎった。「黙秘権にも、自己に不利益となる供述を強要されない権利にも反していますからね」

「それは承知してます。が、あれは正式な取り調べじゃなかった。ヨセフが犯人だとは思ってなかったんですから」

イェンスは自分の携帯電話を見やりながら言った。

「捜査の内容について話をしたのであれば、取り調べと同じことですよ」

「それも承知してます。しかし、とにかく話を聞くことが先決だと考えたので」

「そんなことだろうとは思いましたが……」

イェンスはふと黙り込み、なにかを期待しているような目でヨーナをちらりと見やった。

「まもなく真相を解明してみせます」とヨーナが言う。

「頼もしい」イェンスは満足げだった。「アニタ・ニーデル検事からこの仕事を引き継いだとき、ひとつだけ教わったことがありましてね。ヨーナ・リンナが真相を解明すると言ったら、その言葉は信じて大丈夫だ、と」

「アニタとは何度か派手にやり合いましたよ」

「そうらしいですね」イェンスが微笑んでみせた。

「中に入っても？」

「取り調べは任せますが……」

イェンス・スヴァーネイェルムは耳の穴を掻き、口ごもりながら、取り調べの内容の要点をメモするだけにはしないでほしい、不明瞭な点があっては困る、と言った。

「ぼくはいつも、可能なかぎり、取り調べの内容はすべて記録するようにしてます」とヨーナは答えた。

「内容を録音してくださるのであれば、いまの段階で尋問立会証人を呼ぶ必要もないでしょうしね」

「ぼくもそう思いました」

「エヴェリン・エークからは事情を聞くだけです」イェンスが強調した。

「犯罪の嫌疑をかけられていることは伝えたほうが？」

「それは任せますが、刻々と期限が迫ってますからね。のんびりはできませんよ」

ヨーナはドアをノックし、わびしい取調室に足を踏み入れた。窓には鉄格子がはめられ、ブラインドが下がっている。エヴェリン・エークは椅子に座り、肩をこわばらせている。人を寄せ付けない、閉ざされた表情。歯を食いしばり、テーブルの上に視線を据え、腕組みをしている。

「やあ、エヴェリン」

エヴェリンは恐怖の混じった目でちらりとヨーナを見上げた。ヨーナは彼女の向かい側の椅子に腰を下ろした。弟と同じく、彼女もまた端正な顔立ちで、とりたてて目立つ顔というわけではないが、左右が対照だ。髪は明るい茶色で、知的な目をしている。一見どうということのない顔だが、見れば見るほど美しさを増す、とヨーナは思った。

「少し話がしたいと思ってね。どうだい？」

エヴェリンは肩をすくめた。

「最後にヨセフに会ったのはいつ？」

「覚えてません」

「昨日かな？」

「ちがいます」エヴェリンは驚いたようすだった。

「じゃあ、何日前？」

「なにがですか？」

「最後にヨセフに会った日だよ」

「もうかなり前のことです」

「ヨセフがきみに会いにあの別荘に来たことはある？」

「いいえ」

「ほんとうに？　一度も会いに来なかったのかい？」

彼女はかすかに肩をすくめた。

「来ませんでした」

「だが、別荘の存在は知っている――そうだね？」

彼女はうなずいた。

「子どものころに行ったことがあるから」エヴェリンはそう答えると、やわらかな茶色の瞳でヨーナをじっと見つめた。

「それはいつごろの話？」

「ええと……わたしは十歳でした。ソーニャおばさんが夏休みにギリシアへ行ってるあいだ、うちの家族が別荘を使わせてもらったんです」

「で、ヨセフはそれ以来、あの別荘を訪れていない、と？」

エヴェリンはふとヨーナの背後の壁に視線を向けた。

「そうだと思います」

「きみはいつからあの別荘に住んでるんだい？」

「今学期が始まってすぐに引っ越しました」

「つまり、今年の八月だね」

「はい」

「きみは八月からあそこに住んでいた。ヴェルムドーの小さな別荘に、四カ月間も。なぜだい？」

エヴェリンの視線がふたたびさまよい、ヨーナの頭の後ろを漂った。

「落ち着いて勉強したかったから」

「四カ月も？」

彼女は椅子の上でゆっくりと体勢を変えた。脚を組み、額を掻く。

「静かな環境じゃないと駄目なんです」彼女はため息をついた。

「うるさいのはだれ？」

「べつに、だれがっていうわけじゃありません」

「それなら、なぜわざわざ引っ越した？」

エヴェリンは弱々しい、喜びのない笑みをうかべた。

「森が好きなんです」

「なにを勉強してるの？」

「政治学」

「生活費は？　学生補助金と学生ローンでまかなっているのかな？」

「そうです」

「食べものはどこで買うんだい？」

「サルタローまで自転車で行ってます」

「遠くないかい？」

エヴェリンは肩をすくめた。

「ええ、まあ」

「そこで知り合いに会ったことはある？」

「ありません」

ヨーナはエヴェリンの涼しげな若い額を見つめた。

「ヨセフとも鉢合わせしたことはない？」

「ありません」

「エヴェリン、聞いてくれ」ヨーナは口調を変え、さらに真剣な声になった。「弟さんのヨセフは、自分がお父さん、お母さん、妹さんを殺した、と証言している」

エヴェリンはテーブルを凝視している。まつげが震えている。蒼白い顔にかすかな赤みが広がった。

「まだ十五歳なのに」とヨーナは続けた。

ヨーナは、エヴェリンのほっそりとした手を、梳《くしけず》られて華奢な肩にかかったつややかな髪を見つめた。

「ヨセフが家族を殺したと言ってるのはなぜだと思う？」

「えっ？」エヴェリンは顔を上げた。

「きみはどうやら、ヨセフの話を疑っていないようだ」

「そうでしょうか？」

「ヨセフが殺人を自白したと聞いても、きみは驚いたようすを見せなかった」とヨーナは言った。「驚いたかい？」

「ええ」

エヴェリンはじっと椅子に座ったままだ。内側から凍え、消耗しきっている。涼しげな眉間に細い皺が寄った。疲れきったようすだ。まるで祈りを捧げているか、あるいはささやき声でひとりごとを言っているかのように、唇がかすかに動いている。

「閉じこめられてるんですか？」彼女がいきなり尋ねた。

「だれが？」

エヴェリンは顔を上げず、テーブルを見下ろしたまま淡々と答えた。

「ヨセフです。監禁してるんですか？」

「弟が怖いのかい？」

「いいえ」

「弟が怖いから、銃を持っていたんじゃないのかい？」

「狩りをしてただけです」エヴェリンはそう答え、ヨーナの目を見つめた。

この娘はどうも奇妙だ、とヨーナは思った。まだ理解しきれていないなにかがあるような気がする。罪悪感、怒り、憎しみ、そんなありがちな感情ではない。むしろ、つかみどころのない、巨大な反発のようなもの。これまで目にしたことのない、自己防衛のメカニズム。身を守るための防壁。

「なにを狩ってたの？　野うさぎ？」

「はい」

「野うさぎって美味しいかい？」

「それほどでも」

「どんな味？」

「甘いです」

ヨーナは別荘の外、冷たい空気の中に立っていたエヴェリンの姿を思い浮かべた。あのときなにがあったか、あらためて思い返してみる。

エリック・マリア・バルクがエヴェリンから散弾銃を受け取り、折った状態で腕に抱えていた。エヴェリンは日差しに目を細めて彼を見つめていた。ほっそりとした長身で、明るい茶色の髪を高い位置に引っつめ、ポニーテールにまとめていた。銀色のダウンベスト、ローライズジーンズ、湿ったスニーカー。彼女の背後に針葉樹の森が広がり、地面には苔が生え、コケモモの茂みがあった。踏みつけられた赤い毒キノコも見えた。

ヨーナはふと、エヴェリンの話につじつまの合わない点があることに気づいた。うっすらと違和感を覚えはしたものの、そのまま通り過ぎてしまっていた矛盾点が、いま、くっきりと浮かび上がってきた。別荘でエヴェリンと話をしていたとき、彼女はコーデュロイのソファーに座り、両手を腿のあいだにはさんで、身動きひとつしなかった。彼女の足元に、キノコのかたちの写真立てが落ちていた。写真には妹のリサが写っていた。両親にはさまれて座っているリサの大きな眼鏡が太陽に照らされ、白く光っていた。

写真のリサは、四歳、いや、もう五歳になっていたかもしれない。つまり、あの写真は一年以内に撮られたものだということだ。

エヴェリンはヨセフがあの別荘を何年も訪れていないと言ったが、ヨセフは催眠状態にあったとき、あの写真のことを語っていた。

もちろん、写真が焼き増しされ、同じキノコのかたちをした別の写真立てに入っている可能性も、ないとはいえない。あの写真立てがもとは別の場所にあったとも考えられる。あるいは、ヨセフがエヴェリンの知らないあいだに別荘を訪れた可能性もある。

が、エヴェリンが嘘をついている可能性もじゅうぶんにある。

「エヴェリン」とヨーナは言った。「きみの話には、どうも気になる点があるんだが」

取調室のドアをノックする音がした。エヴェリンはびくりと体を震わせた。ヨーナは立ち上がり、ドアを開けた。イェンス・スヴァーネイェルム首席検事だ。外に出てくるようヨーナに告げる。

「エヴェリン・エークは釈放することにしますよ」とイェンスが言った。「この取り調べにはなんの意味もない。証拠だって、なにひとつないんです。十五歳の弟を相手に、法的効力のない取り調べを行なった、その証言だけが根拠で……」

イェンスはヨーナの目を見て黙り込んだ。

「なにかつかんだんですね？」

「釈放するのなら、もうどうでもいいことでしょう」

「あの娘が嘘をついていると？」

「まだわかりませんが、その可能性はある……」

イェンスは顎を撫でつつ考え込んだが、やがて口を開いた。

「サンドイッチと紅茶でも出してやってください。あと一時間差し上げますよ。そのうえで、彼女を勾留するかどうかの決定を下すことにします」

「結果が出るとはかぎりませんが」

「やってみてはくれますね？」

ヨーナは紅茶の入ったプラスチックカップとサンドイッチの載った紙皿をエヴェリンの前に置いてから、椅子に腰を下ろした。

「腹が減ってるんじゃないかと思ってね」

「ありがとうございます」ほんの数秒ほど、エヴェリンの顔が明るくなった。

サンドイッチを食べ、テーブルの上のパンくずを集める彼女の手は震えていた。

「エヴェリン、おばさんの別荘には、キノコのかたちをした写真立てがあるね」

エヴェリンはうなずいた。

「おばさんがムーラで買ってきたんです。別荘にぴったりだって……」

彼女は言葉を切り、紅茶に息を吹きかけた。

「同じ写真立て、ほかにも持ってる？」

「いいえ」エヴェリンは笑みをうかべた。

「あの写真は、初めからずっと別荘に置いてあった？」

「どうしてそんなこと聞くんですか？」弱々しい声で尋ねる。

「いや、なんでもないよ。ただ、ヨセフがあの写真立ての話をしていた。あの別荘で見たにちがいない。というわけで、きみがなにか話すのを忘れてるんじゃないかと思ってね」

「忘れてません」

「聞きたかったことはそれだけだ」ヨーナはそう言って立ち上がった。

「これで終わりですか？」

「エヴェリン、ぼくはきみを信用しているよ」ヨーナが真剣な声で言った。

「みんな、わたしが事件にかかわってると思ってるみたい」

「が、きみはかかわっていない――そうだね？」

　エヴェリンはうなずいた。

「少なくとも、犯人としてかかわっているわけではない」

　エヴェリンは頰に流れた涙をさっとぬぐった。

「一度だけ、ヨセフが別荘に来たことがあります。タクシーに乗って、ケーキを持って」

彼女の声はかすれていた。

「きみの誕生日だったのかい？」

「いいえ……ヨセフの誕生日に」

「いつ？」

「十一月一日」

「一カ月ほど前だね。そのとき、なにがあった？」

「べつになにも。びっくりしただけです」

「連絡なしにいきなり来たのかい？」

「連絡は取り合ってませんでしたから」

「どうして？」

「ひとりになりたいから」

「きみがあの別荘に住んでることは、だれが知ってた？」

「だれも。ソーラブだけです。わたしのボーイフレンド……いいえ、もう別れたから、ただの友だちだけど、力になってくれていて、わたしが彼の家でいっしょに暮らしてることにしてくれてます。母からの電話に出てくれたり……」

「なぜ？」

「ひとりになりたいから」

「ヨセフが来たのは一度だけ？」

「はい」

「これは重要なことなんだよ、エヴェリン」

「一度しか来てません」

「どうして嘘をついた？」

「わかりません」彼女は声にならない声で答えた。

「ほかにはどんな嘘をついているのかな？」

13

十二月九日（水）午後

エリックはNKデパートのジュエリー売り場で、ライトアップされた展示ケースのあいだを縫って歩いた。黒い服に身を包んだ女性店員が、客と小声で話し合い、箱を開け、ベルベットのトレイにジュエリーを広げてみせている。エリックはある展示ケースの前で立ち止まった。ジョージ・ジェンセンのネックレスを見つめる。やわらかなカットのぼってりとした三角形が、花びらのように連なって輪を成している。磨き込まれたスターリングシルバーが、プラチナのような重々しい輝きを放っている。シモーヌのほっそりとした首にきっと映えるだろう、とエリックは思い、クリスマスプレゼントにこれを買おうと決めた。

店員がワインレッドの光沢のある包装紙でネックレスを包んでいると、エリックのポケットの中で携帯電話が鳴り、鸚鵡と先住民の絵の小さな木箱に反響した。彼は電話を引っぱり出し、ディスプレイの表示を確かめずに応答した。

「はい、エリック・マリア・バルクですが」

妙な雑音がする。遠くのほうからクリスマスソングが聞こえてきた。

「もしもし?」

相手はか細い声だった。

「エリック?」

「そうですが」

「聞いてもいい……?」

受話器の向こうでだれかがくすくす笑っているらしいとすぐに気づいた。

「どなたです?」鋭い声で尋ねる。

「まあまあ、先生。ひとつだけ聞かせてよ」声の主がふざけていることはいまや明白だった。

電話を切ろうとしたところで、相手がいきなりわめいた。

「催眠術かけてよ! あたし……」

エリックはびくりとして電話を耳から離した。電話を切り、発信元を確かめようとしたが、番号が非通知になっている。携帯メールの着信を示す音が鳴った。これも発信元は非通知だ。開いてみると、こう書いてある。〝死体に催眠術かけられる?〟

わけがわからないまま、モノトーンの小さな袋に入ったクリスマスプレゼントを受け取り、ジュエリー売り場をあとにした。ハムン通りに面したロビーで、ぶかぶかの黒いコートを着た女性と目が合った。吹き抜けの天井から吊り下げられた、三階分の高さのあるクリスマスツリーの下に立ち、エリックをじっと見つめている。会ったことのない女性だが、彼女の視線は明らかに敵意に満ちていた。

エリックはコートのポケットを片手でまさぐり、木箱のふたを器用に開けると、強力な鎮痛剤コデインのカプセルをひとつ振り出し、口に運んで飲み込んだ。

ひんやりと冷たい空気の中へ出ていく。ショーウィンドウの前に人が集まっている。そこはお菓子の世界で、トムテ（赤い三角帽子に白ひげ姿の森の小人。サンタクロースの手伝いをするといわれている）が踊り、大きな口を開けたキャラメルがクリスマスソングを歌っている。分厚いつなぎの上に黄色いベストをはおった保育園の子どもたちが、黙ってショーウィンドウに見入っている。

また電話が鳴った。今度はまず番号を確認する。ストックホルムの番号だ。彼は警戒しながら応答した。

「はい、エリック・マリア・バルク」

「もしもし。アムネスティ・インターナショナルのブリット・スンドストレムと申しますが」

「はあ」困惑が声に表われた。

「あなたの患者さんが催眠を断わることができたのかどうか、教えていただけますか?」

「なんですって?」エリックは聞き返した。ショーウィンドウの中で、大きなかたつむりが、クリスマスプレゼントを載せたそりを引いているのが見えた。

心臓の鼓動が激しくなり、胃液が逆流しはじめる。

「痕跡を残さない拷問に関するCIAのマニュアル、いわゆるKUBARKマニュアルには、催眠もそういった拷問の一種として……」

「今回は主治医の判断で……」

「ご自身に責任はないとおっしゃるのですか?」

「私がコメントすべき問題ではないと考えます」

「警察に被害届が出ていますが」相手はそう言い放った。

「そうですか」エリックは脱力感に襲われ、電話を切った。

セルゲル広場に向かってゆっくりと歩き出す。光り輝くガラスのオベリスク。文化会館。クリスマス・マーケットが開かれ、トランペット奏者が『きよしこの夜』を奏でている。そこから曲がってスヴェア通りに入り、旅行代理店の建ち並ぶ界隈を通り過ぎる。セブンイレブンの前にさしかかったところで、はたと立ち止まり、タブロイド紙の見出しを見つめた。

トゥンバ一家殺害事件
催眠で少年の自供引き出す
催眠スキャンダル
エリック・マリア・バルク医師　少年の命を危険に

エリックはこめかみの脈が速くなるのを感じた。歩幅を広げ、まわりの視線を避けながら歩く。オロフ・パルメ首相が暗殺された現場を通り過ぎる。うすよごれた記念プレートに、赤いバラが三本添えられている。エリックは自分の名前を呼ぶ声が聞こえたような気がして、高級オーディオ機器店にそっと逃げ込んだ。ついさきほどまで軽い酩酊のように感じていた疲れは消え、熱を帯びた興奮、緊張と絶望の混じり合った感覚に襲われる。震える手で、コデインをもう一錠飲む。カプセルが溶け、粉が粘膜に入り込むと、胃がきりきりと痛んだ。

ラジオでは、治療の一環として催眠を用いることを禁止すべきか否かの議論が進められていた。ある男性が、催眠をかけられ、自分がボブ・ディランだと信じ込まされた経験を語っている。

「そんなはずはないってわかってたんですがね」男性は間延びした口調で言った。「なのに、そうだと言わされたわけですよ。催眠をかけられてることはわかってましたし、そばで待ってる友だちの姿も見えてた。なのに、ぼくは自分がディランだと思い込んで、英語をしゃべりはじめた。抵抗はできませんでした。あのまま行ったら、ぼくはどんなことでも認めたでしょうね」

法務大臣がインタビューを受けている。スモーランド地方の訛りがある。

「取り調べの方法として催眠を用いるのは、明らかに法に反しています」

「すると、エリック・マリア・バルク医師は罪を犯したわけですね」記者が鋭い声で質問を浴びせた。

「詳しくは検察庁の調べを待って……」

エリックは店を出て横道に入り、ルントマーカル通りに向かった。

背中を流れる汗を感じつつ、ルントマーカル通り七十三番地の前で立ち止まり、暗証番号を押して扉を開けた。エレベーターが低くうなりながら上昇しているあいだに、おぼつかない手つきで家の鍵を探し出す。自宅に足を踏み入れると、中から玄関の鍵をかけ、ふらつきながら居間に入った。服を脱ごうとするが、絶えず右側に体が傾いて倒れそうになる。

テレビをつけると、スウェーデン臨床催眠学会の会長が出演していた。彼のことはよく知っている。この男の高慢さと出世至上主義のせいで、同僚たちが何人も苦い思いをさせられているのを目にしてきた。

「当会は十年前にバルク医師を除名処分として迎えるつもりもありません」会長はかすかに笑みをうかべて言った。ふたたび会員として迎えるつもりもありません」

「今回の一件で、真面目に催眠に取り組んでいる医師の方々に悪影響が及ぶとお考えですか？」

「当会のメンバーはみな、厳格な倫理規則に従っております」会長は尊大な口調で答えた。

「それに、スウェーデンには似非《えせ》医療行為を取り締まる法律がありますからね」

エリックはぎくしゃくとした動きで服を脱ぐと、ソファーに座ってひと休みした。が、テレビからホイッスルの音と子どもの声が聞こえて、ふたたび目を開けた。太陽に照らされた校庭に、ベンヤミンが立っている。眉間に皺が寄り、鼻の頭と耳が赤くなっている。肩をいからせている。寒がっているらしい。

「お父さんに催眠をかけられたことはある？」記者が尋ねている。

「えっ？　そんなこと……あるわけないじゃないですか……」

「どうしてそう断言できるんだい？　きみ本人が催眠をかけられていることを知らない可能性もあるんじゃないのかな？」

「それはそうですけど」ベンヤミンは記者の厚かましさに驚いたのか、かすかに笑みらしきものをうかべている。

「お父さんに催眠をかけられているとしたら、どんな気持ちがする？」

「わかりません」

ベンヤミンの頰が赤らんだ。

エリックは歩み出てテレビを消し、そのまま寝室へ向かうと、ベッドに腰を下ろしてズボンを脱ぎ、鸚鵡の絵の木箱をナイトテーブルの引き出しに入れた。

ヨセフ・エークに催眠をかけ、彼とともに青く深い海の底へ沈んでいったとき、自分の内に湧き上がった、あのえもいわれぬ懐かしさについては、考えるのを避けた。

横になり、ナイトテーブルの上に置いてある水の入ったグラスに手を伸ばす。が、飲まないうちに眠りに落ちた。


目を覚ましたエリックは、眠りから覚めきらないまま、自分の父親に思いを馳せた。エリックが幼かったころ、友だちを呼んで開いたパーティーで、父はあらかじめ仕掛けのこめられた燕尾服に身を包み、頰に汗を光らせながらマジックを披露した。風船でさまざまなかたちを作り、中が空洞になっている杖から、カラフルな羽根でできた花を引っぱり出してみせた。年老いて、ソレントゥーナの自宅から老人ホームへ移ったあとも、父はエリックが催眠療法に携わっていることを聞きつけるやいなや、いっしょにショーをやろうと言い出した。自分は怪盗紳士を演じるから、おまえは催眠術師として舞台の上で人を操り、エルヴィス・プレスリーのように、はたまたサラ・レアンデル（一九〇七～八一。スウェーデンの歌手、女優）のように歌わせろ、というのだ。

急に眠気が覚めた。ベンヤミンの姿が目に浮かぶ。校庭で、クラスメートや教師たちの視線にさらされ、テレビカメラと薄笑いをうかべる記者の前で、寒さに震えていたベンヤミン。

起き上がると胃がきりきりと痛んだ。ナイトテーブルの上の電話をつかみ、シモーヌに電話をかける。

「はい、シモーヌ・バルク・ギャラリーです」

「もしもし、ぼくだよ」

「ちょっと待って」

シモーヌが木の床を横切り、事務所に入って扉を閉める音が聞こえてきた。

「いったいなにがどうなってるの？ ベンヤミンから電話が……」

「マスコミが騒ぎはじめて……」

「それはわかってるわ」シモーヌがさえぎった。「あなた、いったいなにをしたの？」

「患者の主治医に頼まれて、催眠をかけたんだ」

「でも、催眠状態での自白は……」

「ぼくの話を最後まで聞いてくれ。頼む」

「わかったわ」

「あれは正式な取り調べじゃなかったんだ」

「正式だろうと正式じゃなかろうと……」

シモーヌははっと黙り込んだ。受話器越しに彼女の息遣いが聞こえた。

「ごめんなさい」小声で言う。

「あれは正式な取り調べじゃなかった。警察はただ、なんでもいいから、犯人につながる手がかりを得たいと思っていた。犯人が長女を狙っていると思っていたからね。主治医も、患者の容態に悪影響が及ぶおそれは少ないと判断した」

「でも……」

「みんな、あの少年は被害者だと思っていた。彼の姉さんを救おうと必死だったんだ」

エリックは言葉を切った。シモーヌの息遣いが聞こえた。

「なんて厄介なことを」彼女の声には痛みが混じっていた。

「なんとかなるさ」

「そうかしら?」

エリックはキッチンに入り、鎮痛剤を水に溶かすと、その甘い液体とともに胃薬を口に流し込んだ。

14

十二月十日（木）夜

ヨーナは閑散とした暗い廊下に目をやった。時刻はまもなく夜の八時、この部署で残っているのは彼だけだ。どの窓にもクリスマス用の星形ランプが光り、ろうそく立てを模したランプの灯りが暗い窓の二重ガラスに反射して、丸くやわらかな二重の光を放っている。机の上には、アーニャが持って来てくれた、クリスマスのお菓子を入れたボウルがある。エヴェリンの事情聴取記録にコメントを書き入れながらつまんでいるうちに、すっかり食べ過ぎてしまっていた。

エヴェリンの嘘が明らかになってきた時点で、検事は彼女を逮捕する決定を下し、殺人事件に関与した疑いがかけられていること、弁護人を選任する権利があることを告げた。逮捕によって、勾留請求を行なうか否かを決めるまでの三日間の猶予が与えられた。このあいだにしっかりとした根拠をそろえ、少なくとも有罪の可能性があると裁判所を納得させることができなければ、彼女は釈放される。

エヴェリンが嘘をついていたからといって、彼女が犯罪に関与したとはかぎらない。ヨーナはそのことをはっきりと認識していた。いずれにせよ、与えられた三日間で、彼女がなにを隠しているのか、なぜ隠しているのかをつきとめるのだ。

事情聴取記録をプリントアウトし、検事宛ての封筒に入れると、拳銃がきちんと武器庫にしまわれて鍵がかかっていることを確認してから、エレベーターで階下に下り、警察本部を出て車に乗り込んだ。

フリードヘム広場近くで電話が鳴ったが、なぜかコートのポケットから電話を取り出すことができなかった。ポケットに穴が開いていて、表地と裏地のあいだに電話が入ってしまったのだ。信号が青に替わり、後続の車がクラクションを鳴らしはじめた。ヨーナはハレ・クリシュナ運動の運営するレストラン前のバス停に車を停め、電話をコートから振り出し、かけ直した。

「ヨーナ・リンナだ――たったいま電話をくれたね」

「ああ、よかった」ロニー・アルフレッドソン巡査が言った。「どうしたらいいのか、よくわからないんですよ」

「エヴェリンのボーイフレンド、ソーラブ・ラマダニとは話をしたかい？」

「それが、あまりうまくいかなくて」

「勤務先はあたってみた？」

「そういうことではなくてですね」とロニーは答えた。「本人はアパートにいるんですが、玄関を開けようとしないんですよ。警察と話をする気はないというんです。出ていけ、近所迷惑だ、自分がムスリムだからって嫌がらせしやがって、などと大声を出す始末で」

「いったいなんと言ったんだ？」

「べつに、なにも言ってませんよ。ただふつうに協力を求めただけです。警部のおっしゃるとおりにやりました」

「なるほど」

「強行突破しましょうか？」

「いまから行く。とりあえず放っておきなさい」

「入口前で、車の中で待ってましょうか」

「そうしてくれ」

ヨーナはウィンカーを出してUターンすると、旧『ダーゲンス・ニューヘーテル』紙ビルのそばを通り過ぎ、ヴェステル橋に出た。暗闇の中で、ストックホルムの窓や街灯がきらきらと光り、空が灰色の霞がかった傘のように街を覆っている。

ヨーナは現場検証の結果にふたたび思いをめぐらせた。そこから浮かび上がってきた事件像に、彼はどことなくしっくりこないものを感じていた。いくつかの事実がまったく嚙み合っていないように思えるのだ。ヘレネボリ通りのそばで赤信号になった機をとらえて、ヨーナは助手席に置いてあったファイルを開けた。運動場の写真をぱらぱらとめくる。シャワーが三つ並んでいる。仕切りはない。カメラのフラッシュが白いタイルに反射して光っている。壁に立てかけられた木の柄の水切りワイパーが写っている写真がある。ゴムのブレードのまわりに、大量の血、水、よごれ、髪の毛、絆創膏、ボディーソープのボトルが見える。

排水口のそばに腕が転がっている。球状の関節部分が露出し、そのまわりに、軟骨や切断された筋組織が見える。刃先の折れた狩猟用ナイフがシャワーの下に落ちている。

刃先の行方は、ノーレンがCTスキャンで特定してくれた。アンデシュ・エークの骨盤にはさまっていたのだ。

めった刺しにされた遺体は、凸凹だらけの金属製ロッカーと木のベンチにはさまれるようにして、床に放置されている。赤いスポーツジャケットがフックに掛かっている。床も、ドアも、ベンチも、すべてが血まみれだ。

ヨーナは信号が変わるのを待つあいだ、ハンドルをコツコツと叩きながら考え込んだ。

鑑識は、大量の足跡、指紋、繊維、髪の毛などを採取した。数百人ものDNAが残っていたが、ヨセフ・エークにつながる証拠はまだ見つかっていない。採取された痕跡のほとんどがひどくよごれているうえ、複数の人物のDNAが入り乱れている状態で、国立科学捜査研究所での分析は困難を極めていた。

ヨーナは、父親の血痕がヨセフ・エークの体に残っているか否かを調べることに集中してほしい、と科学捜査班に指示していた。第二の現場である自宅でヨセフが発見されたとき、彼の体は血まみれになっていたが、これはなんの決め手にもならない。全員が互いの血にまみれていたからだ。ヨセフの体に妹のリサの血痕が残っていたところで、リサの体にもヨセフの血痕が残っている以上、なんの不思議もなかった。しかし、父親の血痕がヨセフの体に残っていれば、あるいはヨセフの痕跡が更衣室に残っていれば、彼が両方の現場にいたことが証明される。彼が更衣室にいたことを立証できれば、起訴までもっていくことができそうだ。

ヨセフがフディンゲ病院に収容された時点ですでに、シグリッド・クランスという名の医師が、全国のDNA鑑定を引き受けているリンシェーピンの国立科学捜査研究所から、ヨセフの体に残っている生物学的証拠をすべて採取しておくように、との指示を受けていた。

ホーガリド公園のそばで、ヨーナはエリクソンに電話をかけた。トゥンバの現場検証を担当した鑑識官で、かなりの肥満体である。

「勘弁してくださいよ」受話器の向こうでくぐもった声がした。

「大丈夫か、エリクソン？」ヨーナはふざけて問いかけた。「エリクソン？　生きてるかい？」

「冬眠中です」疲れきった返事が返ってきた。

「ごめんごめん」

「これから家に帰るところなんですがねえ」

「更衣室からヨセフの痕跡は見つかった？」

「いえ」

「頼むよ。見つかっただろ？」

「見つかってませんよ」

「手抜きしてるんじゃないか」

「そんなことはありません」エリクソンは冷静に答えた。

「リンシェーピンには圧力をかけてくれた？」

「ぼくの体重を全部かけてやりましたよ」

「それで？」

「ヨセフの体にも、父親のDNAは残ってなかった」

「そんなはずはないだろう。あんなに血まみれで……」

「一滴も見つからなかったそうです」

「おかしいな」

「リンシェーピンの連中、自信満々でしたよ」

「LCN法（ごく微量のDNAを複製・増殖させてDNA鑑定に利用する方法）でもだめなのか？」

「だめです。百万分の一滴すら残ってないんだから」

「そんな……そんな都合のいい偶然、あるわけがない」

「今回ばかりはツキに見放されたってことですね」

「あり得ないよ」

「しかたありません。あきらめましょう」

「ふむ」


通話を終えると、ヨーナは考え込んだ。謎のように見えていたものが、実は単なる偶然の産物でしかないということも、たしかにないとはいえない。今回の場合、犯人の手口はいずれの現場でも変わらないように見える――めった刺しにしたうえ、遺体を切断しようとする凶暴性もみせている。もしほんとうにヨセフが犯人ならば、彼の体に父親の血痕が残っていないのは、どう考えてもおかしい。人目につくほどの返り血を浴びたはずなのだ。

ヨーナはそこまで考えて、ふたたびエリクソンに電話をかけた。

「なんですか」

「ひとつ思いついたことがあるんだ」

「二十秒しか経ってないのに？」

「女性更衣室は調べた？」

「だれも入ってませんよ――ドアに鍵がかかってました」

「女性更衣室の鍵なら、被害者が持ってたはずだよ」

「しかし……」

「女性用シャワールームの排水口を調べてみてくれ」

タントルンデン公園をぐるりと迂回したところで、ヨーナは歩行者用道路に車を乗り入れ、公園に面した団地の前に駐車した。待っているはずのパトカーが見当たらないので、住所を確認する。ロニーとその相棒は住所をまちがえているのではないだろうかと考え、ヨーナは笑みをうかべた。だとすれば、住人が玄関を開けたがらないのも当然だろう。彼はソーラブという名ですらないのだから。

夜の空気は冷たく、ヨーナは早足で入口へ向かった。催眠状態のヨセフが自宅での犯行を語ったときのようすに思いを馳せる。あれが事実だとすれば、ヨセフはことに及んでいるあいだ、自分の犯行をいっさい隠そうとせず、自分の身を守ろうともしていない。あとさき考えることなく血まみれになっている。

催眠状態のヨセフが語った、支離滅裂で怒りに満ちた暴力の嵐は、凶行に及んでいるあいだに彼自身が感じていたことでしかないのかもしれない、とヨーナは考えた。身体的、表面的に見るかぎり、現場では落ち着き払って整然とことを進めていた可能性もある。レインコートで全身を覆い、自宅に戻る前に女性用更衣室でシャワーを浴びたのではないだろうか。

ダニエラ・リチャーズ医師と連絡をとって、ヨセフ・エークが取り調べに耐えられるほど回復するのはいつごろになりそうか、意見を聞かなければならないだろう。

ヨーナは建物の中に入ると、電話を取り出した。壁はチェス盤のような白と黒のタイル張りで、その黒い部分に自分の顔が映っているのが見えた。色白の冷ややかな顔、真剣なまなざし、ぼさぼさと乱れた金髪。エレベーターの前で、彼はふたたびロニーに電話をかけたが、応答はなかった。もしかすると、あのあともう一度試してみたら、ソーラブが玄関を開けてくれたのかもしれない。ヨーナは六階に上がると、ベビーカーを押した母親が同じエレベーターで下に下りていくのを見守り、それからソーラブ宅に歩いていって呼び鈴を押した。

しばらく待ってから、ノックをし、また数秒ほど待つ。やがてドアポストを指で押し上げ、中に向かって呼びかけた。

「ソーラブ？　警察のヨーナ・リンナという者だが」

ドアの向こうで物音がする。扉に寄りかかっていた人物がさっと身を引いたような音だ。

「エヴェリンの隠れ場所を知っていたのはきみだけだったね」とヨーナは続けた。

「おれはなにもやってない」アパートの中から男性の低い声が聞こえてきた。

「しかし、エヴェリンの居場所を……」

「おれはなにも知らないんだ」男は大声をあげた。

「わかったよ」とヨーナは答えた。「だが、ドアを開けて、ぼくの顔を見て、そのうえで、なにも知らないと証言してくれないか」

「帰れよ」

「開けなさい」

「くそっ……放っといてくれないか。おれは関係ないんだ。巻き込まれたくない」

声が不安に満ちている。ソーラブは黙り込み、息をつき、アパートの中にあるなにかを叩いている。

「エヴェリンは元気だよ」とヨーナが言った。

ドアポストがカタリと鳴った。

「おれはてっきり……」

彼は黙り込んだ。

「話があるんだ」

「ほんとうに？　エヴェリンは無事なのか？」

「ドアを開けなさい」

「いやだって言ってるだろ」

「いっしょに来てくれると助かるんだ」

一瞬の沈黙が訪れた。

「ここには何度か来たのかい？」不意にヨーナが尋ねた。

「だれが？」

「ヨセフだよ」

「えっ？」

「エヴェリンの弟だ」

「来たことないよ」

「じゃあ、だれが来た？」

「あんたと話をするつもりはない。わからないのか？」

「だれが来た？」

「だれも来たなんて言っちゃいないだろう。誘導尋問はやめろ」

「誘導尋問なんかしていないさ」

ふたたび、沈黙。やがてドアの向こうから、かすれたすすり泣きが聞こえてきた。

「死んだのか？」とソーラブが尋ねる。「エヴェリンは死んだのか？」

「どうしてそんなことを聞くんだ？」

「あんたとは話したくない」

アパートの奥へ遠ざかっていく足音と、ドアが閉まる音がした。音楽が大音量でがなり出した。ヨーナは階段を下りながら、何者かがソーラブを脅してエヴェリンの隠れ場所を聞き出したにちがいない、と考えた。

冷え込む野外に出たところで、トレーニングジムのロゴ入りジャケットを着た男がふたり、車のそばで待っていることに気づいた。ふたりはヨーナが来たことに気づいて振り返った。片方はボンネットに腰掛け、携帯電話を耳に当てている。ヨーナは彼らをすばやく値踏みした。ふたりとも三十歳前後。ボンネットに腰掛けているほうはスキンヘッド、もう片方はまるで少年のような髪型だ。坊ちゃん刈りのほうは、おそらく体重百キロ以上。合気道、空手、あるいはキックボクシングかなにかをやっているにちがいない。成長ホルモン剤を飲んでいてもおかしくない。スキンヘッドのほうは、ナイフを携えている可能性はあるものの、拳銃まではおそらく持っていないだろう。

芝生の上に、雪がうっすらと積もっている。

ヨーナはふたりに気づいていないふりをして道をはずれ、街灯に照らされた歩行者用道路に向かって歩きはじめた。

「おい」片方が大声を出した。

ヨーナは彼らを無視して歩きつづけた。行く手に階段があり、そのそばに街灯と緑のごみ箱が見える。

「車、乗らねえのかよ？」

ヨーナは立ち止まり、団地の上階をちらりと見やった。ボンネットに座っている男の電話相手はソーラブにちがいない。ソーラブは窓から彼らの姿を見下ろしている。

大柄なほうが慎重に近づいてきた。ヨーナはきびすを返し、男に向かって歩き出した。

「ぼくは警察官だ」

「おれはうすぎたねえ猿だ」

ヨーナはすばやく携帯電話を出し、またロニーに電話をかけた。男のポケットの中で『スウィート・ホーム・アラバマ』が鳴りはじめた。男はにやりと笑うと、ロニーの電話を取り出して応答した。

「はい、こちらポリ公」

「いったいどういうことだ？」

「ソーラブに近づくな──あいつはいっさい話をしたくないと言ってる」

「こんなことをして、ソーラブを助けているつもりなのか？」

「これは警告だぞ。おまえが警察だろうとなんだろうと関係ねえ。とにかくソーラブからは手を引け」

まずいな、とヨーナは思った。拳銃を自室の武器庫にしまってきたことを思い出し、なにか武器になるものがないかとあたりを見まわした。

「ほかの警官たちはどこだ?」落ち着いた声で尋ねる。

「聞こえねえのか? ソーラブからは手を引けって言ってんだよ」

目の前にいる坊ちゃん刈りの男が、自分の頭にさっと手をやった。息をはずませている。横を向き、少し近寄ってくると、後ろに引いた足のかかとを数センチほど地面から離した。

「ぼくも昔は格闘技をやっていたからね」とヨーナは言った。「きみが手を出してきたら、ぼくは自分の身を守り、きみたちを逮捕する」

「おお、そりゃあ怖い、怖い」車に座っているほうが言った。

ヨーナは坊ちゃん刈りの男から視線を離さない。

「ぼくの脚を蹴りつけるつもりなんだろう。鈍すぎてハイキックは無理だと自分でわかっているから」

「うるせえ」男がつぶやく。

ヨーナは右側に移動して向かい合いの構図を破った。

「蹴りつけてくるつもりなら」とヨーナは続けた。「ふつうの相手なら後ずさるだろうが、ぼくはちがう。きみのもう片方のひざ裏をめざして突っ込んでいく。で、きみが後ろに倒れたところで、ぼくはひじできみの後頭部を打つ」

「なんだこいつ、無駄話の多いポリ公だな」車に座っているほうが言う。

「まったくだ」もう片方がにやりと笑った。

「そのとき舌が出ていたら、噛み切るはめになるぞ」とヨーナは言った。

坊ちゃん刈りの男がかすかに体を揺らした。蹴りのスピードは思っていた以上に遅く、男が腰を回転させはじめたとき、ヨーナはすでに初めの一歩を踏み出していた。男が脚を伸ばして蹴りを入れてくる前に、ヨーナは男が全体重をかけている軸脚のひざの裏を力のかぎりに蹴りつけた。すでにバランスを崩しかけていた男は後ろに倒れ、そのあいだにヨーナはくるりと回り、男のうなじに肘鉄をくらわせた。

15

十二月十一日（金）朝

　アパート内のどこかでコツンと音がしはじめたとき、時刻はまだ朝の五時半だった。シモーヌは夢の中でその音を耳にした。もどかしい夢だった。いくつもある貝殻や磁器のふたを開けなければならない。ルールはわかっているのに、それでもまちがえてしまう。少年がテーブルをコツンと叩き、彼女の誤りを指摘する。シモーヌは眠りの中で身をよじらせ、うめき声をあげた。それから目を開けた。たちまち眠気が覚めた。

　アパートの中で、だれかが、あるいはなにかが、コツコツと音を立てている。暗闇の中、彼女は音の源をつきとめようと、じっと横になったまま耳を澄ませた。が、音はすでに止んでいた。

　隣でエリックが軽くいびきをかいている。暖房用の温水ラジエーターに空気が入ったのか、カタカタと硬い音がする。外の風が窓に吹きつけている。

眠りの中で音が増幅されただけかもしれない、と考えたところで、またコツンという音がした。アパートの中にだれかいる。エリックは薬を飲んで熟睡している。通りを走る車の音が窓越しに聞こえてくる。エリックの腕に手を置くと、彼のいびきが少し小さくなった。深く息をつき、寝返りを打っている。シモーヌはできるかぎり静かにベッドを抜け出すと、半開きになっていた寝室のドアをするりと抜けて廊下に出た。

キッチンから灯りが漏れている。まるで青いガス雲のごとく漂う光が廊下から見えた。冷蔵庫の灯りだ。冷蔵庫も冷凍庫も開け放たれている。冷凍庫から水が滴り、床が水浸しになっている。冷凍食品が解凍され、冷凍庫下のプラスチック板に水滴が落ちて、コツン、コツンと小さな音を立てているのだ。

シモーヌはキッチンがひどく寒くなっていると感じた。煙草の煙のにおいがする。

玄関に目をやる。

そのとき、玄関扉が大きく開いていることに気がついた。

彼女はベンヤミンの部屋へ急いだ。が、ベンヤミンはすやすやと眠っている。彼女はほんのしばらくその場に立ちつくし、息子の規則正しい寝息に耳を傾けた。

玄関扉を閉めに行こうとして、心臓が止まりそうになった。戸口に人が立っている。彼女に向かってうなずいてみせ、なにやら差し出した。新聞配達人であると理解するのに数秒を要した。差し出されたのは朝刊だ。彼女は礼を言って受け取った。ようやく扉を閉め、鍵をかけたとき、彼女は全身が震えていることに気づいた。

家じゅうの灯りをつけ、ひとつひとつ部屋を見てまわる。無くなっている物はとくにないようだ。

シモーヌがキッチンの床にひざをついて水を拭きとっていると、エリックが入ってきた。彼もタオルを取ってきて床に広げ、足で動かして拭きはじめた。

「ぼくが寝ぼけて開けたんだろうな」

「ちがうわよ」シモーヌは疲れた声で言った。

「冷蔵庫ってのは典型的だよ——腹が減ってたんだ」

「笑いごとじゃないわ。わたしは眠りが浅いから……あなたが寝返りを打ったり、いびきが止んだりするたびに目が覚めるし、ベンヤミンがトイレに行く音でも目が覚める、それなのに……」

「じゃあ、きみが寝ぼけていたのかも」

「そうだとしたら、玄関扉が開いてたのはどうして？　それに……」

シモーヌは黙り込んだ。言うべきかどうか迷ったが、やがて口を開いた。

「ここで煙草のにおいがしたわ」

エリックは笑い声をあげた。シモーヌの頰が怒りのあまり赤くなった。

「だれかに家に入られたかもしれないって思わないの？」彼女は苛立ちをあらわにした。

「あなたのことが新聞に書き立てられたあとなのよ。妙な人が侵入してきたっておかしくない……」

「やめてくれよ、シクサン。筋が通らないじゃないか。いったいどこのだれが、ぼくたちの家に入り込んで、冷蔵庫と冷凍庫を開けて、煙草を吸っただけで出ていくっていうんだ？」

シモーヌはタオルを床に叩きつけた。

「そんなこと知らないわよ！　知らないけど、実際にだれかがそうしたことは事実なんだから！」

「落ち着きなさい」エリックがむっとした口調で言った。

「こんな状況で落ち着けっていうの？」

「ぼくの考えを聞いてくれるかい？　まず、煙草のにおいが少ししたところで、なにも不思議はないんだよ。この建物のどこかの住人が、キッチンの換気扇のそばで煙草を吸ったんだろう。通気孔は建物全体に共通だからね。あるいは、階段室でうっかり煙草を吸った馬鹿がいるのかも……」

「そんな見下したような言いかたしないで」シモーヌがぶっきらぼうに言う。

「なあ、シクサン、頼むから意地を張らないでくれよ。なんの心配もいらない。そのうち理由が判明するとぼくは思う」

「目が覚めたとき、アパートの中にだれかいるような気がしたわ」シモーヌは小声で言った。

エリックはため息をついてキッチンを出ていった。シモーヌは冷蔵庫まわりの床を拭いたせいで黒ずんだタオルを見つめた。

ベンヤミンが入ってきて、いつもの席に腰を下ろした。

「おはよう」

シモーヌが声をかけると、ベンヤミンはため息をつき、両手に顔を埋めた。

「パパもママも、なんで嘘ばっかりつくの？」

「嘘なんかついてないわ」

「へえ」

「嘘だと思うの？」

ベンヤミンは答えない。

「もしかして、この前ママがタクシーの中で言ったこと……」

「それだけじゃない」ベンヤミンが声を荒らげた。

「大声出さないで」

「もういいよ」ベンヤミンはため息をついた。

「パパとママがこれからどうなるのかは、まだわからないわ。難しいのよ」とシモーヌは言った。「たしかにあなたの言うとおり、わたしたちは自分で自分を騙しているだけなのかもしれない。でもそれは、嘘をつくこととはちがうわ」

「やっぱり」ベンヤミンが小声で言う。

「ほかにもなにか気になることがあるの？」

「ぼくが小さかったときの写真、一枚もないだろ」

「あるわよ」シモーヌは微笑みながら答えた。

「生まれたばかりのときの写真」

「それは、あなたも知ってるでしょう、あなたが生まれる前に流産して……パパもママも、あなたが無事に生まれたのが嬉しくて嬉しくて、写真を撮ることなんかすっかり忘れてしまったの。でも、生まれたときのあなたの顔、いまでも覚えてるわよ。耳がしわくちゃで……」

「うるさい」ベンヤミンはそう叫んで部屋に戻っていった。

エリックがキッチンに入ってきて、グラスに注いだ水に鎮痛剤を溶かした。

「ベンヤミン、どうしたんだい？」

「わからないわ」シモーヌはささやき声で答えた。

エリックは流し台に向かったまま鎮痛剤を飲んだ。

「わたしたちが嘘ばっかりついてるって言うの」

「あの年ごろの子どもは、みんなそういうふうに思うものだよ」

エリックはそっとげっぷをした。

「わたし、あの子に言っちゃったのよ、わたしたち別れるかもしれないって」

「なぜそんな馬鹿なことを？」エリックが厳しい口調で尋ねる。

「そのとき感じてたことを口に出しただけ」

「まったく、きみは自分のことしか考えてないのかい？」

「自分のことしか考えてないのはわたしじゃないわ。わたしは研修生と寝たりしてないし……」

「黙りなさい」エリックが大声を出す。

「薬をたくさん飲んだりもしてない……」

「なにも知らないくせに！」

「だって、事実でしょう、強い鎮痛剤を飲んでるのは」

「きみには関係ないだろう？」

「どこか痛いの、エリック？　痛いのなら……」

「ぼくは医者なんだ。こういったことは自分できちんと判断……」

「わたしを騙そうとしたって無駄よ」

「どういう意味だ？」エリックは笑い声をあげた。

「あなたは薬物依存症だわ、エリック。わたしたち、もう長いことセックスもしてないじゃないの。それもこれも、あなたが強い薬ばかり飲んでるから……」

「いや、きみと寝たくないからかもしれないよ」エリックがさえぎった。「いつも文句ばかり言われてたら、そんな気も失せて当然だろう?」

「じゃあ、別れるしかないわね」

「そうだな」

シモーヌはエリックに視線を向けることができず、そのままゆっくりとキッチンを出ていった。喉が張りつめ、痛むのを感じる。涙が目に湧き上がってくるのを感じる。

ベンヤミンは自室に閉じこもり、ドアや壁ががたがた鳴るほどの大音量で音楽をかけている。シモーヌはバスルームに入って中から鍵をかけ、灯りを消して泣き出した。

「ちくしょう」玄関からエリックの大声が聞こえてきた。それから、玄関の扉が開き、閉じる音がした。

16

十二月十一日(金)朝

ヨーナ・リンナがダニエラ・リチャーズ医師からの電話を受けたとき、時刻はまだ朝の七時前だった。ヨセフはまだ手術室の隣の病室に入院しているが、ごく短時間の取り調べなら耐えられると思う、と彼女は言った。

病院に向かうべく運転席に座ったヨーナは、ひじに鈍痛を覚えた。昨晩のことを思い出す。ソーラブ・ラマダニの住むタントルンデン公園脇の団地を、パトカーの青い回転灯が照らし出した。坊ちゃん刈りの大男は血の混じったつばを吐き、舌がどうのとぼやきながら、パトカーの後部座席に乗せられていった。ロニー・アルフレッドソンと相棒のペーテル・ユスクは、団地の地下に設けられたシェルターで見つかった。例の男たちはこのふたりをナイフで脅し、シェルターに閉じこめたうえで、彼らのパトカーを奪って団地の別棟へ向かい、訪問者用の駐車場に放置したのだった。

ヨーナは団地に戻り、ソーラブ宅の呼び鈴を鳴らして、ボディーガードたちは逮捕された、すぐにドアを開けないと強行突破するぞ、と告げた。

ソーラブは彼を招き入れた。青い革のソファーに座るようすすめ、カモミールティーを出し、友人の無礼を詫びた。

長髪をひとつに結んだ、蒼白い顔の男だった。絶えず不安げに視線をさまよわせている。ふたたび詫びを言い、ここのところひどく厄介なことに巻き込まれていたので、と説明した。

「それで、ボディーガードを雇ったんです」と彼は小声で言った。

「厄介なことというのは？」ヨーナはそう尋ね、熱いカモミールティーをすすった。

「おれを狙ってるやつがいるんです」

ソーラブは立ち上がり、窓の外をうかがった。

「だれ？」ヨーナが尋ねる。

ソーラブはヨーナに背を向けたまま、抑揚のない口調で、それについては話したくない、と答えた。

「話さなきゃならないんですか？　黙っている権利もあるはずでしょう？」

「そのとおりだよ」ヨーナも認めた。

ソーラブは肩をすくめた。

「じゃあ、そういうことで」

「それでも、ぜひ話してほしいんだ」ヨーナは食い下がった。「ぼくが助けになれるかもしれない。そんなふうには考えてみたかい？」

「それはどうも」ソーラブは窓に向かって言った。

「きみを狙ってるというのは、もしかして、エヴェリンの弟……」

「ちがいます」ソーラブはぶっきらぼうにヨーナをさえぎった。

「ヨセフ・エークがここに来たんじゃないのかい？」

「あいつはエヴェリンの弟じゃない」

「弟じゃない？　じゃあ、何者なんだ？」

「知りませんよ。とにかくあいつはエヴェリンの弟じゃない。なにかちがうモノです」

ヨセフがエヴェリンの弟ではないと言ったのち、ソーラブはまたそわそわしはじめた。サッカーの話を始め、ドイツのプロサッカーリーグについて語る。どんな質問をしても、きちんとした答えは返ってこなかった。いったいヨセフはソーラブになんと言ったのだろう、とヨーナは考えた。なにをしたのだろう？　どんなふうに彼を脅して、エヴェリンの居場所を聞き出したのだろう？

ヨーナはハンドルを切って神経外科病棟の前に駐車すると、車を降り、正面入口から中に入った。エレベーターで五階に上がり、廊下を進み、見張り役の警官とあいさつを交わしてから、ヨセフの病室に入る。ベッド脇の椅子に座っていた女性が立ち上がり、自己紹介した。

「社会福祉相談員のリスベット・カーレーンといいます。取り調べにあたって、ヨセフの立会人を務めさせていただきます」

「助かります」ヨーナは彼女と握手を交わした。

彼女が向けてきた視線を、ヨーナはさしたる理由もなく親切そうだと感じた。

「あなたが取り調べを？」彼女は興味をひかれたようすで尋ねた。

「そうです。失礼、自己紹介がまだでした。国家警察のヨーナ・リンナといいます。電話ではお話ししましたね」

なにかが泡立っているようなぶくぶくという音が、一定の間隔を置きつつ、繰り返し室内に響きわたる。音の源は、穴の開いたヨセフの胸腔にチューブでつながっている吸引器だ。陰圧が保たれなくなっている胸腔内の圧力を戻し、治癒過程にある肺が機能できるようにする装置である。

肝臓から新たに出血する可能性があるので、絶対に体を動かすことのないようにと医師に言われた、とリスベット・カーレーンが小声で言った。

「この子の体にはじゅうぶん配慮します」ヨーナはそう言うと、ヨセフの枕元のテーブルに録音機を置いた。

それから問いかけるようなしぐさをリスベットに向けた。彼女はうなずいた。ヨーナは録音ボタンを押すと、ヨセフ・エークの事情聴取、十二月十一日金曜日午前八時十五分、と取り調べの状況を述べ、室内にいる人物の名を列挙した。

「やあ」

ヨセフはだるそうな目でヨーナを見た。

「ぼくの名はヨーナ……警察の者だ」

ヨセフは目を閉じた。

「具合はどう?」

リスベット・カーレーンは窓の外を眺めている。

「このぶくぶくうるさい機械があっても、ちゃんと眠れるかい?」

ヨセフはゆっくりとうなずいた。

「なぜぼくがここにいるか、わかるかな?」

ヨセフは目を開け、ゆっくりと首を横に振った。ヨーナはそのままじっと彼の表情をうかがった。

「災難があった。ぼくの家族が災難に遭った」

「なにがあったか聞かされてないのかい?」

「ちょっとは聞いたかも」ヨセフは弱々しい声で答えた。

「心理士にもカウンセラーにも会いたがらないんです」リスベット・カーレーンが口をはさんだ。

催眠状態にあったときのヨセフの声は、いまとはまったくちがっていた、とヨーナは考えた。いまの彼の声は、か細く、ほとんど聞こえないほどで、しかもつねにいぶかしげだ。

「なにがあったのか、きみは知っているはずだ」

「答えなくてもいいのよ」リスベット・カーレーンがすかさず言った。

「きみはいま十五歳だね」

「うん」

「誕生日にはなにをした？」

「覚えてない」

「プレゼントはもらったかい？」

「テレビを観た」

「エヴェリンに会いに行った？」ヨーナは声の調子を変えずに尋ねた。

「うん」

「アパートに？」

「うん」

「姉さんはそこにいた？」

「うん」

沈黙。

「いや、いなかった」ヨセフは口ごもりながら前言を翻した。

「どこにいた？」

「別荘」

「立派な別荘かい？」

「べつに立派じゃないけど……居心地はいい」

「喜んでた？」

「だれが？」

「エヴェリンだよ」

沈黙。

「なにか持って行った？」

「ケーキ」

「ケーキを持って行ったんだね？　美味しかった？」

ヨセフはうなずいた。

「エヴェリンも美味しかったと言ってた？」

「姉さんには最高のものしかあげないんだ」

「姉さんからプレゼントはもらった？」

「いや」

「じゃあ、ハッピーバースデーの歌かなにか……」

「おれにプレゼントをやる気はないって」ヨセフは傷ついたようすだった。

「姉さんがそう言ったのかい？」

「うん、そう言った」彼はすかさず答えた。

「どうして？」

沈黙。

「きみに腹を立てていた？」

ヨセフはうなずいた。

「姉さんが、きみにはできないことをやれと言ったのかい？」ヨーナが穏やかに続ける。

「いや……」

続きはささやき声だった。

「聞こえないよ、ヨセフ」

彼は声に出さずに話しつづけている。ヨーナはベッドに近づき、ヨセフの言葉を聞き取ろうと身をかがめた。

「あの野郎！」ヨセフがヨーナの耳元で叫んだ。

ヨーナはのけぞった。ベッドの反対側にまわると、耳をさすり、笑みをうかべようとする。ヨセフの顔は土気色だ。彼は吐き出すように続けた。

「あの催眠術野郎の居場所をつきとめて、喉を嚙み切ってやる、あいつも、あいつの家族も……」

リスベット・カーレーンがベッドに駆け寄り、録音機を止めようとした。

「ヨセフ！　あなたには黙っている権利があるのよ、もし……」

「あなたは口を出さないで」ヨーナが彼女をさえぎった。

彼女は腹立たしげな視線をヨーナに向け、震える声で言った。

「取り調べの前に、黙秘権についてきちんと知らせるべきだったのでは……」

「いや、それはちがいます。法律には定められていない」ヨーナの声が大きくなった。

「この子に黙秘権があることは事実ですが、ぼくがそれを知らせなければならないという規定はないんです」

「それは失礼しました」

「大丈夫ですよ」ヨーナはそうつぶやき、ヨセフのほうに向き直った。「どうしてあの催眠療法士の先生に腹を立ててるんだい？」

「あんたの質問に答える義務はない」ヨセフはリスベット・カーレーンを指差そうとしながらそう言った。

17

十二月十一日（金）朝

エリックは階段を駆け下り、外に出た。スヴェア通りで立ち止まる。背中を流れる汗が冷えていくのを感じる。不安のあまり気分が悪くなってきた。いくら気持ちを傷つけられたからといって、なぜシモーヌに向かってあんな態度をとってしまったのか、自分でもさっぱりわからない。ゆっくりとした足取りでオーデン広場に向かい、図書館前のベンチに腰を下ろす。空気が冷たい。少し離れたところで、男性がひとり、毛布を何枚もかぶって眠っている。

エリックは立ち上がり、自宅をめざして歩き出した。石窯パン屋でパンを買い、シモーヌのためにラテ・マキアートを買ってやる。急いで自宅に戻り、大股で階段を上がった。玄関には鍵がかかっている。鍵を出して扉を開けた直後、だれもいないとわかった。なんとしてもシモーヌに、ぼくを信用して大丈夫だとわかってもらおう、とエリックは考えた。

どんなに長い時間がかかろうとも、かならず彼女の信頼を取り戻してみせる。食卓のそばに立ったままコーヒーを飲む。吐き気がして、胃薬を探し出した。

時刻はまだ朝の九時にもなっていない。病院での勤務開始までまだ数時間ある。本を一冊手に取り、寝室に行ってベッドに横になった。が、本を読む代わりに、ヨセフ・エークのことを考えはじめる。ヨーナ・リンナ警部は、ヨセフからなにか聞き出せているだろうか？

アパートはがらんとし、静まり返っている。

薬のおかげで、やわらかな穏やかさが腹の中に広がった。

催眠状態での証言を、証拠として用いることはできない。が、ヨセフが真実を語っていること、家族を殺したのは彼であることに、疑いの余地はなさそうだ。もっとも、動機がはっきりしていないうえ、彼がどんなかたちで姉に操られていたと感じているのかも不明だが。

エリックは目を閉じ、エーク家を、一家の住んでいた連棟住宅を思い浮かべ、想像をめぐらせた。エヴェリンは早いうちから弟の凶暴性を感じとっていたにちがいない。衝動を抑えることのできない弟とともに生きるすべを、長い歳月をかけて学んでいった。自分自身の意志と、弟の怒りを買う危険性を、絶えず秤にかけてきた。ヨセフは暴力をふるい、叱られ、それでも暴力をふるいつづける、そんな少年だった。年長のエヴェリンには、盾となってくれるものがなにもなかった。一家はヨセフの暴力を日々やり過ごし、耐え忍ぼうとする一方で、事態をあまり深刻にはとらえていなかった。両親は、ヨセフが攻撃的なのは男の子だからだと思っていたかもしれない。あるいは、暴力的なテレビゲームをやらせたりホラー映画を観せたりしたのがいけなかったと、自らを責めていたかもしれない。

エヴェリンは独立できる年齢に達すると、さっさと家を出て仕事を見つけ、ひとり暮らしを始めた。が、なにかのきっかけで、彼女は事態の深刻さがにわかに増したと感じはじめた。突如、おばの別荘に身を隠し、護身用に銃を持ち歩くほどおびえるようになった。ヨセフに脅されたのだろうか？

エリックは、暗闇の中、弾を込めた銃をベッドのそばに置き、別荘でひとり夜を過ごしているエヴェリンの恐怖を想像してみた。

彼女の取り調べを終えたヨーナ・リンナと電話で話したことを思い出す。ヨセフがケーキを持って別荘に現われたとき、いったいなにが起こったのだろう？　ヨセフは彼女になんと言ったのか？　彼女はなにを感じたのか？　このときのできごとがきっかけとなって、彼女はおびえて銃を手に入れたのだろうか？　ヨセフが別荘を訪れて以来、エヴェリンは弟に殺されるかもしれないという恐怖とともに生きてきたのだろうか？

エリックはエヴェリンに思いを馳せた。別荘のそばにいた彼女の姿を思い浮かべる。グレーのセーターの上に銀色のダウンベストをはおり、着古したジーンズにスニーカーをはいた若い娘。ポニーテールの髪を揺らし、木々のあいだをゆっくり歩いている。幼さの残る無防備な顔。手にぶらりと提げた散弾銃が、地面に引きずられ、ブルーベリーの茂みや苔にぶつかって軽くはずんでいた。針葉樹の枝のすき間から太陽の光が差していた。

そのとき、エリックは重大な事実に気がついた。エヴェリンがおびえていたのなら、ヨセフから身を守るために銃を携えていたのなら、あんなふうに銃をぶらりと提げて別荘に帰ってくることなどなかったはずだ。

エリックは彼女のひざが濡れていたこと、ジーンズが土にまみれて黒ずんでいたことを思い出した。

エヴェリンは自殺するつもりで、銃を持って森に入ったのだ。苔の上でひざまずき、銃口を口に入れたものの、引き金を引く勇気はなく、あきらめたにちがいない。

ブルーベリーの茂みに銃を引きずって森の端に現われたあのとき、彼女は元の別荘に、逃れようとした選択肢に戻ってきたところだったのだ。

エリックは電話を手に取り、ヨーナの携帯電話の番号を押した。

「はい、ヨーナ・リンナ」

「もしもし、エリック・マリア・バルクですが」

「エリック？　ああ、電話しようと思っていたんですがね、ひどく忙しくて……」

「かまいませんよ。実は……」

「まず言わせてください」ヨーナが彼をさえぎる。「今回のマスコミの騒ぎについては、ほんとうに申しわけなく思ってます。一段落したら、どこから情報が漏れたのかつきとめてやりますよ」

「そんなことはどうでもいいのに」

「ぼくにも責任がある。あなたをむりやり説得して……」

「しかし、やると決めたのは私です。ほかの人に責任を押しつけるつもりはない」

「ぼく自身は──いまの段階で個人的な意見を言うべきではないんですが──ぼく個人としてはいまも、ヨセフに催眠をかけたのは正しかったと思ってます。真相はまだわかりませんが、あそこで催眠をやらなかったら、エヴェリンの命が危険にさらされていたかもしれないんですからね」

「実はそのことで電話したんです」とエリックが言った。

「というと？」

「ひとつ気がついたんですよ。いま、時間ありますか？」

受話器の向こうで、ヨーナがなにかを動かしているらしい物音がした。椅子を引いて腰掛けているのかもしれない。

「ええ」とヨーナは答えた。「ありますよ」

「ヴェルムドーの、例のおばさんの別荘でのことですが」とエリックは切り出した。「私は車の中にいたが、木々のあいだに女性の姿が見えた。散弾銃を手に持っていた。私はどういうわけか、エヴェリンにちがいないと思った。このまま警察と鉢合わせしたら危険な事態になりかねないと思いました」

「ええ、窓越しにわれわれを撃つ可能性もあったわけですからね」とヨーナが言う。「家の中にいるのがヨセフだと勘違いしたとしたら」

「いまこうしてあらためて、あのときのエヴェリンのようすを思い出してみると、木々のあいだに彼女の姿が見えたとき、彼女は手にぶら下げるように銃を持って、銃口を地面に引きずりながら、別荘に向かってゆっくり歩いていたんですよ」

「ほう？」

「殺されるかもしれないと警戒している人間が、そんなふうに銃を持つでしょうか？」

「たしかに」

「おそらく、自殺するつもりで森に入ったのでしょう。ジーンズのひざの部分が濡れていた。湿った苔の上にひざまずいて、額か胸に銃口を向けたにちがいありません。だが、考えを変えた。勇気がなかったのかもしれない。私はそう思います」

エリックは言葉を切った。ヨーナが大きく息をつくのが聞こえた。外で車の盗難防止アラームが鳴りはじめた。

「ありがとうございました」ヨーナが言った。「これからエヴェリンのところに行って、話を聞いてきます」

18

十二月十一日（金）午後

エヴェリンの取り調べは刑事施設管理部門のオフィスで行なわれることになった。殺風景な部屋をアットホームな雰囲気にしようと、机の上にはジンジャークッキーの入った赤いブリキ箱が、窓辺にはろうそく立てを模したイケア製のランプが置かれている。エヴェリンも、彼女の立会人も、それぞれの席に座っている。ヨーナは録音を開始した。

「エヴェリン、これからする質問は、きみにとってつらい内容だと思う」ヨーナは静かに言い、彼女をちらりと見やった。「だが、それでもできるかぎり答えてくれるとありがたい」

エヴェリンは答えず、ひざに視線を落としたままだ。

「黙っていることがきみのためになるとは思えないんだ」ヨーナはそっと言い添えた。

エヴェリンは反応せず、ひたすらひざを凝視している。立会人――無精ひげを生やした中年男性だ——も、顔色ひとつ変えずにヨーナを見つめている。

「始めようか、エヴェリン」

彼女は首を横に振った。ヨーナは待った。しばらくして、エヴェリンが顔を上げ、ヨーナの目を見つめた。

「銃を持って森に入ったのは、自ら命を絶とうと考えたからだね——ちがうかい？」

「そうです」エヴェリンはささやき声で答えた。

「思い直してくれてよかった」

「そうでしょうか」

「これまでにも自殺しようとした？」

「はい」

「今回が初めてじゃないんだね？」

彼女はうなずいた。

「だが、ヨセフがケーキを持ってくるまでは、自殺を図ったことなどなかった。そうだね？」

「はい」

「ヨセフになんと言われたんだい？」

「考えたくありません」

「なにを？　ヨセフが言ったことについて？」

エヴェリンは背筋を伸ばし、口を引き結んだ。

「覚えてません」彼女はほとんど声を出さずに言った。「たいしたことじゃなかったと思います」

「だが、きみは自殺しようとしたんだろう、エヴェリン」

エヴェリンは立ち上がり、窓辺に向かった。ランプを消し、またつける。椅子に戻ると、腹を抱えるようにして腰を下ろした。

「放っといてもらえませんか？」

「本気で言ってるのかい？　ほんとうに放っておいてほしいと？」

エヴェリンはヨーナのほうを見ずにうなずいた。

「休憩しようか？」立会人が尋ねる。

「ヨセフがどうしてああなのかわかりません」エヴェリンが小声で切り出した。「脳に異常があるのかも。昔から、ずっと……小さいころから、すさまじい暴力をふるう子でした。とにかく凶暴なんです。わたしの持ちものはなにもかも壊されました。わたしはなにも持たせてもらえなかった」

口元が震えている。

「ヨセフが八歳のとき、わたしはヨセフに告白されました。そんなふうに言うと、可愛いじゃないかと思うかもしれないけど、わたしにとっては……むりやりキスを要求されて……わたしは弟が怖かった。変なことばかりするから。夜中に忍び込んできて、血が出るほど咬みついてきたりするんです。わたしは殴り返すようになりました。そのころはまだ、わたしのほうが強かったから」

彼女は頬に流れる涙をぬぐった。

「言うとおりにしなかったら、ヨセフはブステルを……弟の要求はどんどんエスカレートしました。わたしの胸を見たがったり、いっしょにお風呂に入りたがったり……拒んだら、弟はわたしの犬のブステルを殺して、歩道橋の上から道路に投げ落としました」

彼女は立ち上がり、落ち着かないようすで窓辺に向かった。

「ヨセフが十二歳ぐらいのとき……」

彼女の声が途切れた。しばらく声をあげずに泣いていたが、やがて口を開いた。

「彼のものを口に含めと言われました。気持ち悪いって拒んだら、ヨセフは妹の部屋に入っていって、妹を殴りつけたんです。まだ二歳だったのに……」

エヴェリンはひとしきり泣いた。それから落ち着きを取り戻した。

「毎日、何度も、弟がマスターベーションしてるところを見せられました……見たくないと言うと、妹を殴るんです。従わなければリサを殺すと言われました。それから数ヵ月ぐらい経つと、弟はセックスを求めてきました。毎日しつこく迫ってきて、脅すんです……

でも、わたしはうまい答えを思いつきました。あなたはまだ十五歳に達してない、十五歳未満の子どもとセックスするのは法律違反だ、法で禁じられてることをするわけにはいかない、って」

彼女は頬に流れる涙をぬぐった。

「そのうちあきらめて忘れるだろうと思ったんです。わたしはひとり暮らしを始めました。一年が過ぎました。でも、そのあと、ヨセフから電話がかかってくるようになった。もうすぐ十五歳になるから、って言うんです。それで、わたしは身を隠すことにしました……どうして別荘にいることがばれたのかわからないけど……」

彼女は口を開けたまま、顔を覆うこともせずに泣き叫んだ。

「ああ……」

「つまり」とヨーナは言った。「ヨセフはこう言ったんだね。自分と寝てくれなければ、家族を全員殺してやる、と……」

「そうは言ってません！」エヴェリンは声を荒らげた。「そうじゃなくて、お父さんから始める、って。わたしのせいなんです、全部……もう死にたい……」

彼女は壁に寄りかかって床にくずおれ、丸くなった。

19

十二月十一日（金）午後

ヨーナは自室で座ったまま、しばらく自分の手のひらにうつろな視線を向けていた。片方の手に、まだ電話を握っている。エヴェリンの突然の変化について、イェンス・スヴァーネイェルム検事に報告したところだ。イェンスは黙ったまま耳を傾け、事件のあまりにもむごい動機を聞かされると、深くため息をついた。

「ヨーナ、率直に言わせてもらいますがね」と彼は言った。「これだけでは残念ながら証拠不十分ですよ。ヨセフ・エーク本人は、エヴェリンの指示だと言っているんですから。自白か物的証拠が要りますね」

ヨーナはオフィス内に視線を走らせ、手で顔をこすると、ヨセフの主治医であるダニエラ・リチャーズ医師に電話をかけ、取り調べの続きを行なうタイミングについて話し合った。被疑者があまり鎮痛剤を摂取していないときがいい。

「頭がぼうっとしていては困りますからね」

「じゃあ、五時はいかが？」ダニエラが言う。

「今日の午後五時ですか？」

「モルヒネを新たに与えるのが六時ごろですから。夕食のころに薬が切れてくるんです」

ヨーナは時計を見た。まだ午後二時半だ。

「その時間なら、ぼくも都合がいいです」

ダニエラ・リチャーズとの通話を終えると、ヨセフの立会人リスベット・カーレーンに電話をかけ、時間を知らせた。

休憩室に行き、果物かごからリンゴをひとつ手に取る。戻ってきてみると、トゥンバの現場検証を担当した鑑識官、エリクソンが彼の席に座って机に突っ伏していた。顔が赤い。ヨーナに向かってだるそうに手を振ってみせ、ふうと息をついた。

「そのリンゴをぼくの口に突っ込んだら、クリスマスハム用にまるまる太った豚の出来上がりだな」

「そんな言いかたしなくても」ヨーナはそう答えてリンゴをかじった。

「本気ですよ。角のタイ料理屋がオープンして以来、十一キロ太りましたからね」

「あそこ、美味いもんな」

「美味すぎるんですよ」

「女性更衣室のほうはどうだった？」

エリクソンはヨーナを制するかのように、ふっくらとした手を挙げた。

「〝ぼくの言ったとおりだろう〟ってのは無しでお願いしますよ……」

ヨーナはこぼれそうな笑みをうかべ、如才なく言った。

「まずは話を聞こうじゃないか」

「うむ」エリクソンはため息をつき、頬に流れる汗をぬぐった。「排水口からヨセフ・エークの髪の毛が見つかりましたよ。タイルの継ぎ目からは、父親、アンデシュ・エークの血痕も見つかった」

「ほうら、ぼくの言ったとおりだろう」ヨーナが晴れやかに言った。

エリクソンは笑い声をあげ、まるで喉がはち切れると思っているかのように首を手で押さえた。

警察庁のロビーに下りていくエレベーターの中で、ヨーナはイェンス・スヴァーネイェルム検事にふたたび電話をかけた。

「ちょうどよかった」とイェンスは言った。「例の催眠の件でつるし上げに遭ってるんですよ。ヨセフを被疑者扱いするのはやめるべきだとか、税金の無駄遣いだとか……」

「一秒でいいから時間をください」ヨーナがさえぎる。

「いや、私は……」

「イェンス？」

「なんですか」

「物的証拠が出ましたよ」ヨーナが真剣な声で言った。「ヨセフ・エークと、第一の現場である運動場、父親の血痕とを結びつける証拠です」

イェンス・スヴァーネイェルム首席検事は受話器に向かって深く息をついてから、冷静に答えた。

「ヨーナ、間一髪でしたね」

「これでじゅうぶんでしょう」

「じゅうぶんですよ」

電話を切ろうとしたところで、ヨーナが言った。

「ぼくの言ったとおりだったでしょう？」

「えっ？」

「ぼくの言ったとおりだった。ちがいますか？」

受話器の向こうが静まり返った。それからイェンスが、ゆっくりと、教え諭すように言った。

「ええ、ヨーナ。あなたの言うとおりでしたよ」

ふたりは通話を終えた。ヨーナの顔から笑みが消えた。ガラス張りの壁に沿って外をめざしながら、また時計を見る。三十分後には、ユールゴーデン島の北欧民俗博物館にいなければならない。

ヨーナは博物館の階段を上がり、閑散とした長い廊下を進んでいった。ライトアップされたガラス張りの展示台が数百も並んでいるが、それらには目もくれずに歩く。昔の日用品にも、宝物にも、工芸品にも視線を向けず、展示の内容も、民族衣装も、大きく引き延ばされた写真も気にとめない。

かすかにライトアップされたその展示台のかたわらに、警備員がすでに椅子を置いてくれていた。ヨーナは黙ったまま、いつものとおりその椅子に腰を下ろすと、サーミ人の花嫁の冠を見つめた。華奢で繊細なつくりのその冠は、上のほうが広がって完全な円形を成している。先端は花の萼《がく》のようでもあり、また指を広げて組み合わせた手のようでもある。ヨーナがおもむろに頭を動かすと、光がそっとうつろった。冠は木の根を人の手で束ねて編んだものだ。土の中から掘り出された素材が、人の肌のように、黄金のように輝いている。

今回、ヨーナが展示台の前に座っていたのはわずか一時間ほどだった。立ち上がると、警備員に向かって軽くうなずいてみせ、ゆっくりと北欧民俗博物館をあとにした。融けかけた雪は黒ずんでぬかるみ、ユールゴード橋のたもとに係留してあるボートからは、ディーゼルのにおいが漂っている。ストランド通りをめざしてのんびり歩いていると、電話が鳴った。法医学局のノーレンからだ。

「つかまってよかった」ヨーナが応答すると、ノーレンはあいさつもせずに言った。

「司法解剖、終わりましたか？」

「ああ、まあ、ほぼ終わったね」

歩道の上で、ベビーカーを繰り返し後ろに傾け、乗っている子どもを笑わせようとしている若い父親の姿が見えた。窓辺に立ち、通りをじっと見つめている女性がいる。ヨーナと目が合うと、彼女はさっとアパートの奥に退いた。

「なにか変わった点はありました？」

「まあ、なんとも言えんがね……」

「なにかあったんですね？」

「例の、腹を切った跡のことだが」

「ええ」

ノーレンが息を吸い込んでいる。受話器の向こうでカタンと音がした。

「ペンを落としたよ」ノーレンがつぶやく。なにかがこすれる音が聞こえた。ノーレンはやがて電話口に戻ってくると、真剣な口調で続けた。

「どの遺体もひどく残虐な傷つけられかたをしていた。中でもひどかったのが、妹、あの小さな女の子だ」

「そのようですね」

「加えて、大半の傷はなんの理由もなくつけられている。端的に言って、傷つけることに快感を覚えていたんだろうね。ひどいものだよ」

「まったくです」ヨーナはそう答えながら、現場に到着したときのようすを思い浮かべた。ショックを受けた警官たち。あたりに漂う混沌とした空気。家の中の遺体。震える手で煙草を吸っていたリレモル・ブルームの真っ白な頬。窓にまで血が飛び散り、裏庭に面したガラス張りの扉にも、血の滴った跡があった。

「カーチャ・エークの腹の傷についてはなにかわかりましたか？」

ノーレンはため息をついた。

「ああ、やはり思ったとおりだったよ。息を引き取った約二時間後に腹を切られている。何者かが彼女の遺体をひっくり返して、昔の帝王切開の跡に鋭利なナイフを当てた」

彼は書類をめくった。

「だが、犯人に帝王切開の知識はあまりないようだ。カーチャ・エークの腹の傷は、緊急帝王切開だったから、臍から下へ縦に伸びている」

「それで？」

ノーレンはふうと息を吐き出してから言った。

「しかし、たとえ腹を縦切開したとしても、子宮はかならず横に切開するものなんだ」

「だが、ヨセフはそのことを知らなかった」

「そのとおり。帝王切開では、まず腹を開き、それから子宮を開くという二段階があることを知らずに、ただ腹を切り開いたんだね」

「そのほかに、ぼくがいますぐ知っておくべきことはありますか？」

「そうだな、犯人が異常に長いこと遺体に襲いかかっていたことだろうか。とにかく手を止めていない。だんだん疲れてだるくなってきただろうに、それでもまだ足りなかった。激しい怒りがおさまらなかった」

ふたりのあいだに沈黙が下りた。ヨーナはストランド通りを歩いた。さきほどのエヴェリンの事情聴取がまた頭に浮かぶ。

「とにかく、例の帝王切開の件を知らせたかっただけなんだ」やがてノーレンが口を開いた。「切創が生じたのは死後二時間が経過したあと、と」

「ありがとうございます」

「司法解剖報告書、明日には届くよ」

ヨーナは電話を切ると、ヨセフ・エークと同じ屋根の下で育つことの恐ろしさに思いを馳せた。エヴェリンはだれも自分を守ってくれないと感じていたにちがいない。妹のリサは言うに及ばずだ。

母親の帝王切開についてエヴェリンが語ったことを思い返す。

取調室の壁に背をあずけ、床にへなへなと座り込んだエヴェリンは、妹のリサに対するヨセフの病的なまでの嫉妬について語った。

「脳に異常があるんだと思います」と彼女はささやいた。「昔からそうでした。ヨセフが生まれるとき、どうしてかはわかりませんが、母はひどく具合が悪くなって、緊急帝王切開をすることになったんです」

エヴェリンはかぶりを振り、唇をすぼめて吸い込んでから、言葉を継いだ。

「緊急帝王切開って、どういうことか知ってます？」

「だいたいは」とヨーナは答えた。

「こういうかたちで子どもを産むと、たまに……たまに、問題が起きることがあるんです」

エヴェリンはヨーナに遠慮がちな視線を向けた。

「酸素不足とか、そういったことかい？」

エヴェリンは首を横に振り、頬の涙を払うようにぬぐった。

「そうじゃなくて、母親が精神的におかしくなることがあるんです。難産になって、いきなり麻酔をかけられてお腹を切られた女性は、生まれた子どもとのつながりをなかなか感じられなくなる」

「お母さんは産後うつになった？」

「そういうわけではなくて」エヴェリンは重々しい、くぐもった声で答えた。「ヨセフを産んだあと、母は精神を病んだんです。産科病棟ではだれもなにも気づかなくて、母はヨセフといっしょに帰宅しましたが、わたしにはすぐにわかりました。なにもかもがおかしかった。わたしはまだ八歳だったのに、ヨセフの世話を押しつけられました。母はヨセフを放置して、さわろうとすらしなかった。ベッドに横になって、ずっと泣いてました」

エヴェリンはヨーナを見つめ、ささやき声で続けた。

「ヨセフはわたしの子じゃない、と母は言いました。わたしの子どもは死んだんだ、って。結局、母は入院することになりました」

エヴェリンはだれに向けるでもなく歪んだ笑みをうかべた。

「それから一年ぐらいして、母は家族のもとに戻ってきました。なにもかもがもとどおりになったようなふりをしてたけど、それでもやっぱり、ヨセフのことは受け入れてませんでした」

「つまり、お母さんの病気は治っていなかったと？」ヨーナが慎重に尋ねる。

「治りはしました。リサが生まれたときには、全然ようすがちがいましたから。母はリサを溺愛して、妹のためならなんでもしました」

「そして、きみはヨセフの面倒を見させられた」

「ヨセフはそのうち、母さんはおれをちゃんと産むべきだった、と言うようになりました。リサは〝股から〟生まれたのに、自分はちがった。それが不公平の原因だとヨセフは思ってたんです。いつもそう言ってました。母さんはおれを股から生むべきだったんだ、って……」

エヴェリンの声が徐々に小さくなり、消えていった。彼女は顔をそむけた。ヨーナは彼女の肩が上がってこわばっていることに目をとめたが、気軽に手を伸ばして触れる気にはなれなかった。

20

十二月十一日（金）夕方

ヨーナが到着してみると、珍しいことに、カロリンスカ大学病院の集中治療病棟は沈黙に包まれていなかった。病棟じゅうに食事の香りが漂い、談話室の外に、ステンレス製の調理器具、皿、グラス、フォークやナイフなどを積んだカートが置かれている。部屋の中ではテレビがついているらしい。食器の触れ合うカチャカチャという音が聞こえる。

彼はヨセフに思いを馳せた。母親の腹に残された帝王切開の跡をなぞって切りつけたヨセフ。そうやって彼は、自分が生を受けた道筋を、自らの手で切り開いてみせた。自分を母無し子にした道筋を。母親の愛を得られなかった、その原因となった道筋を。

ヨセフは幼いころから、自分がほかの子どもたちとちがうと感じていた。孤独だった。彼に愛情を注ぎ、面倒を見てくれたのは、ただひとり、エヴェリンだけだった。その彼女に拒まれることに、ヨセフは耐えられなかった。彼女が少しでも距離を置こうとするたびに、ヨセフは絶望し、怒り狂った。その怒りの矛先は、ますます妹に、愛されている妹のリサに向けられた。

ヨーナはヨセフ・エークの病室前で見張りをしているスーネソンに向かってうなずいてみせてから、病室をのぞき込み、ヨセフの顔を見つめた。カテーテルに接続された集尿袋に、半分ほど尿がたまっている。ベッドのかたわらに大がかりな点滴装置が設けられ、ヨセフに水分と血漿《けっしょう》を供給している。水色の毛布の下から両足がのぞいている。足の裏がよごれ、傷口を縫合した箇所に貼られた外科用テープに髪の毛や埃がついている。テレビがついているが、見ているようすはない。

社会福祉相談員のリスベット・カーレーンはすでに到着し、病室の中にいた。ヨーナが来たことにまだ気づいておらず、窓辺に立って髪をヘアクリップで留めている。

ヨセフは傷口のひとつから新たに出血したらしく、血が腕をつたって床に滴っている。年配の看護師が彼の上に身をかがめ、ガーゼをはずすと、傷口を合わせてテープでとめ、血を拭き取ってから病室を出た。

「すみません」ヨーナは廊下で看護師を呼び止めた。

「なんでしょう」

「具合はどうですか？　ヨセフ・エークのことですが」

「主治医に聞いてください」看護師はそう答えて歩きはじめた。

「もちろんそうするつもりです」ヨーナは微笑み、彼女のあとについて早足で歩き出した。「が……実は、あの子に見せたいものがありましてね……そこまで連れて行ってもかまわないでしょうか？　もちろん、車椅子に乗せて……」

看護師ははたと立ち止まり、首を横に振ると、厳しい口調で答えた。

「絶対安静です。移動させるなんてとんでもない。痛みが激しくて、体を動かすこともできないんですよ。上半身を起こしただけで、傷口が開いて出血するかもしれないんです」

ヨーナはヨセフの病室に戻った。ノックをせずに部屋に入ると、リモコンを手に取り、テレビを消す。代わりに録音機のスイッチを入れて、日付と時刻、出席者の名を早口で述べ、面会者用の椅子に腰を下ろした。ヨセフはだるそうに目を開け、穏やかな無関心をもってヨーナを見つめた。穴の開いた胸腔の内圧を調節するため、彼の胸に接続されている吸引器が、ぶくぶくと低く心地良い音を立てている。

「近いうちに退院できそうだね」とヨーナは言った。

「よかった」ヨセフが弱々しい声で言う。

「だが、きみは拘置所へ移されることになる」

「証拠がないから検察にはなにもできないはずだって、リスベットが」ヨセフはリスベット・カーレーンをちらりと見やった。

「状況が変わったよ。証人がいるからね」

　ヨセフはそっと目を閉じた。

「だれ？」

「なあ、ヨセフ、これまでにいろんな話をしたが」とヨーナは言った。「話の内容を変更したり、これまで隠していたことを話したりする気はないかい？」

「エヴェリンか」ヨセフがささやく。

「これから長いこと、外には出られないよ」

「嘘だ」

「いや、ヨセフ、ほんとうの話だ。信じてくれ。きみは逮捕されることになる。きみにはいま、法的代理人をつける権利がある」

　ヨセフは手を挙げようとしたが、その力がなかった。

「姉さんに催眠術をかけたのか」ヨセフはにやりと笑った。

「それはちがう」

「姉さんが嘘をついてるかもしれないだろ」

「それもちがうな」ヨーナは少年の蒼白い端正な顔を見つめた。「物的証拠も見つかった」

　ヨセフは歯を食いしばった。

「長居する時間はないんだが、もし話したいことがあれば、もう少し残ってもかまわないよ」ヨーナは気さくな声で言った。

そのまま三十秒が過ぎた。ヨーナはひじ掛けをコツコツと叩いていたが、やがて立ち上がり、録音機を手に取った。社会福祉相談員のリスベット・カーレーンに向かって軽くうなずいてから、病室を出た。

病院の外に駐めておいた車に戻ったヨーナは、エヴェリンの証言をヨセフに伝えて反応を見るべきだったかもしれない、と考えた。ヨセフ・エークの内には、驕りが煮えたぎっている。挑発すれば自白に持ち込めた可能性もある。

戻ることも一瞬考えたが、やめた。ディーサの家での夕食に遅れたくなかった。

暗闇と霧の中、ヨーナはリュッツェン通りに車を進め、クリーム色の建物のそばに駐車した。珍しく寒さに震えながら入口へ向かう。カーラ広場の霜の降りた芝生と黒い木々の枝が遠くに見えた。

ベッドに横たわるヨセフの姿を思い起こそうとするが、あのぶくぶくと音を立てる吸引器ばかりが頭に浮かぶ。それでも、なにか重要なものを見たという気がした。なにを見たのかはよくわからない。

くすぶる違和感をぬぐえないまま、彼はエレベーターでディーサの住む階に上がり、呼び鈴を鳴らした。応答はない。階段室の上のほうから音がする。だれかいるらしい。ときおりため息をついている。あるいは声を出さずに泣いているのかもしれない。

ディーサがあわてたような顔でドアを開けた。ブラジャーとストッキングしか身につけていない。

「絶対遅刻してくると思ったのに」

「逆に早く着いちゃったね」ヨーナは彼女の頰に軽くキスをした。

「さっさと中に入って、ドアを閉めてくれない？　近所の人たちにお尻を見られるのはいやだわ」

こぢんまりとした玄関には、食べものの香りが漂っている。ピンク色のランプシェードについたフリンジがヨーナの頭を撫でた。

「メニューはシタビラメのアーモンドポテト（主に北スウェーデンで栽培されるじゃがいもの一種。小ぶりで風味が良い）添えよ」

「バターソース？」

「きのこと、パセリと、子牛肉のブイヨンを混ぜたわ」

「美味しそうだ」

古さが少々目立つものの、立派なアパートだ。キッチンを除くと二部屋しかないが、天井が高く、カーラ広場に面した大きな窓がある。窓枠はチーク材で、木の天井にはラッカー仕上げが施され、床は美しく磨き上げられている。

ヨーナはディーサのあとについて寝室へ入った。立ち止まり、ヨセフの病室で自分がいったいなにを見たのか思い出そうとする。乱れたベッドの上に、電源の入ったコンピュータが置いてある。まわりに本や紙が散らばっている。

彼はひじ掛け椅子に腰を下ろし、ディーサが着替えを済ませるのを待った。彼女が黙って背中をヨーナに向け、彼はファスナーを上げてやった。体にぴったりとフィットした、シンプルなワンピースだ。

ヨーナは開いたままになっている本をのぞき込んだ。墓地遺跡を写した大きな白黒写真だ。奥のほうで、一九四〇年代風の服装をした考古学者たちが歩きまわり、カメラに向かって目を細めている。発掘はまだ始まったばかりのようだ。地面のそこかしこに五十本ほど小さな旗が立っている。

「墓地の跡よ」ディーサが小声で言った。「旗はそれぞれのお墓の位置を示してるの。この発掘をしたのは、ハンネス・ミュラーっていう人。しばらく前に亡くなったけど、百歳は超えてたわね。ずっと研究所にいたわ。やさしい年寄りのカメみたいな風貌で……」

ディーサは丈の高い鏡の前に立ち、まっすぐな髪を細い三つ編みふたつにまとめると、くるりと振り返ってヨーナを見つめた。

「どう？」

「きれいだよ」ヨーナがやさしく言った。

「そう」彼女は悲しげに言った。「お母さんは元気？」

ヨーナは彼女の手を握ってささやいた。

「元気だよ。きみによろしくって」

「それはどうも。なにか言ってた？」

「ぼくにかまわないほうがいい、って」

「そうね」ディーサはしんみりと答えた。「そのとおりよね」

ヨーナのぼさぼさ頭にゆっくりと指を差し入れ、そっと髪をかきあげる。それから急に笑みをうかべて彼を見つめると、コンピュータの電源を消してタンスの上に置いた。

「ねえ、知ってた？　キリスト教以前の法律だと、赤ちゃんは母乳を飲みはじめるまで、ひとりの人間とみなされていなかったんですって。出産から授乳までのあいだなら、赤ちゃんを森に置き去りにしてもいいことになっていたそうよ」

「人間は他人の選択によって人間になる、というわけか」ヨーナがゆっくりと言った。

「それはいまも同じじゃない？」

ディーサはクローゼットを開け、靴箱を手に取ると、やわらかなストラップのついた焦げ茶色のハイヒールサンダルを取り出した。ほっそりとしたヒールは、色目の異なる木が交互に重なり、縞模様になっている。

「新品？」

「セルジオ・ロッシよ。自分へのご褒美。あまりにも地味な仕事してるから。一日中、泥だらけの野原で這いまわってるんですもの」

「まだシグトゥーナで作業してるのかい？」

「そうよ」

「なにか見つかったの？」

「食事しながら話すわ」

ヨーナはディーサのサンダルを指差した。

「きれいな靴だね」そう言って、ひじ掛け椅子から立ち上がる。

ディーサは苦笑いをうかべて振り返り、肩越しに答えた。

「ヨーナ、残念だけど、あなたのサイズはないと思うわよ」

彼ははたと動きを止めた。

「待てよ」壁に手をついて体を支える。

ディーサが怪訝そうな視線を向けた。

「ねえ、いまのは冗談よ」

「いや、あの子の足……」

ヨーナは彼女のそばを素通りして玄関へ向かうと、上着から携帯電話を取り出し、指令センターに電話をかけた。病院で見張りをしているスーネソンのもとへ、ただちに増援を送るよう、冷静な声で指示する。

「どうしたの？」ディーサが尋ねる。

「あの子の足がよごれていた。医者も看護師も、あの子は動けないと言ってたけど、実際にはもう起き上がっていた。起き上がって、歩きまわっていたにちがいないんだ」

ヨーナはスーネソンに電話をかけたが、応答はなく、彼は上着をはおって、ごめん、とつぶやくと、アパートを出て階段を駆け下りた。

ヨーナがディーサのアパートの呼び鈴を鳴らしたちょうどそのころ、ヨセフ・エークは病室のベッドで上半身を起こしていた。

昨晩、歩けるかどうか試してみた。体を滑らせて床に足を置き、立ち上がるまではよかったものの、それからかなり長いこと、枕元のヘッドボードに両手を置いてじっとしていなければならなかった。無数にある傷の痛みが押し寄せてきて、沸騰した油をかぶっているような気がした。傷ついた肝臓がずきずきと痛み、目の前が真っ暗になったが、それでも歩くことはできた。点滴や吸引器のチューブを伸ばしてみたり、備品のしまってある戸棚の中を確かめてみたりしたあと、ふたたびベッドに戻って横になった。

夜勤のスタッフが入ってきてあいさつを交わしてから、すでに三十分が経過している。廊下はほぼ静まり返っている。ヨセフは手首のカテーテルをそっとはずした。管が体から離れるとき、肌が軽く吸い込まれるのを感じた。少量の血がひざに滴った。

ベッドを離れる。痛みはあまり感じなかった。備品の入った戸棚に向かう。ガーゼ、外科用メス、使い捨て注射器、包帯が見つかった。病院服の大きなポケットに、注射器をいくつか突っ込む。震える手で外科用メスの包みを開け、吸引器のチューブを切り落とす。どろりと血が流れ出し、左肺がゆっくりと縮んでいく。片方の肩甲骨の奥が痛み、彼は弱々しく咳をしたが、肺の容量が減ったことによる変化はあまり感じなかった。

不意に廊下で足音がした。ビニール床に靴のゴム底がこすれている。ヨセフはメスを片手にドアのそばに立ち、ガラス窓から外を見つめ、じっと待った。

看護師が立ち止まり、見張り役の警官と話をしている。ふたりの笑い声が聞こえてきた。

「わたし、煙草やめましたから」と看護師が答えている。

「ニコチンパッチでもかまわないんですが」警官が食い下がった。

「それもやめたの」と看護師は答えた。「中庭に出て吸っていらしたらどう？　わたし、しばらくここにいますから」

「五分で戻ります」警官が勢い込んで言った。

警官が去っていく。鍵ががちゃがちゃと鳴った。看護師は書類にざっと目を通してから病室に入ってきた。その顔をよぎったのは、実のところ、驚きの表情だけだった。メスの刃が喉に食い込むと、彼女の目尻の笑い皺がくっきりと浮かび上がった。ヨセフは思ったよりも力が入らず、何度もメスを突き刺すはめになった。急に体を動かしたせいで、体じゅうがひきつり、ひりひりと痛む。看護師はすぐには倒れず、ヨセフにしがみついてきた。

ふたりはともに床にくずおれた。看護師の体は汗まみれで、ひどく熱い。ヨセフは立ち上がろうとしたが、麦束のごとく床に広がった彼女の金髪に足を取られて滑った。喉からメスを抜き取ると、笛のような高い音が漏れ、彼女の両脚がびくびくと震えた。ヨセフはしばらくその場に立ちつくして彼女を見つめていたが、やがて廊下に出た。看護師の服がたくしあがり、ナイロンのストッキングの下にはいたピンク色のパンティーが丸見えになっていた。

廊下を進んでいく。肝臓の痛みが激しくなってきた。右に曲がる。カートに洗いたての服が積んであるのを見つけ、着替えをした。背の低いずんぐりとした女性の清掃員が、つやつやと光るビニール床にモップをかけている。イヤホンで音楽を聴きながら働いているらしい。ヨセフは彼女に近づいていくと、その背後に立ち、使い捨て注射器を取り出した。女性の背中に向かって注射器を何度か振り下ろしたが、刺す真似だけで、背中に針が触れる前に動きを止めた。女性はまったく気づいていない。ヨセフは注射器をポケットに戻すと、女性を突き飛ばして歩き出した。彼女は転びそうになり、スペイン語で悪態をついた。ヨセフは立ち止まって振り返った。

「いま、なんて言った？」

女性はイヤホンをはずし、問いかけるような表情でヨセフを見た。

「なんか言ったか？」とヨセフは尋ねた。

女性はあわてて首を横に振り、清掃を続けた。ヨセフはしばらく彼女を観察していたが、やがてエレベーターに向かって歩き出した。ボタンを押し、エレベーターの到着を待つ。

21

十二月十一日（金）夜

ヨーナ・リンナは猛スピードでヴァルハラ通りを走り、一九一二年の夏季オリンピックが行なわれたスタジアムのそばを通り過ぎた。車線を変更し、大きなメルセデスを内側から追い越す。木々の向こうに赤いれんが造りのソフィアヘメット病院が垣間見えた。車が大きな金属板を踏み、タイヤが轟音を立てた。停留所から発車しようとしている青い路線バスを追い越そうと、アクセルペダルを踏み込む。バスの前に突っ込んでいくと、憤ったような長いクラクションが後ろから聞こえてきた。王立工科大学を過ぎたところで、水たまりのうすよごれた水が路上駐車の車や歩道に飛び散った。

ノールトゥルの交差点で赤信号を無視し、ホテル・レストラン〈スタルメスタレゴーデン〉脇を通り過ぎると、高速道路の出口までのわずかな道のりで時速百八十キロ近くを出すことに成功した。出口を過ぎると、道なりに急カーブを切って高速道路の下をくぐり、カロリンスカ大学病院の構内へ上がっていく。

正面入口のそばに駐車する。回転灯をつけたままのパトカーが何台も駐まっているのが目に入った。青い光が茶色いれんがの外壁をなぞり、まるで巨大な鳥が翼をはためかせているかのようだ。正面入口の前でジャーナリストに囲まれた看護師たちが数人、おびえきった表情でがたがたと震えている。カメラの前で泣きじゃくっているのもいる。

ヨーナは中に入ろうとしたが、たちまち若い警官に行く手を阻まれた。アドレナリンの急上昇のせいか、単に興奮しているのか、じっとしていられないらしく足踏みをやめない。

「立ち入り禁止だぞ」警官はそう言うと、ヨーナを突き飛ばした。

ヨーナは相手の無表情な青い瞳を見つめた。胸を押す手を振り払い、冷静に告げる。

「国家警察の者だ」

警官のまなざしに疑念がちらついた。

「身分証を見せてください」

「ヨーナ、早く、こっちだよ」

国家警察のカルロス・エリアソン長官が中にいた。受付のかたわらで、黄色がかった灯りに照らされ、ヨーナに向かって手を振っている。スーネソンがベンチに座り、顔を歪めて泣いているのがガラス越しに見えた。彼よりも年下らしい警官が隣に腰掛け、スーネソンの肩を抱いてやっている。

ヨーナが身分証を掲げてみせると、警官はむっとした顔で道をあけた。ロビーの大部分が立ち入り禁止とされ、ビニールのテープが張られている。外では記者たちのカメラのフラッシュが光り、病院の中では現場検証係が写真を撮っている。

カルロスは現場指揮官として、大局的な戦略を決定すると同時に、細かい作戦や戦術の指示も出すことになる。彼は現場検証のリーダーに簡潔な指示をしてから、ヨーナのほうに向き直った。

「ヨセフは？」ヨーナが尋ねる。

「目撃者の話によれば、歩行器を使ってロビーを出ていったそうだ」カルロスは焦りを隠せない口調だった。「歩行器はバス停のそばで見つかった」

彼はメモ帳を見やってから続けた。

「大学病院の構内を出ていったのは、バスが二台、介護タクシーを含めたタクシーが七台……それから、ふつうの乗用車が十台ほど。救急車は一台だけだ」

「出口は封鎖したんですか？」

「それには手遅れだった」

カルロスは制服を着た警官を呼び寄せた。

「バスの行方はつきとめましたが、手がかりなしです」

「タクシーは？」

「〈タクシー・ストックホルム〉社と〈タクシー・クリール〉社に問い合わせを終えましたが……」

警官は、なにを言おうとしたのか思い出せないかのごとく、途方に暮れたしぐさをしてみせた。

「エリック・マリア・バルク医師に連絡は？」

「すぐに電話したんだが、応答がなかった。引き続き連絡を試みているよ」

「彼に警護をつけなくては」

「ロッレ！」カルロスが呼びかける。「バルク医師に連絡は取れたか？」

「たったいま電話したんですが」ローランド・スヴェンソンが答えた。

「もう一度かけてくれ」とヨーナが言う。

「通信指令部門のオマルと話をしなければ」カルロスはそう言うと、あたりを見まわした。

「全国警戒態勢に入るぞ」

「ぼくはなにをすれば？」

「ここに留まって、私がなにか見落としていないか目を光らせてくれ」カルロスはそう言ってから、殺人課の鑑識官のひとり、ミカエル・ヴェルネルを呼び寄せた。

「これまでにわかったことを、リンナ警部に報告してくれ」

ヴェルネルは無表情のままヨーナを見つめ、鼻にかかった声で話しはじめた。

「看護師が一名亡くなってまして……被疑者が歩行器を使って外へ出ていくのを、何人かが目撃してます」

「現場を見せてくれ」

エレベーター内やシャフトの鑑識捜査が済んでいないため、ふたりはともに非常階段を上った。

ヨーナは赤く残った足跡を見つめた。裸足のヨセフ・エークが出口へ下りていく途中で残していったものだ。電気と死のにおいが漂っている。食事のカートが置いてあったあたりの壁に、血まみれの手形が残っていることから、ヨセフがそこでつまずいたか、体を支えずにはいられなかったのだろうと推測できた。エレベーターのドアの金属部分には、血痕のほかに、額と鼻の頭を押しつけた脂の跡とみられるものも残っていた。

ふたりは廊下を進み、病室の戸口で立ち止まった。つい一時間ほど前に、ヨーナがヨセフと話をした部屋だ。黒ずんだ血の海が床に広がり、その中央に遺体があった。

「被害者は、看護師のアン＝カトリン・エリクソンさんです」ヴェルネルが苦々しげに言った。

ヨーナは遺体の亜麻色の髪を、生気のない両眼を見つめた。制服が腰の上までたくしあがっている。犯人がスカートをたくし上げようとしたようにも見えるな、と彼は考えた。

「凶器は外科用メスのようです」ヴェルネルが乾いた声で言う。

ヨーナはなにやらつぶやくと、電話を取り出し、クローノベリ拘置所に電話をかけた。眠そうな男の声で応答があったが、なんと言ったのかはよく聞こえなかった。

「ヨーナ・リンナだが」早口で言う。「エヴェリン・エークはまだいるかい?」

「えっ?」

ヨーナは険しい口調で繰り返した。

「エヴェリン・エークはまだ拘置所にいるのか?」

「それは当直の看守に聞いてもらわないと」不機嫌な声だ。

「電話を代わってくれ」

「へいへい、少々お待ちを」電話番はそう言うと、受話器をことりと置いた。

受話器の向こうで足音が遠ざかり、ドアのきしむ音がした。やがて話し声が聞こえてきた。カタカタと音がする。ヨーナは時計を見やった。病院に到着してから、すでに十分が経過している。

ヨーナは階段へ向かって歩き出し、電話を耳に当てたまま正面入口をめざした。

「はい、ヤン・ペーションです」当直が明るい声で言った。

「国家警察のヨーナ・リンナだ。エヴェリン・エークのようすを聞きたいのだが」ぶっきらぼうに言う。

「エヴェリン・エーク? ああ、あの娘ね。さきほど釈放しました。大変でしたよ、外に出たがりませんでね、拘置所に残りたいと言うんです」

「釈放した？」

「いや、正確には、検事さんが来て……」

ヤン・ペーションが名簿をめくっているらしい音が聞こえてきた。

「エヴェリン・エークは、こちらが手配した隠れ家のアパートにいます」

「よかった」とヨーナは言った。「そのアパートの前に、見張りの警官を何人か置いてくれ。わかったね？」

「当然ですよ」ヤン・ペーションは憤慨したような声を出した。

ヨーナは電話を切ると、カルロスのもとへ向かった。彼は椅子に座り、ひざの上にコンピュータを載せている。かたわらに立っている女性が画面を指差している。

通信指令部門のオマルが、無線機に向かって〝エコー〟と繰り返している。警察犬を参加させる際に使われる合言葉だ。問題の時間帯に病院を出ていった車の行方がほぼすべて判明し、被疑者がどれにも乗っていないとわかったのだろう、とヨーナは推測した。

カルロスに向かって手を振ったが気づかれず、ヨーナは彼の注意を引くのをあきらめて、いくつもあるガラス張りのドアのうち、小さな扉を開けて外に出た。あたりは暗く、空気は冷たい。だれもいないバス停に、歩行器が放置してある。彼はあたりを見まわした。立ち入り禁止テープの向こうから警察の仕事ぶりを見守っている人々、あふれる青い光、せかせかと動きまわっている警官たち、カメラのフラッシュ――そういったものをすべて視界から切り捨て、駐車場に、いくつもある建物の暗い外壁に、そのあいだを縫うように伸びている道路に視線を走らせる。

それから歩きはじめた。徐々に歩幅を広げ、ひらひらと揺れる立ち入り禁止テープをまたぎ、野次馬を押しのけて進むと、ストックホルム北墓地に目を向けた。ソルナ教会通りに入り、柵に沿って歩きながら、木々や墓石の黒いシルエットのあいだに人影を探す。匿名の共同墓地や植え込み、火葬場に加え、三万にも及ぶ墓が散在している広さ六十ヘクタールの敷地内には、灯りに照らされた、あるいは暗闇に沈んだ小道が、網の目のように広がっている。

門番小屋を素通りすると、歩幅を広げ、白々としたオベリスクのようなアルフレッド・ノーベルの墓のほうを見やりつつ、大葬儀場の前を通り過ぎた。

ふと気がついてみると、あたりは静けさに包まれていた。病院の入口付近に響きわたっていた警報音は、もう届かない。葉のない木々の枝のあいだを風がひゅうと吹き抜け、彼自身の足音が墓石や十字架に弱々しくこだました。遠くの高速道路を、大型車が低くうなりながら走っていく。藪の下に積もった落ち葉がかさかさと音を立てる。曇ったガラスの容器に入ったろうそくが、そこかしこに灯っている。

ヨーナは墓地の東端、高速道路への入口に隣接した区画をめざして歩き出した。そのとき、暗闇の中、四百メートルほど離れたところに、丈の高い墓石のあいだを縫い、事務所のある方向へ向かっている人影が見えた。ヨーナは立ち止まって目を凝らした。人影は前傾姿勢でぎくしゃくと歩いている。ヨーナは走り出した。墓碑や植え込み、ろうそくの揺らめく光、天使を模した石像のあいだを抜けていく。ほっそりとした人影が、木立の中、霜の降りた芝生の上を急いでいるのが見える。白い服がひらひらとはためいている。

「ヨセフ」とヨーナは叫んだ。「止まりなさい!」

少年は足を止めず、鉄柵に囲まれ、熊手で砂利をならしてある大きな墓所の後ろへ去っていった。ヨーナは拳銃を抜き、すばやく安全装置をはずすと、横向きに走った。ヨセフの姿をふたたび目にして、止まれと叫ぶと、彼の右腿を狙った。そのとき、銃を向けた先に年老いた女性がいきなり現われた。墓のそばでかがんでいたのが立ち上がったのだ。ちょうど射線上に老女の顔がある。危機感にみぞおちがぎゅっと締めつけられた。ヨセフは糸杉の生垣の向こうに消えた。ヨーナは銃を下ろしてそのあとを追った。イングリッド・バーグマンのお墓にろうそくを灯そうとしただけなのに、と老女がぼやくのが聞こえたが、ヨーナは目を向けず、ただ警察ですと叫んだ。暗闇の中に視線を走らせる。ヨセフは木々や墓碑にまぎれて姿を消してしまった。灯りはまばらで、それぞれ狭い範囲しか照らし出していないので、緑色のベンチや、砂利道が数メートルほど見えるだけだ。ヨーナは電話を取り出すと、通信指令部門に電話をかけ、ただちに増援を送ってほしい、きわめて危険な状況だ、警官隊を丸ごと出動させてくれ、少なくとも五部隊、ヘリコプターも要る、と要請した。緩やかな傾斜を斜めに上り、低い柵を飛び越えたところで立ち止まる。遠くのほうで犬が吠えている。少し離れたところで砂利を踏む音がして、ヨーナはその方向へ走り出した。墓碑のあいだを這っている人影が見え、その姿を目で追いながら、できるだけ近づき、本人とわかった時点で撃てる位置を探そうとする。黒い鳥が翼をばたつかせて飛び去った。ごみ箱のひっくり返る音がした。ふと、霜の降りた茶色い垣根の向こう側で、ヨセフが身をかがめながら走っているのが目に入った。ヨーナは足を滑らせ、傾斜を滑り落ち、じょうろや円錐型の花瓶の置き場所に突っ込んでしまった。立ち上がってみると、ヨセフの姿は見えなくなっていた。こめかみが激しく脈打っている。背中に擦り傷ができたのがわかった。両手がかじかんでいる。彼は砂利道を横切り、あたりを見まわした。遠くのほう、事務所のある建物の裏手に、ストックホルム市の紋章をドアにあしらった車が見える。車がゆっくりと曲がり、赤いテールランプが見えなくなって、ヘッドライトの光が揺らめきながら木々をなぞった瞬間、ヨセフの姿が照らし出された。ふらつきながら小道に立っている。頭を垂れ、足を引きずりながら、数歩ほど歩いた。ヨーナは全速力で駆け出した。車が停まり、運転席のドアが開いて、あごひげを生やした男性が出てきた。

「警察だ」ヨーナが叫ぶ。

が、ふたりの耳には届いていない。

ヨーナは空に向かって発砲した。ひげ面の男性がヨーナのほうを向いた。ヨセフが男性に近づいていく。外科用メスを手にしている。切りつけるまで数秒しかかからないだろう。駆けつけても間に合わない。ヨーナは墓石を支えにして銃を構えた。距離は三百メートル以上、競技用の射撃場での距離と比べると実に六倍だ。目の前で照星がぐらぐらと揺れた。狙った先がなかなか見えず、彼はまばたきをし、目を細めた。ほの白い人影が細くなり、暗闇にのまれていく。射線上で木の枝がゆらゆらと揺れている。ひげ面の男性はふたたびヨセフのほうを向き、一歩後ずさった。ヨーナは狙いを定め、引き金を引いた。発砲の反動がひじと肩に響きわたる。冷えきった手が飛び散った火薬でじわりと痛んだ。銃弾は木立の向こうにあとかたもなく消えていった。銃声がこだまし、やがて静かになった。ふたたび狙いを定めたところで、ヨセフがひげ面の男性の腹を刺しているのが目に入った。血がほとばしった。ヨーナが発砲すると、銃弾がヨセフの服を貫き、彼はよろめいてメスを手放した。背中を手でまさぐってから、車に向かって歩き出し、運転席に乗り込んでいる。ヨーナは道路に向かって駆け出したが、ヨセフは早くもエンジンをかけ、ひげ面の男性の脚を轢いて進むと、アクセルを力のかぎりに踏み込んだ。間に合わないと悟ったヨーナは、前のタイヤを狙って発砲した。銃弾が命中し、車はぐらりとよろめいたが、止まりはせず、逆にスピードを上げて高速道路のインターチェンジへ消えていった。ヨーナはホルスターに拳銃を戻すと、電話を取り出し、通信指令部門に状況を報告した。オマルと話がしたいと告げ、ヘリコプターの出動を再度求めた。

ひげ面の男性には息があった。腹の傷口を押さえている手の指のあいだから、暗赤色の血がほとばしり出ている。脚は両方とも折れているようだ。

「あんな子どものような若い子が」彼はショックを受けたようすで何度もそう言った。

「あんな若い子が」

「救急車がこちらに向かってますよ」そう言ったヨーナの耳に、墓地の上を飛ぶヘリコプターの回転翼の音がようやく聞こえてきた。


警察本部のオフィスでヨーナが受話器を上げ、ディーサの番号を押したときには、すっかり夜が更けていた。着信音が鳴っているあいだ、じっと待つ。

「放っといてちょうだい」ディーサがだるそうに応えた。

「寝てたのかい」

「当たり前でしょ」

しばしの沈黙が下りた。

「食事は美味しかった？」

「ええ」

「しかたがなかったんだ……」

ヨーナは黙り込んだ。ディーサが欠伸をし、ベッドの上で体を起こすのが聞こえた。

「大丈夫？」と彼女が尋ねる。

ヨーナは自分の両手を見つめた。念入りに手を洗ったにもかかわらず、指先からかすかに血のにおいが漂っているような気がする。彼はヨセフ・エークに車を奪われた男性のそばにひざまずき、その腹にぱっくりと開いたいちばん大きな傷を手で合わせようとした。深刻な怪我にもかかわらず、男性の意識はずっとはっきりしていて、ついこのあいだ高校を卒業し、祖父母に会いにトルコ北部へ初めてのひとり旅を計画しているという息子のことを、明るく、熱を帯びた口調で語っていた。男性はヨーナを見つめ、自分の腹を押さえているヨーナの両手を見つめ、驚いたようすで、痛みがまったくない、と言った。

「不思議だと思いませんか」彼はそう言うと、子どものように輝く澄んだ瞳でヨーナを見つめた。

ヨーナはできるかぎり落ち着いた口調で、エンドルフィンのおかげで一時的に痛みを感じなくなっているのだ、と説明した。あまりの衝撃の強さに、神経系にこれ以上の負担がかからないよう、体が痛みを遮断しているのだ、と。

男性は黙り込んだ。それから静かに尋ねた。

「これが死ぬってことなんでしょうか？」

彼はヨーナに向かって微笑んでみせようとした。

「死ぬってのは、こんなふうに、痛みを感じないものなんでしょうかね？」

ヨーナが答えようとして口を開けた瞬間、救急車が到着した。自分の両手が男性の腹からそっと引きはがされるのがわかった。彼は数メートルほど離れたところに連れていかれ、救急隊員が男性を担架に載せた。

「ヨーナ？」ディーサがふたたび声をかけた。「大丈夫？」

「ぼくは大丈夫だよ」

彼女が動きまわっている音がする。水を飲んでいるのかもしれない。

「もう一回チャンスが欲しい？」

「ぜひ」

「でも、ほんとうは、わたしのことなんかどうでもいいのよね」彼女は厳しい口調で言った。

「そんなことないさ。わかってるだろう」そう答えたヨーナは、ふと、自分が途方もなく疲れた声を出していることに気づいた。

「ごめんなさい」とディーサは言った。「あなたが無事でよかった」

ふたりは通話を終えた。

ヨーナはしばらくじっと座ったまま、かすかな雑音のする警察本部の沈黙に耳を傾けていたが、やがて立ち上がり、ドアの内側に掛けてあるホルスターから銃を抜き出すと、分解し、各部品をゆっくりと拭き、油を注《さ》した。ふたたびピストルを組み立てると、武器庫に向かい、ピストルをしまって鍵をかけた。両手から血のにおいが消え、代わりに潤滑剤のにおいが鼻をついた。彼は腰を下ろすと、直属の上司であるペッテル・ネースルンドに宛てて、なぜ発砲が必要であったか、正当な理由を説明する報告書を書きはじめた。

22

十二月十一日（金）夜

エリックはピザが三枚焼けるのを見つめ、シモーヌの分にサラミをもっと載せてほしいと頼んだ。電話が鳴った。ディスプレイを見ると知らない番号で、彼はポケットに電話を戻した。またどこかの記者がかけてきたにちがいない。いま質問に答える気にはなれなかった。焼きたてのピザの入った大きな紙箱を持って自宅へ向かうあいだ、エリックはシモーヌと話し合わなければならないと考えた。腹を立てたのは自分がまったくの無実だからだ、彼女が思っているようなことはしていない、また彼女を裏切ったわけではない、彼女を愛している――そう伝えるのだ。花屋の前でふと立ち止まり、しばらく逡巡していたが、意を決して中に入った。店内の空気が甘みに満ちている。通りに面した窓が曇っている。バラの花束を買おうと決めたところで、また電話が鳴った。シモーヌからだ。

「もしもし」

「いま、どこにいるの？」

「もうすぐ家に着くよ」

「わたしもベンヤミンも、お腹がすいてしかたがないわ」

「よし」

エリックは自宅へ急いだ。入口を抜け、エレベーターを待つ。入口の扉にはめ込まれた黄色いカットガラスを通して見る外の景色は、まるで魔法をかけられたおとぎの世界のようだ。彼はピザの入った紙箱をさっと床に置くと、ダストシュートを開け、バラの花束を投げ捨てた。

それからエレベーターの中で後悔した。花束を買ってごまかし、話し合いを避けようとしている、と受けとられては困ると思って捨てたが、もしかしたらシモーヌはそんなふうには解釈せず、逆に喜んでくれたかもしれない。

呼び鈴を鳴らす。ベンヤミンがドアを開け、ピザの箱を受け取った。エリックは上着を脱いでハンガーに掛け、バスルームに行って手を洗った。レモン色の小さな錠剤のシートを取り出し、すばやく三錠押し出すと、水なしで飲み込んでからキッチンへ向かった。

「先にいただいてるわよ」

エリックはテーブルの上に置かれた水の入ったグラスを見つめ、禁酒会じゃないんだからとつぶやき、ワイングラスをふたつ取り出した。

「いいわね」彼がワインの栓を開けるのを見てシモーヌが言った。

「シモーヌ、きみをがっかりさせたことは事実だが……」

エリックの携帯電話が鳴った。ふたりは顔を見合わせた。

「出ないの？」とシモーヌが尋ねる。

「今晩はもう、マスコミと話をするつもりはないよ」

シモーヌはピザを切り分け、口に運んでから言った。

「じゃあ、放っておけばいいわ」

エリックがグラスにワインを注いだ。シモーヌはうなずき、笑みをうかべた。

「そうそう」と彼女が不意に言った。「もうほとんど消えたけど、帰ってきたとき、煙草のにおいがしたわ」

「煙草を吸ってる友だちがいるのかい？」エリックが尋ねる。

「いないよ」ベンヤミンが答えた。

「アイーダは？」

ベンヤミンは答えず、かなりの勢いでピザを口に運んでいたが、突然食べるのをやめ、フォークとナイフを置いてテーブルを見つめた。

「どうしたんだい？」エリックが慎重に尋ねた。「なにか心配ごとでも？」

「なんでもない」

「パパとママにはなんでも話していいんだよ」

「へえ、ほんとうに？」

「どうしてそんな……」

「パパにはわからないよ」

「話してくれ」エリックは食い下がった。

「いやだ」

彼らは黙ったまま食事を続けた。ベンヤミンは壁を凝視している。

「サラミが美味しいわ」シモーヌが小声で言う。

グラスについた口紅のあとをぬぐってから、エリックに向かって言った。

「いっしょに食事を作ることがなくなってしまったのが残念ね」

「そんな時間ないだろう？」エリックが弁解がましく言う。

「喧嘩はやめてよ」ベンヤミンが大声をあげた。

それから水を飲み、暗くなった街の広がる窓の外に目をやった。エリックはほとんど食べていないにもかかわらず、自分のグラスにワインを二度注ぎ足している。

「火曜日、ちゃんと注射した？」とシモーヌが尋ねる。

「パパが忘れたことが一度でもある？」

ベンヤミンは立ち上がり、皿を流し台に置いた。

「ごちそうさま」

「そうそう、あなたが買いたくて貯金してる革ジャン、見てきたわ」とシモーヌが言った。

「足りない分、払ってあげてもいいわよ」

ベンヤミンは笑顔になり、シモーヌに近寄って彼女を抱擁した。シモーヌも息子を抱きしめたが、彼が身を振りほどこうとしているのを感じるやいなや腕を緩めた。ベンヤミンは自分の部屋へ戻っていった。

エリックはピザの端をぱきんと折り、口に運んだ。目の下に隈ができ、口元の皺が深くなっている。苦しげな、張りつめた表情が額にうかんでいる。

また電話が鳴った。テーブルの上でぶるぶると振動している。

エリックはディスプレイを見てかぶりを振った。

「また知らないやつだ」

「有名人でいるのにはもう疲れた？」シモーヌがやさしく尋ねる。

「今日はジャーナリストふたりと話をしただけだが」エリックは弱々しく微笑みながら言った。「それでもうたくさんだよ」

「なにを聞かれたの？」

「あの『カフェ』とかいう雑誌の記者だった」

「表紙にヌード写真が載ってる雑誌？」

「女の子がいつも、イギリス国旗のついたパンティー姿で、写真を撮られてびっくりしたような顔をしてる、あの雑誌だよ」

シモーヌはエリックに笑いかけた。

「で、なにを聞かれたの？」

エリックは咳払いをし、淡々と答えた。

「女性に催眠をかけてセックスに持ち込むことは可能か、とかなんとか」

「ずいぶんと真面目な質問ね」

「まったくだ」

「もう一件は？　それも似たような男性誌？」

「スウェーデン公営ラジオ」とエリックは答えた。「国会オンブズマンになされた申し立てについてはどうお考えですか、って」

「うんざりね」

エリックは目をこすり、ため息をついた。十センチほど小さくなってしまったように見えた。それから、ゆっくりと口を開いた。

「ぼくが催眠をかけていなければ、ヨセフ・エークは退院するやいなや、姉さんを手にかけていたかもしれない」

「そうだとしても、あなたは催眠を使うべきではなかったのよ」シモーヌが静かに反論した。

「そのとおりだ。それはぼくもわかってる」エリックはそう答え、グラスを指先でいじった。「後悔してる……」

エリックは黙り込んだ。シモーヌはふと、彼の体に触れ、抱擁したい衝動に駆られた。が、実際には身動きせず、彼を見つめて尋ねた。

「これから、どうする？」

「どうするって？」

「わたしたちのことよ。別れようって話をしたでしょう。あなたがなにを考えてるのか、もうさっぱりわからない」

エリックは目を強くこすった。

「信用されてないことは自覚してるよ」彼はそう言っただけでふたたび黙り込んだ。

シモーヌは、疲れのにじむ彼の潤んだ目を、消耗しきった顔を、突っ立った白髪混じりの髪を見つめた。いつもいっしょに楽しく過ごしていた時代もあったのに、と考える。

「ぼくはきみが望んでいるような夫じゃないんだね」とエリックが続けた。

「そんな言いかたはやめて」

「どうして？」

「わたしが文句ばかり言うっていうけど、浮気してるのはあなたでしょう。わたしでは駄目だと思ってるのは、あなたのほうじゃないの」

「シモーヌ、ぼくは……」

エリックがシモーヌの手に触れると、彼女はさっと手を引っ込めた。彼の視線がぼやけている。薬を飲んだのだとシモーヌにはわかった。

「もう寝なきゃ」彼女はそう言って立ち上がった。

エリックは彼女のあとを追った。顔は土気色になり、疲れ切った目をしている。バスルームに向かう途中で、シモーヌは玄関の扉に触れ、きちんと閉まっていることを確かめた。

「あなたはお客さん用の寝室で寝て」

エリックは無関心な顔つきでうなずいた。麻酔をかけられているようにすら見える。彼は黙ったまま布団と枕を取りに行った。


真夜中、シモーヌは二の腕になにかが刺さったような気がして不意に目を覚ました。うつぶせから寝返りを打って横向きになり、手探りで腕をさわってみる。筋肉が張り、かゆみを覚える。寝室は真っ暗だ。

「エリック？」ささやきかけたところで、彼が客用の寝室で眠っていることを思い出した。

戸口に目を向けると、寝室を出ていく人影が見えた。人の重みで木の床がきしんでいる。エリックが起きてなにかを取りに来たのだろうと考えたが、睡眠薬を飲んだのだからぐっすり眠っているはずだとすぐに気づいた。枕元のランプをつけ、その灯りに腕を照らしてみる。肌に小さなピンク色の斑点があり、血の玉が湧き出つつある。なにかが刺さったことはまちがいない。

廊下のほうからくぐもった物音が聞こえて来た。シモーヌはランプを消し、ふらふらと立ち上がった。痛む腕を揉みつつ、広間に出ていく。口の中が渇き、脚が熱を帯びてこわばっている。廊下からひそひそ声が聞こえてきた。くっくっと小声で笑っている。どう考えてもエリックの声ではない。シモーヌの背筋に冷たいものが走った。玄関の扉が大きく開いている。階段室は真っ暗だ。冷たい空気が吹き込んでくる。ベンヤミンの部屋で物音がする。弱々しいうめき声のようだ。

「ママ？」

ベンヤミンはおびえたようすだ。

「いたっ」と声をあげている。かすれ声で静かに泣き出した。

シモーヌが廊下の鏡に目をやると、何者かが注射器を手にして、ベンヤミンのベッドに覆いかぶさるように立っているのが見えた。さまざまな思いが頭を駆けめぐる。いったいなにが起きているのか、自分が目にしている光景がなんなのか、理解しようと試みる。

「ベンヤミン？」彼女はうろたえた声で呼びかけた。「なにしてるの？　入ってもいい？」

咳払いをし、一歩を踏み出したが、突然、ひざががくんと折れた。戸棚に手をついて体を支えようとするが、立っていることができない。そのまま床にくずおれ、壁に頭をぶつけた。頭蓋の中で痛みが燃え上がるのを感じる。

立ち上がろうとするが、体が動かない。脚が言うことをきかない。下半身の感覚がまったくない。胸のあたりが妙にむずむずし、息が苦しくなってきた。数秒ほど目の前が真っ暗になった。やがて視力は戻ってきたが、まるで霧がかかったようだ。

何者がベンヤミンの脚を引っぱり、床に引きずっている。パジャマがたくしあがり、腕が困惑したようにゆっくり動いている。戸枠をつかんで抵抗しているが、力が入らないようだ。敷居に頭がぶつかって跳ね上がった。彼はシモーヌの目を見つめた。おびえきったようすで、口を動かしているが言葉は出てこない。シモーヌは息子の手をつかもうと腕を伸ばしたが、届かなかった。床を這ってあとを追おうとするが、もはやその力はない。彼女は白目をむいた。もうなにも見えない。まばたきをすると、ベンヤミンが玄関を通って階段室へ引きずられていくようすが断片的に見えた。そっとドアが閉まった。シモーヌは助けを呼ぼうとしたが、声は出ず、まぶたが下がってきて、彼女はゆっくりと呼吸した。息が苦しい。空気がじゅうぶんに入ってこない。

そして、闇が訪れた。

23

十二月十二日（土）朝

シモーヌは口の中に小さなガラスの破片が充満しているような気がした。息を吸い込むと、すさまじい痛みに襲われる。舌で口蓋に触れてみようとしたが、腫れあがっていて動かない。まわりを見ようとしても、まぶたがほんの少ししか上がらず、自分がなにを見ているのかわからない。やがて、うつろう光、金属、窓にかかるカーテンが識別できた。

エリックがそばの椅子に座り、彼女の手を握っている。彼の目は疲れたようすで落ちくぼんでいる。シモーヌは声を出そうとしたが、喉が傷だらけになっているような気がした。

「ベンヤミンはどこ？」

「えっ？」

エリックがびくりと体を震わせた。

「ベンヤミンよ。どこ？」

エリックは目を閉じた。口元がこわばっている。ごくりとつばを飲み込んでから、シモーヌの目を見つめ、小声で言った。

「なんてことをしたんだ。シクサン、床に倒れているところをぼくが見つけたんだよ。脈がほとんどなかった。もし発見が遅れていたら……」

彼は口元に手をやり、指のあいだから言葉を発した。

「まったくなんてことを……」

息が苦しい。シモーヌは何度かつばを飲み込んだ。胃洗浄されたのだとわかったが、なんと言えばいいのかわからない。自殺しようとしたわけではないのだと説明しているひまはない。エリックにどう思われようと、いまはどうでもいい。首を横に振ろうとすると、吐き気に襲われた。

「どこなの？」と彼女はささやいた。「いなくなったのね？」

「どういうことだい？」

涙が彼女の頬をつたった。

「いなくなったのね？」

「きみは廊下に倒れてた。ぼくが起きたとき、ベンヤミンはもう出かけたあとだった。喧嘩でもしたのかい？」

シモーヌはふたたび首を横に振ろうとしたが、その力がなかった。

「アパートにだれかが入ってきて……ベンヤミンを連れて行ったわ」弱々しい声で言う。

「だれかって？」

彼女はうめくように泣き出した。

「ベンヤミンを？　ベンヤミンがどうしたって？」

「なんてことなの」シモーヌがつぶやく。

「ベンヤミンがどうしたって？」エリックの声は叫びに近かった。

「だれかがさらって行ったの」

エリックの顔に恐怖の色がうかんだ。あたりを見まわし、震える手で口元を撫で、シモーヌのかたわらにひざをつく。

「なにがあったのか話してくれ」彼は努めて冷静な声で言った。「シモーヌ、いったいなにがあった？」

「だれかがベンヤミンを引きずって、玄関の外に出ていくのが見えたわ」シモーヌはほとんど声にならない声で答えた。

「引きずって？　どういうことだ？」

「夜中、腕になにかが刺さって目が覚めたの。注射されたんだわ。だれかがわたしに……」

「注射？　どこに？」

「信じてくれないの?」

シモーヌは病院服の袖をたくし上げようとし、エリックも手伝った。二の腕の中央に小さな赤い跡が残っている。そのまわりの腫れた部分を指先でさわったエリックは、一気に顔色を失った。

「ベンヤミンがさらわれたの。わたし、止められなくて……」

「なにを注射されたのか調べなくては」エリックはそう言って呼び出しボタンを押した。

「そんなことどうでもいいわ、早くベンヤミンを見つけて」

「見つけるさ」エリックはぶっきらぼうに答えた。

看護師が入ってきて、血液検査について短い指示を受けると、急ぎ足で病室を出ていった。エリックはシモーヌのほうに向き直った。

「なにがあった? だれかがベンヤミンを引きずっていくのを、ほんとうに見たんだね?」

「ほんとうよ」シモーヌは絶望的な気持ちになった。

「だが、何者だったかはわからない?」

「ベンヤミンの脚をつかんで引きずって、玄関を出ていった。わたしは床に倒れていて……身動きひとつできなかった」

また涙が流れ出した。エリックが彼女を抱き寄せる。シモーヌは彼の胸に力なく顔を埋め、体を震わせてうめくように泣いた。そうして少し落ち着くと、そっとエリックを押しのけた。

「エリック、お願い、ベンヤミンを見つけて」

「ああ」エリックはそう答えて病室を出ていった。

看護師がドアをノックして入ってきた。シモーヌは目を閉じ、小さな管が四本、自分の血液で満たされていくさまを見るのを避けた。


エリックは病院内にある自分のオフィスへ向かいながら、今朝、脈のほとんどない意識不明の状態で床に倒れているシモーヌを見つけ、救急車で病院に向かったときのことを思い起こしていた。明るくなった街を駆け抜けていく。混雑する時間帯で、たくさんの車が救急車をよけ、歩道に乗り上げていた。胃洗浄。女医のてきぱきとした、迅速ながらも落ち着いた仕事ぶり。酸素補給。心臓の不規則な鼓動が映し出される黒いモニター。

廊下で携帯電話の電源を入れると、立ち止まり、新たに入っていた留守番電話のメッセージすべてに耳を傾けた。ローランド・スヴェンソンという名の警官が、昨日のうちに四回電話をかけてきて、警護をつけると申し出ている。ベンヤミンや、彼の失踪に関与している人物からのメッセージはなにもない。

エリックはアイーダに電話をかけた。彼女がおびえきった澄んだ声で、ベンヤミンの居場所にまったく心当たりがないと答えると、エリックは凍てつくようなパニックの波に襲われた。

「テンスタの例のショッピングセンターに行った可能性はないかな？」

「ないと思います」

エリックは次に、ベンヤミンの幼なじみであるダヴィッドに電話をかけた。ダヴィッドの母親が応答した。ベンヤミンの姿はここ数日見ていないという。その後も心配そうに話しつづけていたが、エリックは彼女をさえぎるように電話を切った。

血液検査室に電話をかけ、分析結果を聞こうとしたが、まだなにも答えられないと告げられた。シモーヌの血液は到着したばかりなのだ。

「このまま電話口で待ってるよ」

彼らが仕事を進める音が聞こえる。やがてヴァルデス医師が受話器を取り、だみ声で言った。

「もしもし、エリック。どうやら、ラピフェンか、とにかくそれに類するアルフェンタニル系物質のようだよ」

「アルフェンタニル？　麻酔薬か？」

「病院から盗んだんだろうね。あるいは動物病院かもしれないが。うちの病院ではあまり使っていない。依存性が強いんだ。いずれにせよ、奥さんはすばらしい強運の持ち主だね」

「というと?」

「生きてるじゃないか」

エリックはシモーヌの病室に戻り、拉致の詳細を聞き出して、事件の経緯を初めから見直してみよう、と考えたが、彼女は眠っていた。胃洗浄のせいで唇がひび割れ、傷だらけになっている。

ポケットの中で電話が鳴り、彼は急いで廊下に出てから応答した。

「もしもし」

「受付のリネアです。お客さまがいらしてますが」

相手の言う〝受付〟が、この病院の神経外科病棟の受付で、電話の相手が四年前から受付係をしているリネア・オーケソンであるということを理解するのに、数秒を要した。

「バルク先生?」リネアがそっと尋ねる。

「お客さん?　だれ?」

「ヨーナ・リンナさんです」

「わかった。談話室に上がるよう伝えてくれ。そこで待ってるから」

エリックは電話を切ると、ふと廊下に立ちつくした。さまざまな思いが、すさまじい速さで頭をよぎっていく。留守番電話のメッセージを思い出す。警察のローランド・スヴェンソンが何度も電話をかけてきて、警護をつけると申し出ていた。いったいなにが起こったのだろう？　だれかがぼくを狙っているというのか？　そう自問したとたん、背筋が凍りついた。国家警察の警部であるヨーナ・リンナが、用件を電話で済まそうとせず、わざわざこうして会いにくるというのは、尋常でないと気づいたのだ。

談話室に到着した。プラスチックカバーに覆われた何種類ものサンドイッチの具を前にして立ち、スライスされた食パンの甘いにおいを嗅ぐ。吐き気に襲われる。震える手で、傷だらけのグラスに水を注ぎ入れた。

ヨーナがここに来たのは、ベンヤミンの遺体が見つかったからにちがいない、とエリックは考えた。だからわざわざ会いに来たのだ。ヨーナはぼくに座るよう告げ、ベンヤミンが亡くなったと告げるだろう。そんな場面を想像したくはない、が、どうしても頭から離れない。そんなはずはない。信じたくない。それでも、すぐに同じ光景が目に浮かぶ。頭の中を駆けめぐる思いはさらにスピードを増し、おぞましい映像をいくつも映し出してみせる。高速道路の側溝に捨てられたベンヤミンの遺体。黒いごみ袋に入れられて森に捨てられたベンヤミンの遺体。ぬかるんだ海岸に打ち上げられたベンヤミンの遺体。

「コーヒー、飲みます？」

「えっ？」

「お注ぎしましょうか？」

輝くような金髪をした若い女性が、コーヒーメーカーのかたわらに立ち、コーヒーの入ったサーバーを掲げてみせている。いれたてのコーヒーから湯気が立っている。問いかけるような彼女の視線に、エリックは自分が空のコーヒーカップを持っていることにようやく気づき、黙ったまま首を横に振った。その瞬間、ヨーナ・リンナが部屋に入ってくるのが見えた。

「座りましょうか」とヨーナが言う。

彼のまなざしは気まずそうで、なにかを避けているようだ。

「ええ」一瞬の間があったのち、エリックはささやくように答えた。

ふたりはいちばん奥のテーブルに席をとった。紙製のテーブルクロスがかかっていて、塩入れが置いてある。ヨーナは片方の眉毛を搔き、小声でなにやら口にした。

「えっ？」

ヨーナは小さく咳払いをしてから言った。

「何度もお電話したんですが」

「昨日は電話に出なかったもので」エリックは弱々しく答えた。

「エリック、お知らせしなければならないことが……」

ヨーナはそこで言葉を切り、花崗岩のような灰色の瞳をエリックに向けてから、続けた。

「ヨセフ・エークが病院から脱走しました」

「えっ？」

「あなたには警護を受ける権利があります」

エリックの口元が震え、目に涙が浮かんだ。

「用件はそれだけですか？　ヨセフが逃げたと？」

「ええ」

エリックはあまりの安堵感に、そのまま床に横になって眠ってしまいたくなった。目に浮かんだ涙をすばやくぬぐう。

「いつ逃げたんですか？」

「昨晩です……看護師をひとり殺したうえ、もうひとり、男性に重傷を負わせました」ヨーナが重々しい声で言った。

エリックは何度かうなずいた。そのとき、いくつもの考えがまたたく間に頭の中でつながり、新たな恐ろしい想像がかたちをとりはじめた。

「あの子が夜中にうちに来て、ベンヤミンを連れ去ったんだ」

「なんですって？」

「ベンヤミンを、息子をさらっていったんです」

「ヨセフの姿を見たんですか？」

「いや、ぼくではなくて、シモーヌが……」

「いったいなにがあったんです？」

「シモーヌが強力な麻酔薬を注射されました」エリックはゆっくりと語りはじめた。「ちょうど血液検査の結果が出たところです。大がかりな外科手術などに使われる、アルフェンタニルという薬でした」

「しかし、奥さんは無事なんですね？」

「一命はとりとめましたよ」

ヨーナはうなずき、薬剤の名前を書きとめた。

「ヨセフが息子さんを連れ去ったと、奥さんがおっしゃってるんですか？」

「妻は犯人の顔を見ていません」

「なるほど」

「ヨセフの行方はつきとめてくれますね？」

「もちろんです。信じてください。全国の警察に連絡が行ってます。そのうえ、彼はひどい怪我を負っている。逃げおおせるはずはありませんよ」

「しかし、いまのところ手がかりはない？」

ヨーナは厳しい視線をエリックに向けた。

「まもなく見つかるはずです」

「それはありがたい」

「ヨセフが侵入したとき、あなたご自身はどこに?」

「客用の寝室で眠っていました。睡眠薬を飲んでいたので、なにも気づかなかった」

「ということは、あなたの家に侵入し、寝室をのぞいたヨセフには、奥さんの姿しか見えなかったわけですね?」

「ええ、おそらく」

「だが、どうもおかしいな」とヨーナが言った。

「客用の寝室があることに気づかなくても無理はありませんよ。扉はクローゼットのように見えるし、しかもトイレのドアが開いていたら扉が隠れて見えなくなる」

「そのことではないんです。どうもヨセフらしくない……注射をするなんて。彼の手口はもっと暴力的です」

「われわれの目に暴力的と映るだけかもしれませんよ」

「というと?」

「本人は自分の行動をつねに意識しているのかもしれない。自宅で見つかったヨセフの体に、父親の血痕は残されていなかったんでしょう」

「そのとおりですが……」

「つまり、彼はきわめて冷静に、計画的に行動しているということです。ベンヤミンを連れ去ることによって、私に復讐しようとしているのかもしれません」

沈黙が訪れた。エリックの視界の端に、コーヒーメーカーのそばに立っていた金髪の女性が映った。窓の外に広がる大学病院の敷地を見わたしながら、コーヒーをすすっている。ヨーナはテーブルを見下ろしていたが、やがてエリックの目を見つめ、やさしく柔和なフィンランド訛りで、率直に、誠実に言った。

「エリック、ほんとうに申しわけない」

談話室の前でヨーナと別れると、エリックは仮眠室を兼ねている自分のオフィスへ向かった。ベンヤミンが誘拐されたということがまだ信じられない。何者かが自宅に侵入して、ベンヤミンを玄関から階段室へ引きずり出し、外に出てどこかへ去って行ったとは、あまりにも信じがたく、あまりにも馬鹿げている気がした。

なにひとつつじつまが合わない。

ヨセフ・エークがベンヤミンを誘拐したはずはない。あり得ない。考えたくない。とにかく不可能だ。

なにもかも収拾がつかなくなってきたという感覚に襲われながら、エリックは使い古された自分の机に向かい、同じ相手に何度も繰り返し電話をかけた——彼らが重要な点を見逃していないか、嘘をついたり隠しごとをしたりしていないか、声のニュアンスから見きわめようとしているかのように。彼は完全に理性を失った状態で、アイーダに三度続けて電話をかけた。一度目は、ベンヤミンが週末になにか計画していたのを知っているかと尋ねた。二度目には、ベンヤミンのほかの友だちの電話番号を知っているかと尋ねた。息子が学校でどんな友だちとつきあっているのか、もうさっぱり把握していない。三度目には、ベンヤミンと喧嘩しなかったかと尋ね、病院の電話番号やシモーヌの携帯電話の番号も含め、自分と連絡のつくありとあらゆる番号をアイーダに伝えた。

ダヴィッドにもまた電話をかけ、ベンヤミンとは昨日学校で会ったきりだと本人から告げられた。そこで警察に電話をかけ、いまの状況について聞き、ヨセフ捜索の進み具合を尋ねた。そのあと、ストックホルム首都圏のあらゆる病院に電話をかけた。ベンヤミンの携帯電話は電源が切られていたが、それでも十回にわたって電話をかける。ヨーナにも電話をかけて、警察は捜索にもっと力を入れるべきだ、要員を増やしてくれ、全力で取り組んでほしい、と大声で迫った。

シモーヌの病室に向かったが、扉の外で立ち止まった。周囲の壁がぐるぐる回っている。なにかに締めつけられている感覚がある。脳が必死になって理解を試みている。同じセリフが自分の内に間断なく響く。〝ベンヤミンは絶対に見つかる。ベンヤミンは絶対に見つかる〟

扉のガラス窓越しに妻の姿を見つめる。目は覚めているようだが、疲れ切った顔に困惑の表情がうかび、唇には血の気がなく、目の下の隈が濃くなっている。赤みがかった金髪が、汗で乱れ、絡まっている。はめた指輪を回しては、指の付け根に押しつけている。エリックは頭に手をやり、それからあごをさすった。硬い無精ひげが生えていることに気づいた。シモーヌが窓ガラスの向こうからこちらに視線を向けた。が、表情はまったく変わらなかった。

エリックは病室に入り、シモーヌのかたわらにどさりと腰を下ろした。彼女はエリックをちらりと見上げ、すぐに視線を落とした。唇がきっと引き結ばれ、苦しげな表情がうかんでいる。目には大粒の涙がうかび、泣いたせいで鼻が赤くなっている。

「ベンヤミンはわたしにつかまろうとしたの。腕を伸ばして、わたしの手を握ろうとしたわ」彼女はささやいた。「でも、わたしにはなにもできなかった。身動きひとつできずに倒れているだけだった」

エリックはか細い声で切り出した。

「たったいま知らされたんだが、ヨセフ・エークが逃亡したらしい。昨晩、病院を抜け出したそうだ」

「寒いわ」

そうつぶやくシモーヌに、エリックが水色の毛布をかけてやろうとすると、彼女はその手をはねのけた。

「あなたのせいよ。催眠をやりたくてしかたがなかったんでしょう。だから……」

「やめてくれ、シモーヌ。ぼくのせいじゃない。ぼくは人の命を救おうとしたんだ。それが仕事だから……」

「ベンヤミンは？　自分の息子はどうでもいいの？」彼女は叫んだ。

自分に触れようとするエリックの手を振り払う。

「パパに電話するわ」声が震えている。「パパの助けを借りて、ベンヤミンを探し出すの」

「それだけはやめてくれ」

「そう言うだろうと思ったわ。けど、あなたの気持ちなんかどうでもいいの。とにかくベンヤミンを連れ戻したいだけ」

「ベンヤミンはぼくがかならず見つけるよ、シクサン」

「そう？　信用する気になれないのはなぜかしら？」

「警察が全力を尽くしてくれてる。それに、お義父さんは……」

「警察ですって？　あの人殺しの少年を野放しにしたのは警察じゃないの」シモーヌは憤りをあらわにした。「そうでしょう？　ベンヤミンを真剣に捜してくれるとは思えないわ」

「ヨセフは何人も人を殺してるんだ、警察は彼を見つけようと躍起になってるし、遅かれ早かれ見つかるはずだよ。だが、たしかに、ぼくも馬鹿ではないから、警察にとってベンヤミンが重要でないのはわかる、警察がベンヤミンのことを気にかけてくれるとは思えない、少なくとも、ぼくたちのようには……」

「だから、さっきからそう言ってるじゃないの」シモーヌがもどかしげにさえぎった。

「ヨーナ・リンナ警部が……」

「全部その人のせいよ。その人に説得されて催眠をかけたんでしょう」

エリックは首を横に振り、ごくりとつばを飲み込んだ。

「あれはぼくが自分で決めたことだ」

「パパなら手を尽くしてくれる」シモーヌが小声で言う。

「事件の経緯を細かく思い返そう。いっしょに考えるんだ。落ち着いて、冷静に……」

「わたしたちの力でなにができるっていうのよ？」シモーヌが叫んだ。

沈黙が訪れた。隣の部屋でテレビのスイッチが入ったのが聞こえた。

シモーヌはベッドに横たわったまま顔をそむけている。エリックはそっと口を開いた。

「落ち着いて考えよう。ヨセフ・エークが犯人とはかぎらないとぼくは思う……」

「もうやめて。腹が立つだけだわ」

シモーヌは起き上がろうとしたが、その力がなかった。

「ひとつだけ言わせてもらえないか」

「ピストルを手に入れるつもりよ。絶対にベンヤミンを見つけるわ」

「二夜連続で玄関の扉が開いていただろう……」

「だから、そう言ったじゃないの。だれかがアパートに侵入したって言ったのに、あなたは信じてくれなかった。いつもそうだわ。あのときちゃんと話を聞いてくれていたら……」

「いいから聞いてくれ。最初の晩、ヨセフはまだ入院していたんだ。つまり、うちに入り込んで冷蔵庫を開けたのは、ヨセフではあり得ないんだよ」

だが、シモーヌは耳を貸さず、ひたすら立ち上がろうと奮闘していた。腹立たしげにうめき声をあげつつ、服の掛かっている幅の狭いクローゼットにたどり着く。がたがたと震えながら着替え、小声で不満げにぼやいているシモーヌを、エリックは手助けすることもなくただ見つめていた。

24

十二月十二日（土）夕方

エリックがシモーヌの退院手続きをようやく済ませたときには、すでに夕刻になっていた。アパートはひどく散らかっていた。寝具が引きずられて廊下に落ちている。灯りはついたままで、バスルームの蛇口から水が滴っている。玄関マットの上に靴が散らばっている。電話が木の床に落ち、バッテリーがはずれてそばに落ちている。

エリックとシモーヌはあたりを見まわした。この家のなにかが永遠に失われたというおぞましい感覚に、体を締めつけられる心地がする。家の中にあるものたちがみな、意味のない、見知らぬ物体と化していた。

シモーヌは倒れていた椅子を立て直し、腰を下ろしてブーツを脱ぎはじめた。エリックはバスルームの蛇口を閉めてから、ベンヤミンの部屋に入った。机の赤い天板を見つめる。コンピュータのかたわらに教科書が置いてあり、グレーのカバーがかかっている。クリップボードには、小麦色に日焼けして笑みをうかべ、両手を白衣のポケットに突っ込んだ、ウガンダ時代のエリックの写真が留めてある。彼は黒いセーターとともに椅子に掛かっているベンヤミンのジーンズにそっと触れてみた。

居間に戻ると、シモーヌが電話を手に立っていた。バッテリーを戻し、番号を押している。

「だれにかけるんだい？」

「パパよ」

「ちょっと待ってくれないか？」

エリックはシモーヌの手から電話を取り上げた。シモーヌはさしたる抵抗もしなかった。

「なにが言いたいの？」と疲れた声で言う。

「お義父さんには会いたくないんだ、とにかく、いまは……」

エリックはそこで黙り込むと、電話をテーブルに置き、顔を手でこすってから続けた。

「ぼくの気持ちを尊重してくれないか？　いまぼくの手のうちにあるすべてを、お義父さんに預ける気にはなれないんだ」

「わたしの気持ちを尊重……」

「もうやめてくれ」エリックがさえぎる。

シモーヌは傷ついた表情で彼を見つめた。

「シクサン、いまのぼくは、とにかく考えがまとまらない状態なんだ。自分でもよくわからない、なんでもいいから叫び出したい気持ちだ……お義父さんと会う気力なんかないんだよ」

「言いたいことはそれだけ？」シモーヌはそう言い、電話を取ろうと手を伸ばした。

「これはぼくたちの息子にかかわることだ」とエリックが言う。

シモーヌもうなずいた。

「そうだろう？　だったら、ほかの人を巻き込むのはやめないか。きみとぼくの力でベンヤミンを捜すんだ……もちろん、警察の手を借りながら」

「パパが必要なの」

「ぼくにはきみが必要だ」

「そうは思えないわ」

「どうして……」

「わたしが自分でものごとを決めるのが気に食わないんでしょ」

エリックは部屋をぐるりと一周してから立ち止まった。

「お義父さんは引退した身だ。力になれるとは思えない」

「コネがあるわ」

「本人がそう思ってるだけじゃないか。自分にはコネがあると思ってる。自分はまだ警部だと思ってる。けど、実際にはただの年金生活者なんだよ」

「あなたにはわからない……」

「ベンヤミンは引退後の暇つぶしの種じゃないんだ」

「もうあなたの意見なんかどうでもいいわ」

シモーヌは電話を見つめている。

「お義父さんが来るなら、ぼくは出ていくよ」

「いいかげんにして」シモーヌが小声で言う。

「きみはただ、お義父さんに来てもらって、エリックがまちがってた、全部エリックのせいだ、と言ってほしいだけなんだろう。ベンヤミンの病気がわかったときだってそうだった。全部ぼくのせいにされたんだ。きみは気分がいいだろうが、ぼくにとっては……」

「ずいぶんくだらないこと言うのね」シモーヌは笑みをうかべて彼をさえぎった。

「お義父さんが来るなら、ぼくは出ていく」

「勝手にすれば」彼女は苦々しげに言った。

エリックは肩を落とした。シモーヌは半ば背を向けて番号を押しはじめた。

「頼むからやめてくれ」

シモーヌは彼のほうを見もしない。もうここにはいられない、とエリックは思った。ケネットと顔を合わせるのはとても無理だ。彼はあたりを見まわした。持っていきたいものなどとくにない。沈黙の中、着信音が聞こえてくる。シモーヌの頬に差しているまつげの影が震えている。

「この人でなし」エリックはそう言うと、玄関へ出ていった。

靴を履いていると、シモーヌがケネットと話す声が聞こえてきた。すぐに来てほしいと涙ながらに訴えている。エリックはハンガーから上着を取ると、アパートを出て玄関扉を閉め、鍵をかけた。階段を下りていく途中で立ち止まり、考える。戻ってなにか言うべきだ。こんな扱いはあんまりだ、ぼくの家庭、ぼくの息子、ぼくの人生がかかっているのに、そうシモーヌに訴えるべきだ。

「くそっ」彼は小声で悪態をつくと、表玄関へ下りていき、暗くなった街へ飛び出した。

シモーヌは窓辺に立ち、夜の闇に浮かぶ透明な影と化した自分の顔を見つめていた。父親の運転する古ぼけた日産プリメーラが表玄関の前に二重駐車されるのを目にすると、彼女はこみあげてくる涙をぐっとこらえた。ノックの音がしたとき、彼女はすでに玄関にいた。チェーンをつけたまま扉を開けると、いったん閉めてチェーンをはずし、笑みをうかべようとする。

「パパ」口を開くと同時に涙があふれ出した。

ケネットは娘を抱き寄せた。父親の革のジャケットに顔を寄せ、慣れ親しんだ革と煙草のにおいを嗅いだシモーヌは、ほんの数秒ほど、少女時代に戻ったような気がした。

「さあ、もう大丈夫だ」

ケネットは玄関の椅子に腰を下ろし、シモーヌをひざの上に座らせた。

「エリックはいないのかい？」

「別れたの」シモーヌがささやく。

「おやおや」ケネットが慰めるように言った。

彼がティッシュを引っぱり出すと、シモーヌは父親のひざからそっと降り、何度か鼻をかんだ。ケネットは上着を脱いでフックに掛けた。ベンヤミンの上着が掛かっているのを目にとめる。靴もシューズラックに置かれたまま、リュックサックも扉のかたわらの壁際に置かれたままだ。

娘の肩を抱き、親指で目の下の涙をそっと拭いてやってから、キッチンへ導いた。シモーヌを椅子に座らせ、コーヒーの入った缶とフィルターを出し、コーヒーメーカーのスイッチを入れる。

「さて、一部始終を話してくれ」マグカップを取り出しながら穏やかに言う。「初めからだ」

そこでシモーヌは、アパートに何者かが侵入して目を覚ました最初の夜のことを詳しく語った。キッチンで煙草のにおいがしたこと。玄関扉が大きく開いていたこと。冷蔵庫と冷凍庫から、靄のような光があふれ出していたこと。

「エリックは？」ケネットが急き立てるように尋ねた。「エリックはなにをしていたんだ？」

シモーヌはためらったのち、父親の目を見て答えた。

「わたしの話を信じてくれなかったわ……彼かわたしか、どちらかが寝ぼけてたんだろう、って」

「なんてこった」

シモーヌは自分の顔がふたたび歪むのを感じた。ケネットはコーヒーを注ぎ入れ、紙になにやらメモしてから、先を促した。

彼女は、翌日の晩、腕に針を刺されて目を覚ましたこと、起き上がってみるとベンヤミンの部屋から妙な物音がしたことを話した。

「どんな物音だい？」

「くっくっと笑ってるような声だったかしら。いいえ、つぶやき声だったかも。よく覚えてないわ」

「それから？」

「部屋に入ってもいいかって聞いたの。中にだれかがいるのが見えた。ベンヤミンの上に覆いかぶさるように立ってて……」

「そのとき、わたしのひざががくんと折れた。体がしびれて、倒れてしまったの。廊下に横たわっていることしかできなくて、そのまま、ベンヤミンが引きずられていくのを見てるだけだった……ああ、あの子の顔、おびえきってたわ。ママ、って呼んで、わたしの手につかまろうとしたの。けど、わたしはもう動けなかった」

　彼女は黙り込み、視線を前に据えた。

「ほかに覚えてることは？」

「えっ？」

「どんな容貌だった？　侵入者のことだが」

「わからないわ」

「なにか気づいたことは？」

「動きがおかしかったわ。背中を曲げてた。まるでどこか痛いみたいに」

　ケネットはメモをとった。

「よく考えるんだ」

「パパ、真っ暗だったのよ」

「エリックは？　彼はなにをしていたんだい？」

「眠ってたわ」

「眠ってた？」

シモーヌはうなずいた。

「あの人、ここ数年、かなりの量の睡眠薬を飲んでるの。お客さん用の寝室で眠ってて、なにも聞こえなかったみたい」

ケネットの目は軽蔑の念に満ちていた。シモーヌはふと、エリックが出ていったわけがわかるような気がした。

「なんという薬だ？　名前は知ってるかい？」

シモーヌは父の両手を取った。

「パパ、いまはエリックを責めてる場合じゃないのよ」

ケネットは手を引っ込めた。

「子どもに対する暴力は、そのほとんどが家族のしわざなんだよ」

「そうかもしれないけど……」

「いまはとにかく、事実に目を向けよう」ケネットは穏やかにシモーヌをさえぎった。

「犯人はどうやら、医学的な知識があり、しかも薬を入手することのできる人物のようだ」

シモーヌはうなずいた。

「エリックが客用の寝室で寝てるところを見たのかい？」

「ドアが閉まってたから、寝てたんだと思うけど」

「だが、寝ている姿は見ていない。ちがうかい？　そのうえ、彼が昨晩ほんとうに睡眠薬を飲んだかどうかも、おまえにはわからない」

「それはそうだけど」シモーヌは認めないわけにはいかなかった。

「これまでに判明している事実を確認しているだけだよ、シクサン。エリックが眠っているところを、おまえは見ていない。これは事実だ。ほんとうに客用の寝室で眠っていたのかもしれないが、正確なところはわからない」

　ケネットは立ち上がると、戸棚からパンを、冷蔵庫からサンドイッチの具を取り出した。チーズサンドイッチをひとつ作ってシモーヌに差し出す。

　しばらくしてから、彼は咳払いをし、尋ねた。

「ヨセフが来たのだとしたら、エリックが玄関を開けた理由は？」

　シモーヌはケネットを見つめた。

「どういう意味？」

「もし玄関を開けたのだとしたら——それはなぜだろう？」

「そんなこと考えても意味ないと思うわ」

「なぜ？」

「エリックはベンヤミンを愛してるのよ」

「それはそうだろうが、事態が思わぬ展開をみせたのかもしれない。エリックはもしかすると、ヨセフと話をして、警察に電話をかけさせるつもりで……」

「パパ、もうやめて」

「ベンヤミンを見つけ出すためには、こうした可能性についても考えなければならないよ」

シモーヌはうなずいた。自分の顔がぼろぼろになっているという気がした。やがて、ほとんど聞こえないほどの小声で言った。

「エリックはもしかすると、だれかほかの人が来たと思ったのかもしれないわ」

「ほかの人？」

「あの人、ダニエラっていう女の人とつきあってるみたいなの」シモーヌはケネットの目を見ずに答えた。

25

十二月十三日（日）聖ルシア祭　朝

シモーヌは朝の五時に目覚めた。ケネットが彼女をベッドに運び、布団をかけてくれたにちがいない。はためく期待を胸に、まっすぐベンヤミンの部屋に向かうが、戸口で立ち止まった瞬間、期待はぬぐい去られた。

部屋にはだれもいなかった。

泣きはしなかった。が、涙と不安の味が、まるで一滴のミルクが澄んだ水を濁らせるように、あらゆるものの中にしみ込んでいるような気がした。頭の中をめぐるさまざまな思いを、なんとかコントロールしようとする。ベンヤミンのことを真剣に考える勇気がない。恐怖を心のうちに迎え入れる勇気がない。

キッチンの灯りがついている。

テーブルの上は、ケネットが置いた紙切れで覆われている。調理台に警察の無線機が置いてあり、ざわざわと雑音が聞こえる。ケネットはほんの束の間、じっと立ちつくしてなにもない空間を見つめていたが、やがて何度かあごをさすった。

「よかったな、少し眠れたようで」

シモーヌはかぶりを振った。

「どうした、シクサン？」

「なんでもない」彼女はそうつぶやくと、流しに向かい、両手に冷たい水をためて顔を洗った。ふきんで顔を拭いたところで、窓に映る自分の顔が見えた。外はまだ暗いが、やがて夜明けがやってくるはずだ。冬の寒さと十二月の薄闇をからめた、銀の網をたずさえて。

ケネットはメモ用紙になにやら書きつけ、紙を一枚脇に押しやると、ノートにもなにか書きとめた。シモーヌは父親の向かいの椅子に座り、ヨセフがどこにベンヤミンを連れ去ったのか、どうやってアパートに侵入したのか、なぜほかのだれでもなくベンヤミンをさらっていったのか、考えをめぐらせた。

「幸運の息子」とつぶやく。

「えっ？」

「ううん、なんでもない……」

彼女の頭に浮かんだのは、ベンヤミンという名前が、ヘブライ語で幸運の息子という意味だということだった。旧約聖書で、ヤコブはラケルとの結婚を許されるまでに十四年間働いた。ラケルはふたりの息子を産んだ。ファラオの夢を解き明かしてみせたヨセフと、幸運の息子、ベンヤミンだ。

シモーヌは涙をこらえて顔をしかめた。ケネットが黙って身を乗り出し、彼女の肩を抱いた。

「絶対に見つかるさ」

シモーヌはうなずいた。

「おまえが起きてくる直前に、こいつが届いたよ」ケネットはそう言うと、テーブルの上のフォルダーを軽く叩いてみせた。

「なんの書類？」

「ほら、例のヨセフ・エークの、トゥンバの自宅……現場検証の報告書だ」

「パパ、引退したんじゃなかったの？」

ケネットは笑みをうかべると、フォルダーを彼女のほうに押しやった。彼女は資料を開き、系統的に行なわれた検証の内容に目を通した——指紋、手形、遺体を引きずった跡、髪の毛、爪に残された皮膚片、ナイフの刃に残った傷、スリッパに付着した骨髄、テレビに残った血痕、紙製のランプシェードやマット、カーテンに付着した血痕。クリアファイルから写真が滑り落ちた。シモーヌは目をそらそうとしたが、おぞましい現場のようすは一瞬にして脳に刻みつけられた——ごくありふれた品物、本棚、ステレオ台などが、黒々とした血に覆われている。

切断された遺体が床に転がっている。

彼女は立ち上がり、流し台に向かって嘔吐しようとした。

「すまん、うっかりしていた……ときどき忘れてしまうんだ、みんなが警察官をしているわけではないってことを」

シモーヌは目を閉じると、ベンヤミンのおびえた顔を思い起こし、床に冷たい血の広がる真っ暗な部屋を思い浮かべた。身を乗り出し、嘔吐する。痰や胆汁が細い糸となってコーヒーカップやスプーンを覆った。口をすすぎ、耳の中でどくどくと響く脈の音を聞きながら、自分が完全に正気を失いつつあるような気がして恐怖を覚えた。

調理台にしがみつき、呼吸を落ち着け、冷静さを取り戻してから、ケネットに向き直り、弱々しい声で言う。

「大丈夫よ。それにしても、この事件をベンヤミンとつなげて考えることがどうしてもできないのだけれど」

ケネットは毛布を取ってきて彼女を包み、そっと元の椅子に座らせた。

「ヨセフ・エークがベンヤミンを誘拐したのだとしたら、彼は引き換えになにかを得ようとしているはずだ。そうだろう？　いままでの彼の行動とは明らかにちがう……」

「これ以上考える気力がないかも」シモーヌがつぶやく。

「ひとつだけ言わせてくれ。ヨセフ・エークはおそらく、エリックを探しにきたのだろう。が、エリックが見つからなかったので、代わりにベンヤミンを連れ去った。エリックと引き換えにするために」

「それなら、ベンヤミンは生きているはずだわ——そうよね？」

「もちろん生きているさ。問題は、ヨセフがベンヤミンをどこに連れて行ったか、ベンヤミンがどこにいるかだ」

「わかるはずないわ。どこに行ったっておかしくないもの」

「その反対だよ」

シモーヌはケネットを見つめた。

「こういうケースでは、行き先は自宅か別荘と見てまちがいない」

「そんなこと言ったって、ここがヨセフの家なのよ」シモーヌは写真の入ったクリアファイルを指先で叩いて大声をあげた。

ケネットはテーブルの上のパンくずを手のひらで払い落とした。

「デュトルーの例がある」

「なんの例ですって？」

「デュトルー事件だよ。覚えてるかい？」

「さあ……」

ケネットは彼独特の淡々とした口調で、ベルギーで少女六人を誘拐し拷問にかけたマルク・デュトルーという小児性愛者について語った。被害者のうち、ジュリー・ルジュンヌとメリッサ・ルッソは、デュトルーが車の窃盗で短期間の禁錮刑に服しているあいだに餓死した。エフィエ・ランブレックスとアン・マルシャルは庭に生き埋めにされた。

「デュトルーはシャルルロワに家を持っていて」とケネットは続けた。「その地下に、重さ二百キロの隠し扉で閉ざされた空間を作っていた。壁を叩いても、向こう側に部屋があるとはわからないようになっていた。この空間を見つける唯一の方法は、家の広さを測ることだった。外側から測った面積と、内側から測った面積に差があったんだ。サビーヌ・ダルデンヌとレティシア・デレーズは救出され、命をとりとめた」

シモーヌは立ち上がろうとした。胸の中で心臓が妙な打ち方をしている。人を監禁せずにはいられない男たち。暗闇に閉じこめられた人の恐怖に、静かな壁の向こうで彼らが助けを求めて叫んでいるという事実に、落ち着きを得る。そんな男たちが存在するのだ。

「ベンヤミンは薬が要るのよ」彼女はささやき声で言った。

ケネットが電話に向かうのが見える。番号を押し、しばらく待ったのち、早口で話しはじめた。

「チャーリーか？　ヨセフ・エークについて調べてほしいことがあるんだが。いや、彼の家のことだ」

しばしの沈黙があり、やがて受話器の向こうから、低い、重々しい声が聞こえてきた。

「うむ、もう調べたのは知っている。現場検証の報告書を見せてもらったからね」

電話の相手は話を続けた。シモーヌは目を閉じ、受話器の向こうのくぐもった不明瞭な声に重なる無線機の雑音に耳を傾けた。

「しかし、家の測量はしていないんだな？」とケネットが尋ねているのが聞こえる。「いや、むろんそうだが……」

目を開けた彼女は、ふと、アドレナリンの波がさっと押し寄せて眠気を振り払っていくのを感じた。

「ああ、そうしてくれ……図面を届けてくれないか。建設許可に関する書類も……ああ、同じ住所に頼む。うむ……ありがとう」

ケネットは電話を切り、しばらく立ったまま暗い窓の外を眺めていた。

「ベンヤミンはヨセフの家にいるのかしら？　ねえ、パパ」

「これからそれを調べるんだよ」

「直接行きましょう」シモーヌがもどかしげに言う。

「チャーリーが図面を届けてくれる」

「図面？　図面なんかどうでもいいわ。なにをぐずぐずしてるの？　行きましょうよ、鍵がかかってたってなんだって……」

「それはよくない」とケネットがさえぎった。「たしかに……急がなければならないことは事実だが、家に直接行って、片っ端から壁を破ったところで、時間の節約になるとは思えない」

「じゃあ、ここでじっとしてろっていうの？」

「あの家にはここ数日、警察の連中が上がりこんでいるんだ。もちろん、ベンヤミンを捜す目的でそうしているわけではないが、それでも明らかにおかしなところがあれば気づいているはずだよ」

「でも……」

「まず図面を見て、どこに隠し部屋を作れそうか考えなければ。公に届けられている家の寸法を調べて、実際に現場で測った値と比べてみるんだ」

「でも、もし隠し部屋がなかったとしたら……ベンヤミンはどこにいるの？」

「エーク家は、ボルネース郊外にある別荘を、父親アンデシュ・エークの兄弟と共有していた……ボルネースの知り合いに頼んで、見に行ってもらっている。別荘のあるあたりをよく知っているそうだよ。別荘地の中でも古くからある界隈だと言っていた」

ケネットは時計を見やり、電話番号を押した。

「やあ、スヴァンテ、ケネットだが……」

「いま現地にいるよ」電話の相手がさえぎった。

「現地？」

「別荘の中だ」

「外からようすを見るだけでよかったのに」

「中に入れてもらったんだよ、新しい持ち主のシェリーンさんに……」

受話器の向こうで、遠くのほうから声がした。

「シェディーンさんだ」とスヴァンテは訂正した。「一年以上前にこの別荘を買ったそうだよ」

「ありがとう」

ケネットは電話を切った。額に深い皺が刻まれた。

「もうひとつの別荘は？」とシモーヌが言う。「お姉さんが隠れてたっていう」

「あそこには何度も警察が行っている。が、あとで行ってようすを見てみることにしよう」

ふたりは黙り込み、考え込むような視線を心の内に向けた。ドアポストがカタンと音を立てる。遅めに配達された朝刊がドアポストに押し込まれ、玄関の床にどさりと落ちた。シモーヌもケネットも身動きしない。階下でもいくつかドアポストが音を立て、やがて表玄関の扉が開くのが聞こえてきた。

ケネットが不意に無線機のボリュームを上げた。呼び出しがかかっている。だれかが応答して情報を求め、簡潔なやりとりがなされた。シモーヌの理解できたかぎりでは、どこかの女性が、自宅の隣のアパートで悲鳴がしたと通報してきたらしい。パトカーが一台送られた。そんなやりとりの後ろのほうで笑い声があがり、成人した弟がいまだ実家で暮らしているうえ、毎朝親にサンドイッチを作ってもらっている理由について、長々と語りはじめる声が聞こえてきた。ケネットはふたたびボリュームを下げた。

「コーヒーをいれるわ」シモーヌが言った。

ケネットはカーキ色の布製鞄からストックホルム首都圏の地図帳を取り出した。テーブルの上のろうそく立てを窓辺に移動させてから、地図帳を広げる。シモーヌもその背後に立って地図を見つめた。道路、鉄道、バス路線などの複雑な交通網が、赤、青、緑、黄の線となって交錯している。森の広がりや、住宅街の幾何学的模様も見える。

ケネットの指が黄色い道路をたどって、ストックホルムから南へ、エルヴシェー、フディンゲ、トゥリンゲを通り、トゥンバに着いた。トゥンバとサーレムのページを、ふたりでじっと見つめる。色褪せた地図が示しているのは、かつて鉄道の開通とともに発展し、現在は近郊電車の駅を中心に広がっている町だ。戦後に建設された便利な設備の数々、団地や商店、教会、銀行、国営の酒店などが見てとれる。そのまわりに、連棟住宅や一軒家の並ぶ住宅街が、まるで木の枝のように広がっている。町の北には、藁《わら》のような黄色で示された畑が広がっているが、数十キロほど離れると森や湖に変わる。

ケネットは連棟住宅の並ぶ界隈に注目し、通りの名前をたどると、細い道がまるで肋骨のように並んでいる中の一点に丸印をつけた。

「図面はいつになったら届くんだ？」とつぶやく。

シモーヌはマグカップふたつにコーヒーを注ぎ入れ、角砂糖の入った箱を父親に差し出した。

「いったいどうやってうちに入ったのかしら？」

「ヨセフ・エークのことかい？　そうだな、鍵を持っていたか、だれかが中から鍵を開けたか」

「こじ開けるのは……」

「この家の錠は無理だろうね。難しすぎる。蹴破るほうが簡単だ」

「ベンヤミンのコンピュータを調べてみたほうがいいかしら？」

「そうだ、さっさと調べておくべきだった。思いついたのにそのまま忘れていたよ。疲れが出てきているのかな」

シモーヌはふと、父親が年老いて見えることに気づいた。父親の年齢を気にしたのは初めてだった。娘を見つめるケネットの口元に悲しげな表情がうかんだ。

「わたしがコンピュータをチェックするから、そのあいだに少し寝たら」

「寝てなどいられるものか」

ふたりはベンヤミンの部屋に入った。まるで初めからだれも使っていない部屋のように見える。ベンヤミンが恐ろしいほど遠くに行ってしまった、そんな感覚に襲われる。

シモーヌは恐怖のあまり、吐き気がみぞおちのあたりから波のように押し寄せてくるのを感じた。何度もつばを飲み込む。キッチンの無線機がざわざわと音を立て、ピーッと高い音を発し、うなっている。そして暗闇に包まれたこの部屋では、死が待ちかまえている。黒い不在としての死。彼女はこの欠落からけっして立ち直れそうになかった。

コンピュータの電源を入れると、画面がちかりと光り、灯りがついて空気が吹き出した。ファンが回りはじめ、ハードディスクが命令を発する。オペレーティングシステムが起動したことを示すメロディーが鳴ると、ベンヤミンの一部が戻ってきたような気がした。

ふたりはそれぞれ椅子を引き寄せて腰を下ろした。シモーヌはログインのため、ベンヤミンの顔の小さな写真をクリックした。

「じっくりと、系統立てて調べていこう」ケネットが言う。「まずはメールから……」

彼は黙り込んだ。コンピュータがパスワードを要求してきたのだ。

「ベンヤミンの名前を入れてみたらどうだ」

シモーヌは〝ベンヤミン〟と打ち込んだが、アクセスは拒否された。〝アイーダ〟を試してみる。ベンヤミンとアイーダの名前を逆さにつづる。くっつけてみる。〝バルク〟〝ベンヤミン・バルク〟を試し、顔を赤らめながら〝シモーヌ〟〝シクサン〟と打ち、

〝エリック〟も試してみる。ベンヤミンがよく聴いているミュージシャンの名前を打ってみる。ロン・セクスミス、アーネ・ブルン、ロリー・ギャラガー、ジョン・レノン、タウンズ・ヴァン・ザント、ボブ・ディラン。

「だめだな」とケネットが言う。「こりゃ、箱を開けてくれる専門家を連れてくるしかなさそうだ」

シモーヌはベンヤミンがよく話している映画のタイトルや監督の名前をいくつか試してみたが、やがてあきらめた。無理だった。

「そろそろ図面が届くはずだが」ケネットが言った。「チャーリーに電話して聞いてみよう」

そのとき玄関をノックする音がして、ふたりは飛び上がった。シモーヌは廊下で立ち止まり、心臓の激しい鼓動を感じながら、ケネットが玄関に出て鍵を開けるのを見守った。

サンドベージュの光差す十二月の朝、温度計はかろうじてプラスを指している。ケネットとシモーヌは、ヨセフ・エークが生まれ育ち、十五歳にして家族のほぼ全員を惨殺した、トゥンバの住宅街に車を進めた。問題の家は、同じ通りに建ち並ぶほかの家々と変わらない、ごくありふれた、きちんとした印象の家だった。青と白の立ち入り禁止テープが張られていなければ、この家がほんの数日前、スウェーデンの歴史を振り返っても類を見ないほどおぞましく、残虐で、しかも長時間にわたる殺人事件の現場であったとは、とても信じられないほどだった。

家の前庭に砂場が設けられ、補助輪のついた自転車がへりに立てかけてある。立ち入り禁止テープの片方がはずれ、風に飛ばされて向かいの家の郵便受けにくっついている。ケネットは車を停めず、ゆっくりと家を素通りした。シモーヌは家の窓に目を凝らした。人の気配はまったくない。どの窓も真っ暗だ。ケネットは行き止まりまで車を進めてからUターンした。ふたたび現場にさしかかったところで、シモーヌの電話が鳴り出した。

「もしもし？」彼女はすばやく応答すると、しばらく耳を傾けてから尋ねた。「なにかあったの？」

ケネットは車を停めた。しばらくエンジンをかけっぱなしにしていたが、やがてイグニッションキーを回すと、サイドブレーキを引いて車を降りた。トランクから、バール、巻き尺、懐中電灯を取り出す。扉を閉める直前、もう電話を切る、と告げるシモーヌの声が聞こえてきた。

「なに考えてるの？」彼女が電話に向かって叫ぶ。

その声は車の窓越しにケネットの耳に届いた。やがてシモーヌが憤った顔で、図面を手に助手席から降りてくるのが見えた。ふたりは黙ったまま、丈の低い塀に開いた白い門に近づいていった。ケネットが封筒から鍵を取り出すと、玄関に近寄り、鍵を開ける。中に入る前に、振り返ってシモーヌを見つめ、軽くうなずいてみせる。彼女は決然たる面持ちだ。

玄関に足を踏み入れるやいなや、胸の悪くなるような血のにおいが鼻をついた。一瞬、シモーヌの胸の中でパニックがちらついた。腐乱した、甘い、排泄物のような悪臭。横目でケネットを見やる。怖がっているようには見えない。ひたすら精神を集中し、慎重に動いている。ふたりは居間を素通りした。視界の端に血まみれの壁が見える。計り知れないほどの混沌。床から湧き上がる恐怖。暖炉を覆う血痕。

家の中のどこかから、なにかがきしんでいるような、奇妙な音が聞こえてくる。ケネットはたと立ち止まると、昔使っていた拳銃を淡々と取り出した。安全装置をはずし、弾薬が装塡されていることを確かめる。

また物音がした。なにかが揺れているような、重々しい音。足音とはちがう。むしろ、人間がゆっくりと這っているような音だ。

26

十二月十三日(日) 聖ルシア祭　朝

エリックは病院のオフィスの幅の狭いベッドで目を覚ました。まだ真夜中だ。電話の時計を見やる。もうすぐ午前三時。彼は薬をもう一錠飲み、寒さに震えながら毛布にもぐりこんだ。やがて体にうずきが広がり、闇が訪れた。

数時間後、ふたたび目を覚ました彼は、激しい頭痛に襲われていた。鎮痛剤を飲んでから窓辺に立ち、数百もの窓が並ぶ向かいの建物の陰気な外壁を、下から上へと目でたどっていく。空は白く明るくなっているが、窓はどれも暗いままだ。彼は身を乗り出し、冷たいガラスに鼻の頭をつけると、ずらりと並ぶ窓のすべてに自分がいて、いまこの瞬間、同時に自分を見つめ返していると想像してみた。

電話を机の上に置き、服を脱ぐ。狭いシャワーブースはプラスチックと消毒薬のにおいがした。頭や首筋に湯が流れ、アクリルガラスを叩いて轟音を立てた。

体を乾かし、鏡の曇りをぬぐうと、顔をしめらせ、シェービングフォームをつける。うっかり鼻の穴に入ってしまい、泡を出そうとふんと鼻を鳴らした。ひげを剃るあいだに、曇りをぬぐった鏡の面が、だんだんと小さな楕円形へ縮まっていった。

彼はシモーヌの言ったことを思い返した。ヨセフ・エークが病院から脱走した前夜、玄関の扉が開いていたという。彼女は目を覚まし、玄関に行って扉を閉めた。が、これはヨセフ・エークのしわざでないことが明らかだ。どう考えればつじつまが合うのだろう？　ベンヤミンが連れ去られた夜、いったいなにが起きたのか、エリックは考えをめぐらせた。答えのはっきりしない問いがたくさんありすぎる。ヨセフはどうやって家の中に入ったのだろう？　単に、扉をノックしたのかもしれない。ベンヤミンが目を覚まして開けたのかもしれない。階段室の弱々しい灯りに照らされ、互いを見つめているふたりの少年の姿を想像してみる。ベンヤミンは裸足で、髪が寝ぐせではねている。子どもじみたパジャマを身にまとい、自分よりも大柄なヨセフを眠そうな目で見つめている。ふたりは似ていると言えないこともない。が、ヨセフは両親と妹を殺害したうえ、病院で看護師を外科用メスで刺し殺し、ストックホルム北墓地で男性に重傷を負わせたところだ。

「いや」エリックはだれにともなく言った。「そんなはずはない。つじつまが合わない」

だれなら家に入れるだろう？　相手がだれなら、ベンヤミンは扉を開けるだろう？　シモーヌやベンヤミンが鍵を預ける可能性のある相手はいるだろうか？　ベンヤミンはアイーダが来たと思ったのかもしれない。ことによると彼女のしわざか？　あらゆる可能性を考えなければ、とエリックは自分に言い聞かせた。もしかすると、ヨセフに共犯者がいて、この共犯者がドアを開けておく係だったのかもしれない。最初の夜も、ヨセフは来るつもりだったが、病院を抜け出せなかった。だからドアが開いていたのだ。開けておくことになっていたから。

エリックはひげ剃りを終えると、歯を磨き、机の上から電話を手にとった。時計を見てから、ヨーナに電話をかける。

「おはようございます、エリック」受話器の向こうからフィンランド訛りのかすれ声が聞こえてきた。

ヨーナはディスプレイを見て、エリックからの電話だとわかったにちがいなかった。

「寝てましたか？」

「いいえ」

「また電話をかけて申しわけないが……」

エリックは咳をした。

「なにかあったんですか？」

「ヨセフはまだ見つかっていないんですね？」

「奥さんの話を聞いて、事件の経緯を最初から見直さなければ」

「だが、あなたはヨセフがベンヤミンを誘拐したとは思っていない」

「ええ、思ってません。しかし、確信があるわけではないので、アパートを見せてもらったり、聞き込みして目撃者を探したりしたいんです」

「電話するようシモーヌに伝えましょうか？」

「いいえ、結構ですよ」

ステンレス製の混合水栓の蛇口から水が一滴したたり、ぽつりとそっけない音を立てて洗面台に落ちた。

「いずれにせよ、あなたには警護をつけるべきだと思うんですが」とヨーナが言う。

「ぼくはずっと、ここカロリンスカ大学病院にいますからね。ヨセフがすすんで戻ってくるとは思えない」

「しかし、奥さんは？」

「本人に聞いてください。考えを変えたかもしれません。もっとも、ある意味、すでに警護がついているとも言えますがね」

「ああ、たしかに。聞きましたよ」ヨーナは明るい声になった。「しかし、あのケネット・ストレングが義理の父親とはね。どんな感じなのか、いまひとつ想像できないな」

「ぼくもいまだによくわからない」とエリックは答えた。

「そうでしょうね」ヨーナは笑い声をあげたが、やがて黙り込んだ。

「ヨセフが十日の夜も逃げようとした可能性は？」エリックが尋ねる。

「いや、それはないと思いますよ。少なくともその形跡はありません。なぜそんなことを？」

「十日から十一日にかけての夜、何者かがうちの扉を開けたんです。昨日と同じように」

「ヨセフが脱走したのは、自分が逮捕されると聞かされたせいだと、ぼくはほぼ確信してます。彼は金曜の晩までそのことを知りませんでした」ヨーナはゆっくりと言った。

エリックはかぶりを振り、親指で口をさすった。水まわりの壁紙は灰色の細かい格子縞模様で、昔よくあった化粧板に似ているな、と思う。

「まったくつじつまが合わない」彼はため息をついた。

「ドアが開いているところを見たんですか？」ヨーナが尋ねる。

「いや、起きたのはシクサン……シモーヌだったので」

「奥さんが嘘をついている可能性はありますか？」

「そんなこと考えてもみなかった」

「いま答えなくてもかまいませんよ」

エリックは鏡に映る自分の目をのぞき込みながら、さきほどの仮説をあらためて検証してみた。ヨセフに共犯者がいて、誘拐の前夜、なにかを準備していたのだとしたら？　たとえば、作った合鍵がきちんと合うかどうか確かめるために送り込まれたのかもしれない。

だが、共犯者は扉が開くことを確認するだけのはずだったのが、本来の任務を逸脱し、アパートに侵入した。こっそり忍び込み、眠っているバルク一家を眺めずにはいられなかったのだ。その状況に心地良い優越感を覚えた彼は、少々いたずらしてやりたくなって、冷蔵庫と冷凍庫を開け放した。そして、自分がアパート内に侵入したときのようす、部屋の間取り、どこでだれが寝ているかなど、すべてヨセフに話したのかもしれない。

そうだとすれば、ヨセフがぼくを見つけられなかったことの説明もつく、とエリックは考えた。十日の夜、ぼくは寝室のベッドで、シモーヌのかたわらに寝ていたのだから。

「水曜日、エヴェリンは拘置所にいましたか？」エリックは尋ねた。

「ええ」

「一日中？　一晩中？」

「ええ」

「まだ拘置所に？」

「釈放されましたが、こちらで手配したアパートに移っただけです。二重の警護がついています」

「だれかと連絡をとった可能性は？」

「警察の仕事は、警察に任せてもらわないと」とヨーナが言う。

「ぼくはぼくなりに考えているだけです」エリックは低い声で答えた。「エヴェリンと話をさせてください」

「なにを聞くつもりです？」

「ヨセフに友だちがいるかどうか。彼を手助けするような人物がいるかどうか」

「ぼくが聞きますよ」

「エヴェリンなら、だれがヨセフの共犯者となり得るかを知っているかもしれない。彼の友だちの名前、そいつらの住所」

ヨーナはため息をついた。

「おわかりでしょうが、エリック、あなたが探偵のまねごとをするのを、黙って見過ごすわけにはいかないんですよ。たとえぼく個人が問題ないと判断しても……」

「エヴェリンに話を聞くとき、同席させてもらえませんか？　ぼくは長年、トラウマを負った人たちを相手にしてきたわけだし……」

ふたりのあいだに数秒ほど沈黙が流れた。

「警察庁の入口で、一時間後に会いましょう」やがてヨーナが言った。

「二十分で着きます」

「いいでしょう、じゃあ、二十分後に」ヨーナはそう言って電話を切った。

頭の中が空になったエリックは、机に向かい、いちばん上の引き出しを開けた。ペンや消しゴム、クリップなどに混じって、何種類かの錠剤シートが入っている。三種類の錠剤を手のひらに押し出し、飲み込んだ。

時間がないので朝の会議に出られないとダニエラに伝えなければ、と思ったが、そのまま忘れてしまった。オフィスを出て、食堂へ向かう。水槽の前で立ったままコーヒーを飲み、プラスチックでできた難破船のまわりを探検しているネオンテトラの群れを目で追う。それからサンドイッチをひとつ、紙ナプキン数枚に包んでポケットに入れた。

一階に降りるエレベーターの中で、エリックは鏡に映った自分を見つめ、その潤んだ目に見入った。悲しげな顔。どことなくうわの空だ。自分の姿をじっと見つめながら、胃が浮き上がるような感覚を味わった。高いところから落ちるときの、官能的とすら言ってもいい、だが同時に無力感とも強く結びついている感覚。もう力がほとんど残っていない。が、薬のおかげで、すべてが明るくくっきりとした世界になんとか踏みとどまっている。もうしばらくは大丈夫だ。まだ正気が保たれている。息子が見つかるまで正気を保つことができれば、それでいい。見つかりさえすれば、どうなってもかまわない。

ヨーナとエヴェリンに会うべく車を走らせているあいだ、彼はこの一週間で自分がなにをしたか、どこに行ったかを思い返した。ほどなく、合鍵を作られていてもおかしくない機会が何度かあったことに思い至った。木曜日にはセーデルマルム島のレストランで、鍵をコートのポケットに入れたまま、見えないところに掛けていた。病院のオフィスの椅子に掛けっぱなしにもしていたし、職員用カフェテリアのフックに掛けておいたこともあるし、ほかにも行った場所はたくさんある。ベンヤミンやシモーヌの鍵も、おそらく同じことだろう。

フリードヘム広場そばの工事現場に沿って走りつつ、エリックは上着のポケットから電話を引っぱり出し、シモーヌの番号にかけた。

「もしもし？」シモーヌの声には焦りがにじんでいた。

「ぼくだよ」

「なにかあったの？」

受話器の向こうで機械のうなるような音がしていたが、突然静かになった。

「いや、ただ、コンピュータを調べてみたほうがいいと思ってね。メールだけじゃなくて、すべての履歴を調べるんだ。なにをダウンロードしたか、どんなサイトを訪れたか、削除されたフォルダ、チャットの記録……」

「当たり前でしょ」

「邪魔をするつもりはないよ」

「コンピュータのチェックはまだ始めてないの」

「パスワードは〝ダンブルドア〟だよ」

「知ってるわ」

ハンドルを切ってポルヘム通りに入り、そこからクングスホルム通りに入って、警察本部に沿って車を進めながら、少しずつかたちを変えていく建物を見やった。銅を思わせる色をした滑らかな外壁のビル、コンクリートの別館、そして最後に、建設当初からある黄色い漆喰の大きな建物が見えてきた。

「もう切るわよ」

「シモーヌ」とエリックは呼びかけた。「ほんとうのことを話してくれているだろうね？」

「どういう意味？」

「なにがあったかについてだよ。前日の夜にドアが開いていたこと、何者かがベンヤミンを引きずっていくところを見たこと……」

「なに考えてるの？」彼女はそう叫んで電話を切った。

エリックは駐車できる場所を探す気力がないと感じた。駐車違反で切符を切られようとかまわない。罰金の納付書など、別の世界で期限切れを迎えるだけという気がした。彼はあとさき考えずにハンドルを切り、警察本部の大きな入口の前に車を進めた。タイヤがガタガタと音を立てる。地方裁判所に面した大きな階段の前で停車した。もうかなり前から使われていない、古めかしくも美しい扉を、ヘッドライトが照らし出した。歴史を感じさせる字体で〝犯罪捜査部〟と彫り込まれている。

車を降り、早足で建物の角を曲がった。公園方向へクングスホルム通りの緩い坂を上り、警察庁の入口をめざす。子どもを三人連れた父親が目に入った。子どもたちは冬用のつなぎの上に聖ルシア祭（光をもたらすとされる聖ルシア［ルチア］の聖名祝日を祝う行事）の衣装を着ていて、白い布が分厚いつなぎのせいではち切れそうになっている。毛糸の帽子の上に、ろうそくを模したランプを立てた冠をかぶっている。三人のうちのひとりは、手袋をした手にろうそく型のランプを握っている。エリックはふと、ベンヤミンが幼いころ、よくだっこをせがまれたことを思い出した。両脚と両腕でしがみついて、こう言うのだ。〝ねえ、だっこ。パパ、おっきくてちゅよいんだから〟

警察庁への入口は、天井の高い、ガラスに覆われた明るい空間だ。スチール枠の回転扉前に金属製の台があり、通行証を通したり暗証番号を入力したりするようになっている。この扉を通り抜けると、さらにもうひとつドアがあり、エリックは息を切らしつつ黒いゴムマットの上で立ち止まった。やはり暗証番号を入力したり通行証を通したりするための装置がある。目の前に明るいロビーが広がり、奥のガラス張りの壁に大きな回転扉がふたつあって、そこにも暗証番号を入力する装置があった。エリックは白い大理石の床を横切り、左手にある受付に向かった。木製のカウンターの向こうに男性が座り、電話で話をしている。

エリックが用件を告げると、受付係は軽くうなずき、コンピュータになにやら入力してから受話器を上げた。

「受付ですが」と静かに言う。「エリック・マリア・バルクさんがいらしてます」

しばらく耳を傾けてから、エリックのほうを向き、愛想良く言った。

「すぐ下りてくるそうです」

「どうも」

エリックは背もたれのない低いベンチに腰を下ろした。黒い革張りの座席がきゅっときしんだ。緑色のガラスアートをちらりと見やってから、静止している回転ドアに視線を移す。大きなガラス張りの壁の向こうに、これまたガラス張りの廊下が二十メートル近く伸び、中庭を横切って隣の棟につながっている。そのとき、ヨーナ・リンナが廊下の右側に置いてあるソファーを素通りし、壁のボタンを押して回転ドアを通り抜けるのが見えた。彼はバナナの皮をアルミ製のごみ箱に捨て、受付の男性に向かって軽く手を挙げると、まっすぐエリックのもとへやってきた。

エヴェリン・エークが滞在しているハントヴェルカル通りの警護付きアパートに徒歩で向かうあいだ、ヨーナは彼女への事情聴取でわかったことをかいつまんでエリックに伝えた。やはり自殺しようとして銃を手に森へ入ったのだという。エヴェリンは何年も前から、ヨセフに性的な奉仕を強要されていた。彼女が言うとおりにしないと、ヨセフは妹のリサに暴力をふるった。やがて性交を迫られたが、エヴェリンは十五歳未満の相手とのセックスは禁じられていると言ってしばしの猶予を得た。ヨセフの十五歳の誕生日が近づいてくると、彼女はヴェルムドーにあるおばの別荘に身を隠した。彼女を探しはじめたヨセフは、姉の元恋人ソーラブ・ラマダニのもとへ赴き、なんらかの方法でエヴェリンの居場所を聞き出すことに成功した。そして十五歳の誕生日を迎えると、姉が隠れている別荘を訪れた。彼女が性交を断わると、ヨセフは〝これからどうなるかわかってるだろう、全部姉さんのせいだぞ〟と言った。

「少なくとも父親を殺害することだけは、前もって計画していたようです」とヨーナは語った。「なぜ十二月七日に決行したのかは不明です。父親が自宅を離れてひとりきりになるので、殺害のチャンスがあると考えたのかもしれません。というわけで、月曜日、ヨセフ・エークは着替えとタオル、靴にかぶせる水色のカバー、父親の狩猟用ナイフ、ガソリンの入ったボトルとマッチをスポーツバッグに詰めて、自転車でレードストゥハーゲ運動場へ向かいました。父親を殺害し、遺体を切断すると、ヨセフは父親のポケットから鍵を奪って女性用更衣室に入り、シャワーを浴び、着替え、更衣室を出て鍵をかけました。血まみれになった服の入ったバッグを公園で燃やし、自転車で自宅に戻りました」

「そのあと、自宅で起こったことは？　あの子が催眠状態で語ったことと、ほぼ一致していましたか？」

「ほぼ、どころか、ぴったり一致しているようですよ」ヨーナはそう答え、咳払いをした。

「しかし、動機――なぜ妹や母親を突然襲ったのかについては、よくわかっていません」

彼はエリックにうつろな視線を向けた。

「まだ済んでいない、と感じていたのかもしれませんね。父親を殺しただけでは、エヴェリンに対する罰としてじゅうぶんでない、と」

もうすぐ教会にさしかかろうというときに、ヨーナがある扉の前で足を止め、電話を取り出して番号を押し、到着を告げた。暗証番号を入力し、扉を開け、水玉模様の壁の簡素な階段室へエリックを通した。

エレベーターで三階に上がると、警官がふたり待ちかまえていた。ヨーナは彼らと握手を交わしてから、ドアポストのない防犯扉の鍵を開けた。少しだけドアを開けてからノックする。

「入ってもいいかな?」ヨーナがすき間から呼びかけた。

「ヨセフは？　まだ見つかってないんでしょう？」

エヴェリンの背後から光が差しているせいで、彼女の表情ははっきりしない。見えるのは、影になった楕円形の顔と、日差しに照らされた髪だけだ。

「ああ、まだだよ」とヨーナは答えた。

エヴェリンは扉に近づいてくると、ふたりを招き入れてからさっと鍵をかけ、きちんと施錠されていることを確かめた。くるりと彼らのほうに向き直ったエヴェリンが息をはずませていることにエリックは気づいた。

「ここは警護付きのアパートだよ。警官がちゃんと見張ってる。だれもきみの居場所を外部に漏らしてはいけないことになってるし、検索したりして調べることもできない。検事がそう決定してるんだ。安心していいんだよ、エヴェリン」

「ここにいれば安全かもしれませんけど、いつかは外に出なきゃならないわ。ヨセフは執念深いんです」

彼女は窓辺に向かい、外を眺めてから、ソファーに腰を下ろした。

「ヨセフの隠れ場所に心当たりはあるかい？」ヨーナが尋ねた。

「わたしがなにか知ってると思ってるんですね」

「知ってるのかい？」とエリックが尋ねる。

「わたしに催眠をかけるんですか？」

「そんなつもりはないよ」彼は驚いて笑みをうかべた。

化粧気のない顔でエリックをじっと見つめる彼女の目は、脆《もろ》く、無防備に見えた。

「かけたいのならかければいいわ」彼女はそう言うと、さっと視線を落とした。

アパートは、幅の広いベッドとひじ掛け椅子二脚とテレビの置かれた寝室、シャワーブースのあるバスルーム、キッチン兼ダイニングから成っている。窓は防弾ガラス、どの壁も穏やかなクリーム色だ。

エリックはあたりを見まわし、エヴェリンのあとについてキッチンへ入った。

「なかなかきれいなアパートだね」

エヴェリンは肩をすくめた。赤いセーターに、色褪せたジーンズを身につけている。髪は無造作なポニーテールにまとめてある。

「今日、私物を届けてもらうことになってます」と彼女は言った。

「それはよかった。きっと気分が良くなる……」

「気分が良くなる？　なにをしたらわたしの気分が良くなるか、あなたにわかるんですか？」

「私の仕事は……」

「すみませんけど、べつに聞きたくありません」エヴェリンは彼をさえぎった。「心理士とかカウンセラーとか、そういう人たちとは話したくないって言ったはずです」

「今日はそのために来たんじゃないんだ」

「じゃあ、なんのため？」

「ヨセフを見つけるためだよ」

エヴェリンはエリックのほうを向き、ぶっきらぼうに言った。

「ここにはいません」

エリックはどういうわけか、ベンヤミンのことは言わないでおこうと決めていた。

「聞いてくれ、エヴェリン」静かに言う。「ヨセフの交友関係を把握したい。きみの助けが必要なんだ」

彼女のまなざしは潤んで輝き、どことなく熱を帯びているように見えた。

「わかりました」彼女はそう答え、かすかに笑みをうかべた。

「ヨセフに恋人は？」

彼女の瞳に影が差し、口元が張りつめた。

「わたし以外に、ということ？」

「ああ」

彼女はしばらくしてから首を横に振った。

「いつもつきあっている仲間は？」

「そんな仲間はいません」

「同級生は？」

彼女は肩をすくめた。

「わたしの知るかぎり、ヨセフには友だちなんかいたことがありません」

「彼が人の手を借りなければならなくなったとしたら――だれに助けを求めるだろう？」

「わかりません……たまに酒屋の裏で、酔っぱらいの人たちと話をしてることはあるけど」

「その人たちの素性は知ってるかい？　名前は？」

「ひとりは手に入れ墨をしてます」

「どんな入れ墨？」

「覚えてません……魚だったかな」

エヴェリンは立ち上がり、ふたたび窓辺に向かった。エリックは彼女を見つめた。幼さの残る顔に太陽の光が差し、顔立ちをくっきりと際立たせている。細い、長い首筋に、青い血管が脈打っているのが見える。

「その人たちのうちのだれかの家に、ヨセフが身を寄せている可能性はあるだろうか？」

彼女はかすかに肩をすくめた。

「ええ……」

「可能性はあると？」

「いいえ」

「きみはどう思うんだ？」

「あなたがたがヨセフを見つける前に、ヨセフのほうがわたしを見つけると思います」

エリックは窓ガラスに額をつけて立っている彼女を見つめた。これ以上答えを迫るべきだろうか、と考える。エヴェリンの生気のない声、絶望しきった態度には、彼女こそヨセフの本質をだれよりも見抜いていると思わせるなにかがあった。

「エヴェリン？　ヨセフの目的はなんだろう？」

「もう話したくありません」

「ぼくを殺したがっているんだろうか？」

「わかりません」

「きみはどう思う？」

エヴェリンは息を吸い込んだ。口を開いた彼女の声は、かすれ、疲れきっていた。

「あなたがわたしとヨセフのあいだに立って邪魔をしているとヨセフが感じて、嫉妬に駆られれば、そうすると思います」

「そうする、というと？」

「あなたを狙う」

「ぼくを殺そうとする、ということだね？」

エヴェリンは唇を舐め、エリックのほうを向いたが、やがて視線を落とした。エリックは自分の問いかけを繰り返したいと思ったが、声を発することができなかった。そのとき、ドアをノックする音がした。エヴェリンはヨーナを見やり、それからエリックに目を向けると、おびえたようすでキッチンの奥へ後ずさった。

またノックの音がする。ヨーナが玄関へ向かい、のぞき穴から外を確認すると、ドアを開けた。警官がふたり入ってきた。ひとりが段ボール箱を抱えている。

「リストにあったものは全部、ここに入っているはずですよ。どこに置きましょうか？」

「どこでもいいです」エヴェリンが弱々しい声で答え、キッチンから姿を現わした。

「署名してもらえますか」

警官が配送票を差し出し、エヴェリンがサインをする。警官たちが出ていくと、ヨーナが鍵をかけた。エヴェリンは玄関に急ぎ、きちんと鍵がかかっていることを確かめてから、ふたりのほうを向いた。

「家から私物を持ってきてほしいと頼んだので……」

「そうだったね」

エヴェリンはしゃがみこみ、ガムテープを引きはがして箱を開けた。ウサギのかたちをした銀色の貯金箱、額に入った守護天使の絵などを取り出していたが、ふと動きを止めて言った。

「アルバム」エリックは彼女の口元が震えていることに気づいた。

「エヴェリン？」

「頼んでないのに、このアルバム……」

表紙をめくると、彼女の大きな肖像写真が現われた。学校で撮ったのだろう、歳は十四歳ほど、歯に矯正器具をつけ、控えめな笑みをうかべている。肌が輝いている。髪はショートカットだ。

さらにページをめくると、折り畳まれた紙切れが床に落ちた。それを拾い上げて裏返し、中身を読んだ彼女の顔は真っ赤になった。

「あの子が家にいる」声にならない声でそう言い、手紙を差し出す。

エリックは手紙を開き、ヨーナとともに読んだ。


姉さんはおれのもの。おれだけのものだ。あとはみんな殺してやる。ぜんぶ姉さんのせいだ。催眠術野郎も殺してやる。姉さんも手を貸せ。あいつの家を教えろ。あいつと寝てよろしくやってる場所に案内するんだ。あいつを殺すところを見せてやるから、しっかり見てろ。それから、せっけんをたっぷり使って、股を洗っとけ。百回は突っ込んでやる。これで貸し借りなしにして、ふたりで最初からやり直そう。


エヴェリンはブラインドを下げると、自分を抱きしめるように両腕を体に巻きつけて立ちつくした。エリックは手紙をテーブルの上に置いて立ち上がった。考えがすばやく頭を駆け抜ける。ヨセフは自宅にいる。そうとしか考えられない。自宅にいなければ、アルバムに手紙をはさみ、箱の中に入れることなどできるわけがない。

「ヨセフは自宅に戻ったのか」

「ほかに住むところなんかないものね」エヴェリンが小声で言った。

ヨーナはすでにキッチンで電話をつかみ、指令センターの当直警部と話をしている。

「エヴェリン、ヨセフがどうやって警察から身を隠すことができたか、心当たりはあるかい？」エリックが尋ねる。「あの家ではあれから一週間、いまだに現場検証が続いてるんだ」

「地下だわ」とエヴェリンは答え、顔を上げた。

「地下がどうした？」

「変な部屋があるの」

「ヨセフは地下だ」エリックはキッチンに向かって叫んだ。

ヨーナは受話器の向こうから聞こえてくる、コンピュータのキーボードをゆっくりと叩く音に耳を傾けていた。

「被疑者は地下にいるようだ」と彼は言った。

「ちょっと待って」当直の警部が答える。「その前に……」

「緊急事態なんだぞ」

しばらく間を置いて、当直の警部が冷静な声で続けた。

「二分前に通報があった。トゥンバのイェルデ通り八番地？」

「なんだって？」

「ああ。家の中にだれかいるようだって、近所の人から通報があった」

27

十二月十三日（日）聖ルシア祭　朝

ケネット・ストレングは立ち止まり、耳を傾けてから、ゆっくりと階段に向かった。腕を体にぴったりとつけて拳銃を構え、銃口を床に向けている。太陽の光がキッチンの窓から廊下に差し込んでいる。シモーヌは父親の後ろを歩きながら、一家惨殺の現場となったこの家は、ベンヤミンが小さかったころに自分たちが住んでいた家とどことなく似ている、と思った。

どこかでなにかのきしむ音がする――床か、あるいは壁の奥のほうかもしれない。

「ヨセフかしら?」シモーヌがささやいた。

懐中電灯と図面、バールを持った両手が麻痺しているような気がする。とくにバールが耐えがたいほど重く感じられる。

家の中は静まり返っている。それまでに聞こえていた音、ギシギシときしむ音や、なにかがぶつかり合っているようなくぐもった鈍い音は、すでに止んでいた。

ケネットはシモーヌに向かって小さく頭を振ってみせた。地下に下りようという合図だ。シモーヌは体のあらゆる筋肉が警告を発しているにもかかわらず、うなずき返した。

図面を見るかぎり、隠れ場所として最適なのが地下であることに疑いはなかった。ケネットはあらかじめ図面にペンで印をつけていた。古い給湯器に隣接した壁を延長させれば、ほとんど見えない部屋を作ることができる。もうひとつ印がついているのは、二階の外壁と内壁のあいだ、勾配のきつい屋根の下にある空間だ。

二階へ上がる白木の階段のかたわらに、幅の狭い、扉のない出入口があった。幼い子どもが落ちないようにと取り付けた柵の跡だろう、蝶番の一部が壁に残っている。地下に下りる鉄の階段は、溶接部分が不格好にふくらみ、まるで手製のようだ。分厚い灰色のフェルト地が敷いてある。

ケネットがスイッチを入れたが、電気はつかない。もう一度押す。どうやら灯りが壊れているようだ。

「ここで待っていなさい」低い声で言う。

シモーヌは一瞬、身が凍るような恐怖を感じた。トラックかなにかを思わせる、重い、埃っぽいにおいが立ちのぼる。

「懐中電灯をくれ」ケネットがそう言って手を伸ばした。

シモーヌはゆっくりと懐中電灯を差し出した。ケネットはちらりと笑みをうかべてそれを受け取ると、スイッチを入れ、慎重に階段を下りていった。

「だれかいるのか？」険しい口調で呼びかける。「ヨセフ？　話がしたい」

地下はしんと静まり返っている。物音も、息遣いも聞こえない。

シモーヌはバールを握りしめて待った。

懐中電灯の光に照らされているのは、壁と階段部分の天井だけで、地下は濃い闇に包まれたままだ。ケネットはさらに階段を下りた。さまざまな物が光をとらえた——白いビニール袋。古いベビーカーについたリフレクター。額に入った映画ポスターのガラス。

「きみの助けになれるはずだ」彼は声を落として呼びかけた。

地下に下り立つと、まず懐中電灯でざっとあたりを照らし、身を隠している何者かが急に襲いかかってくる気配のないことを確かめた。小さな光の輪が床や壁を滑り、近くにあるなにかを照らし出すたびにぴょんと跳ねる。斜めに伸びた影が揺れている。それが終わると、ケネットはあらためて部屋の隅々まで照らし出し、冷静に調べはじめた。

シモーヌも階段を下りた。彼女の足元で鉄の階段が鈍い音を立てた。

「だれもいないようだ」とケネットが言う。

「じゃあ、さっきの物音はなんだったの？　たしかに聞こえたでしょう」

天井のすぐ下にあるよごれた窓から、太陽の光がうっすらと漏れている。暗闇に目が慣れてきた。地下室は、さまざまな大きさの自転車や、ベビーカー、そり、スキー、ホームベーカリー、クリスマスデコレーション、壁紙、白いペンキ跡のついた脚立などであふれかえっている。太いマジックペンで〝ヨセフの漫画本〟と書かれた段ボール箱も見える。

頭上で物音がした。シモーヌは階段を、次いで父親を見やった。ケネットには聞こえていないらしい。ゆっくりと奥の扉へ向かっている。シモーヌは木馬につまずいた。ケネットは奥のドアを開け、中をのぞき込んだ。そこは洗濯室で、使い古された洗濯機と、乾燥機、昔ながらの皺伸ばし機があった。地中熱を利用したヒートポンプの隣に大きな戸棚があり、目隠しにうすぎたないカーテンがかかっている。

「ここも空だな」ケネットはそう言い、シモーヌのほうを向いた。

彼を見つめ返したシモーヌの視界に、背後のうすぎたないカーテンが映った。ひらりとも動いていないが、それでいて奇妙な存在感を放っている。

「シモーヌ？」

布に湿ったようなしみがある。小さな楕円形だ。まるで口のような。

「図面を見せてくれ」

シモーヌは楕円形のしみが急にへこんだような気がした。

「パパ」声にならない。

「うむ」ケネットは戸枠にもたれ、拳銃をショルダーホルスターに戻して頭を掻いた。

なにかがきしむ音がした。シモーヌが振り向くと、木馬がまだゆらゆらと揺れている。

「なんだい、シクサン？」

ケネットは娘に近寄り、その手から図面を取ると、丸められたマットレスの上に広げた。懐中電灯で図面を照らし、回転させる。

顔を上げ、また図面をちらりと見やってから、れんがの壁に向かっていった。分解された古い二段ベッドが立てかけてあり、その隣のクローゼットには、オレンジ色のライフジャケットが何着か掛かっている。工具を掛けるボードには、のみ、数種類ののこぎり、締め具などが掛かっている。ハンマーの隣が空いている。大きな斧がなくなっているのだ。

ケネットは壁と天井を目測し、身を乗り出すと、ベッドの後ろの壁を叩いた。

「どうしたの？」

「この壁は少なくとも十年前からあるようだな」

「壁の向こうになにかあるの？」

「ああ、そのようだ。かなり大きな部屋がね」

「どうやって入るの？」

ケネットはふたたび懐中電灯を壁に向け、分解されたベッドの下の床を照らした。影が地下室のあちこちを走る。

「そこ、もう一回照らして」

シモーヌがクローゼット脇の床を指差した。コンクリートの床にアーチ形の傷が残っている。なにかが何度も引きずられた跡だ。

「クローゼットの後ろ」と彼女は言った。

「懐中電灯を持ってくれ」ケネットはそう言うと、ふたたびピストルを取り出した。

そのとき、クローゼットの後ろで物音がした。人間がそっと体を動かしているような音だ。はっきりと聞こえてくる。が、動きはひじょうにゆっくりとしている。

シモーヌは脈が速くなり、どくどくと激しく打つのを感じた。ほんとうにだれかがいる。なんということだろう。大声でベンヤミンの名を呼びたい。が、その勇気がない。

ケネットが彼女を追い払うしぐさをし、後ろにさがらせようとした。彼女が口を開きかけたとき、突然、張りつめた沈黙が爆発した。上階で轟音が響く。木が割れて裂ける音だ。シモーヌは懐中電灯を床に落としてしまい、あたりは真っ暗になった。すばやい足音が響きわたり、天井ががたがたと音を立て、鉄階段の上から地下室へ、まぶしい光が高波のように押し寄せてきた。

「床に伏せろ」ヒステリックな男の叫び声がした。「伏せるんだ！」

シモーヌは高速道路を疾走する車の前に出てしまった夜行性動物のごとく、目がくらんで身動きひとつできずに固まっていた。

「伏せなさい」ケネットがシモーヌに呼びかける。

「黙れ」だれかが叫ぶ。

「伏せろ！　伏せろ！」

　男たちが自分に命令しているのだということが、シモーヌには理解できていなかった。腹を強く殴られ、コンクリートの床に押しつけられて、はじめてそうとわかった。

「伏せろと言っただろう！」

　呼吸をしようとして咳き込み、必死になって息を吸い込んだ。強い光が地下室を満たしている。黒い人影がふたりを引っぱり、幅の狭い階段を引きずるように上がっていく。シモーヌは両手を背中の後ろに固定され、歩くこともままならず、足を滑らせて階段のとがった手すりに頬をぶつけた。

　頭の向きを変えようとしたが、押さえ込まれていて動かせない。相手は息を荒げながら、地下室へ下りる戸口の脇の壁に、彼女を乱暴に押しつけ、床に座らせた。

　何人かがじっと立ち、こちらを見つめているようだ。シモーヌは太陽の光に目がくらみ、まばたきをした。遠くのほうで交わされている会話の断片が耳に届く。父親のぶっきらぼうな険しい声も聞こえてきた。それは彼女にとって、はるか昔、学校に行く前の早朝、ラジオのニュースが流れる中、漂っていたコーヒーのにおいを思い出させる声だった。

　このときになってようやく、彼女は家になだれ込んできたのが警察であると理解した。近所の人がケネットの懐中電灯の灯りを目にして通報したのかもしれない。

二十五歳ほどながら目の下に皺や隈のできている警官が、苛立ったまなざしで彼女を見つめている。頭を剃っているせいで、ぶかっこうな凹凸のある頭蓋があらわになっている。喉のあたりを何度も手でさすっている。

「名前は？」冷淡な声で尋ねる。

「シモーヌ・バルクです」彼女は消え入りそうな声で答えた。「わたしの父は……」

「名前を聞いたんだ。よけいなことは言うな」警官が大声で彼女をさえぎった。

「落ち着けよ、ラグナル」同僚が声をかける。

「この寄生虫め」ラグナルと呼ばれた警官はシモーヌに向かって続けた。「おれに言わせれば、血を見て面白がる野次馬どもはみんな寄生虫だ」

彼はふんと鼻を鳴らしてそっぽを向いた。あいかわらずケネットの声が聞こえてくる。彼は声を荒らげていない。疲れ切った口調だ。

警官のひとりがケネットの財布を持ってその場を離れていくのが見えた。

「あの」シモーヌは女性の警官に呼びかけた。「地下室で物音が……」

「黙ってなさい」

「息子が……」

「黙ってなさいと言ったでしょう。テープで口をふさぐわよ。テープ持ってきて」

シモーヌを寄生虫呼ばわりした警官が、幅の広いテープを一巻き探し出してきたが、玄関の開く音にはたと動きを止めた。入ってきたのは、鋭いグレーの目をした背の高い金髪の男性だ。廊下を歩いてこちらに近づいてくる。

「国家警察のヨーナ・リンナだ」彼のスウェーデン語にはフィンランド訛りがあった。

「なにがあった?」

「疑わしい人物を二名捕らえました」女性警官が答えた。

ヨーナはケネットとシモーヌを見つめた。

「あとはぼくが処理する。これは誤解だよ」

ヨーナの頬にふとえくぼが現われ、彼はふたりを解放するよう警官たちに指示した。女性警官がケネットに近寄り、手錠をはずして詫びを言うと、軽く言葉を交わした。耳まで赤くなっている。

スキンヘッドの警官は、シモーヌを見つめながら彼女の前をうろついているだけだ。

「手錠をはずしてやりなさい」とヨーナが言う。

「こいつらが暴れたせいで、親指を怪我しちまったんですよ」

「この人たちを逮捕するつもりかい」

「ええ」

「ケネット・ストレング警部と、その娘さんを?」

「だれだろうが知ったこっちゃない」警官が敵意をむき出しにした。

「ラグナル」女性警官が落ち着かせようと声をかける。「この人、元刑事なのよ」

「犯罪現場への立ち入りは禁止ですし、それに……」

「いいから落ち着きなさい」ヨーナが毅然とさえぎった。

「おれがまちがってると？」

ケネットが話の輪に加わったが、なにも言わなかった。

「おれがまちがってるっていうんですか？」ラグナルが繰り返した。

「それについてはあとで話し合おう」

「どうしていまじゃ駄目なんです？」

ヨーナは声を落とし、そっけなく答えた。

「きみ自身のためだ」

女性警官がふたたびケネットに近寄り、咳払いをして言った。

「申しわけありませんでした……この埋め合わせはかならず」

「かまわんよ」とケネットは言い、シモーヌを立ち上がらせた。

「地下室」彼女が声にならない声で言う。

「任せなさい」ケネットはヨーナのほうを向いた。「地下に隠し部屋があって、何者かが隠れているようだ。ライフジャケットの掛かっているクローゼットの後ろだよ」

「よし、みんな聞いてくれ」ヨーナが警官たちに呼びかけた。「被疑者は地下にいる可能性が高い。この作戦の指揮官はぼくだ。慎重にやってくれ。被疑者が人質をとって立てこもろうとする可能性もある。そうなった場合には、ぼくが交渉係を務める。被疑者は危険人物だが、発砲する場合にはかならず脚を狙うように」

それから防弾チョッキを借りてさっと身につけると、警官二名に家の裏手にまわるよう指示してから、地下に突入する警官たちをまわりに集めた。全員がヨーナの簡潔な指示に耳を傾け、彼とともに地下へ消えていった。警官隊の重みで鉄の階段が轟いた。

ケネットは恐怖のあまり震えているシモーヌを抱き寄せ、大丈夫だ、とささやきかけた。彼女は地下から息子の声が聞こえてくることだけを願っていた。ベンヤミンの声が聞こえてくるのを、いまかいまかと待ち、祈りつづけた。

まもなくヨーナが防弾チョッキを手に戻ってきた。

「逃げられた」険しい表情で言う。

「ベンヤミンは？　ベンヤミンはどこ？」

「ここにはいません」

「でも、隠し部屋が……」

シモーヌは階段に向かって歩き出した。引き止めようとするケネットの手を振り払い、ヨーナの脇をすり抜けて、鉄の階段を駆け下りる。地下はまるで真夏の昼下がりのように明るくなっていた。三脚に載ったスポットライトが三つ、部屋を光で満たしている。ペンキ塗り用の脚立が、小さな窓の下に移されている。窓が開いている。ライフジャケットの入ったクローゼットは脇にどかされ、警官がひとり、隠し部屋の戸口に張り込んでいる。シモーヌはゆっくりと彼に近づいていった。背後でケネットがなにか言っているのが聞こえたが、言葉の意味はわからなかった。

「行かなくちゃ」弱々しい声で言う。

警官が片手を挙げ、首を横に振った。

「申しわけありませんが、中に入れるわけにはいきません」

「わたしの息子が」

父親が自分を羽交い締めにしようとしているのがわかった。彼女は身を振りほどこうとした。

「ベンヤミンはここにはいないんだよ、シモーヌ」

「放して！」

そのまま前に進み、部屋の中をのぞき込む。床にマットレスが置いてあり、古い漫画本、空になったポテトチップスの袋、靴にかぶせる水色のカバー、缶詰、コーンフレークの箱、きらめく大きな斧が、雑然と散らばっていた。

28

十二月十三日（日）聖ルシア祭　昼

シモーヌはトゥンバから戻る車中、ケネットが警察の連携のまずさについて文句を言うのを聞いていたが、答えを返すことはなく、ただ彼がぼやくにまかせ、自分は窓の外を眺めていた。外を歩いている家族連れの姿が見える。冬用のつなぎに身を包み、おしゃぶりを口に入れたまま話そうとしている幼い子どもが、母親に連れられてどこかへ向かっている。おそろいのリュックサックを背負った子どもたちが、融けかけた雪の上をキックボードで移動しようとしている。聖ルシア祭のきらきらとした髪飾りをつけた少女たちの一団が、袋からなにかを出して食べ、楽しそうに笑い声をあげている。

ベンヤミンがベッドから引きはがされ、自分の家から引きずり出されて誘拐されてから、すでに二十四時間以上が経過している。彼女はそのことに思いを馳せ、ひざに置かれた自分の両手を見つめた。手錠の跡が赤い線となってくっきり残っている。

ヨセフ・エークがベンヤミン拉致に関与していた形跡はなかった。隠し部屋から見つかったのはヨセフの痕跡だけで、ベンヤミンがいた跡はなかった。シモーヌとケネットが地下へ下りていったとき、ヨセフはまだあの隠し部屋にいた可能性が高かった。

彼女はそのときのヨセフを想像した。じっと丸くなって、シモーヌとケネットの立てる物音に耳を傾けていたにちがいない。隠れ場所が露見したことを悟り、できるだけ静かに斧へ手を伸ばした。が、その後、警察がなだれ込んできて大騒ぎになり、シモーヌとケネットが上階へ連行されると、ヨセフはその機をとらえてクローゼットをどかし、窓の下に脚立を置いて、よじ登って外に出た。

彼は警察の裏をかいて逃げおおせ、いまだ自由の身にあった。全国の警察に警報が発せられている。が、ヨセフ・エークはベンヤミン誘拐の犯人ではあり得ない。エリックの言うとおり、たまたま同じ日にふたつの事件が起きたにすぎないのだ。

「来ないのかい?」とケネットが尋ねる。

シモーヌは顔を上げ、なんだか寒くなった、と思った。車を降りないのか、とケネットに何度も言われて、はじめてルントマーカル通りに到着したことを理解した。

アパートの鍵を開けると、玄関にベンヤミンの上着が掛かっているのが目に入った。心臓が飛び出しそうになり、ベンヤミンが帰ってきたのだと一瞬思ったが、すぐに息子がパジャマ姿で引きずられていったことを思い出した。

ケネットは顔が土気色だ。シャワーを浴びると言ってバスルームへ消えた。

シモーヌは玄関の壁に寄りかかり、目を閉じて考えた。ベンヤミンが戻ってきてくれるのなら、わたしはこれまでのこと、これからのことを全部忘れる。いっさい話題にせず、だれにも腹を立てず、二度と思い返さない。ただ、ひたすら感謝する。

ケネットがバスルームの蛇口をひねる音が聞こえてきた。

彼女はため息をつきながら靴を脱ぎ、上着を床に脱ぎ捨てると、寝室に入ってベッドに腰を下ろした。ふと、自分がこの部屋でなにをするつもりだったのか思い出せなくなった。なにかを取りにきたのか、あるいはしばらく横になって休むつもりだったのか。ひんやりとしたシーツを手のひらに感じる。エリックのパジャマのズボンがしわくちゃになって、枕の下からのぞいているのが見えた。

シャワーの水音が止んだ瞬間、彼女は自分がなにをするつもりだったのかようやく思い出した。父親のためにタオルを出し、それからベンヤミンのコンピュータを開いて、拉致に関連のありそうな手がかりを見つけるつもりだったのだ。彼女は立ち上がり、クローゼットから灰色のバスタオルを取り出すと、廊下に戻った。バスルームのドアが開き、ケネットが出てきた。服をきちんと着替えている。

「はい、バスタオル」

「小さいのを使わせてもらったよ」

髪は濡れたままで、ラベンダーのにおいを放っている。洗面台に置いてある安物のポンプ式手洗いせっけんを使ったのだとわかった。

「せっけんで髪を洗ったの？」

「いい香りだった」

「シャンプーもあるのよ、パパ」

「どちらだって同じことだ」

「まあ、いいわ」シモーヌは笑みをうかべた。小さなタオルの用途を説明するのはやめることにした。

「コーヒーをいれるよ」ケネットはそう言ってキッチンに向かった。

シモーヌは灰色のバスタオルを戸棚にしまい、ベンヤミンの部屋へ入ると、コンピュータの電源を入れ、椅子に腰を下ろした。部屋の中はなにも変わっていない。寝具は床にずり落ちたまま、水の入ったグラスもひっくり返されたままだ。

オペレーティングシステムの起動を示すメロディーが鳴り、シモーヌはマウスに手を置いた。数秒ほど待ってから、ベンヤミンの顔を写したアイコンをクリックし、ログイン画面に移る。

コンピュータがユーザー名とパスワードを要求してきた。シモーヌはベンヤミンと入力し、息を吸い込んでから〝ダンブルドア〟と打った。

画面がちかりと光った。目が閉じ、ふたたび開いたかのようだった。

ログイン成功だ。

デスクトップの壁紙は、森の中の空き地に立つ鹿の写真だ。霞がかった不思議な光が、木々や草を覆っている。鹿は警戒しているようでありながら、完全な平安のうちにあるようにも見える。

ベンヤミンの私的な領域にずかずか入り込んでいるという自覚はあったが、その一方で、ベンヤミンの一部が急に自分のもとへ戻ってきたような気もした。

「すごいな、天才だ」背後で父親の声がした。

「そんなことないわ」

ケネットは彼女の肩に手を置いた。彼女は電子メールソフトを開いた。

「どのくらいさかのぼって見たらいいかしら?」

「全部調べよう」

彼女は受信トレイをスクロールしながら、メールをひとつひとつ開いていった。

募金集めに関するクラスメートからの質問。

グループワークの相談。

スペインの宝くじでベンヤミンに四千万ユーロが当たったとするメール。

ケネットはその場を去り、マグカップをふたつ持って戻ってきた。

「コーヒーはこの世でいちばん美味しい飲みものだね」彼はそう言って腰を下ろした。

「それにしても、いったいどうやってパスワードをつきとめた？」

シモーヌは肩をすくめ、コーヒーをすすった。

「カッレ・イェップソンに電話して、あいつがぐずぐずしているうちに問題は解決したと伝えてやらなきゃならんな」

シモーヌはさらに画面をスクロールし、アイーダからのメールを開いた。出来の悪い映画のあらすじを冗談めかして語り、アーノルド・シュワルツェネッガーはロボトミー手術を受けたシュレックだと書いている。

学校の週報。

口座情報を聞き出そうとする詐欺にご注意下さい、という銀行からのメール。

フェイスブック、フェイスブック、フェイスブック、フェイスブック、フェイスブック。

シモーヌはベンヤミンのフェイスブックアカウントにログインしてみた。〝ヒプノ・モンキー〟なるグループから、数百もの問い合わせが来ている。

グループの書き込みはすべて、エリックを中心に展開されている。ベンヤミンが催眠をかけられて馬鹿になったと愚弄する書き込み。エリックが全スウェーデン国民に催眠をかけた証拠があるとする主張。自分のペニスに催眠をかけられたとして損害賠償を要求している者もいる。

YouTubeの動画へのリンクがある。クリックしてみると、〝くそったれ〟というタイトルの短い動画が現われた。音声は本格的な催眠のしくみを説明する学者の声だが、動画はそれとは関係がなく、エリックが人々のあいだを縫って歩く姿が映っている。歩行器を押して歩いている老女にぶつかった。老女は彼の背中に向かって中指を立てた。

ベンヤミンの受信メールフォルダに戻ったシモーヌは、アイーダからの短いメールを読んで、うなじの毛が逆立つのを感じた。そこに記された数少ない言葉には、みぞおちのあたりに漠然とした不安を湧き上がらせるなにかがあった。たちまち手のひらに汗がにじむ。彼女は振り向き、ケネットに声をかけた。

「これ、読んでみて、パパ」

彼もアイーダのメールを読めるよう、画面の向きを変えた。〝ホエルオーが怒ってるってニッケが言ってる。あなたを狙って口を開けてる、って。ベンヤミン、これは本気で危ないかも〟

「ニッケはアイーダの弟さんよ」

「ホエルオーというのは？」ケネットが尋ね、深く息をついた。「なんのことだかわかるかい？」

シモーヌは首を横に振った。急に湧き上がってきた不安が凝縮され、漆黒の玉となって彼女の中を転げまわっている。ベンヤミンの生活について、自分はいったいなにを知っているのだろうか？

「たぶん、ポケモンのキャラクターだと思うわ。アイーダの弟さんのニッケが、ホエルオーのことを話してた」

シモーヌは送信メールのフォルダを開き、ベンヤミンの返信を見つけた。動揺が見てとれる内容だ。〝ニッケは家でじっとしてなきゃだめだ。絶対に大海原へ行かせないで。ホエルオーがほんとに怒ってるとしたら、ぼくたちのだれかがひどい目に遭うことになる。やっぱりすぐに警察に行くべきだったんだ。いまから行くのは危なすぎる〟

「なんということだ」ケネットが言う。

「本気なのか、遊びなのか、よくわからないわ」

「この文面からして、遊びとは思えない」

「そうね」

ケネットはため息をつき、腹を掻くと、ゆっくり口を開いた。

「アイーダとニッケか。いったい何者だ？」

シモーヌは父親を見つめ、なんと答えようかと考えた。アイーダのような少女を、ケネットが理解できるとは思えない。黒ずくめの服を着て、ピアスや化粧をし、タトゥーを入れている、そのうえ家庭環境の複雑な少女。

「アイーダはベンヤミンのガールフレンドよ。ニッケはその弟。ベンヤミンとアイーダの写真、どこかにあるはずだわ」

彼女はベンヤミンの財布を取ってきた。アイーダと写った写真が中に入っている。ベンヤミンは彼女の肩を抱いている。アイーダは少し恥ずかしがっているようだが、ベンヤミンはカメラをまっすぐ見据え、いかにも楽しそうに笑っている。

「しかし、いったいどういう子たちなんだ？」ケネットは濃い化粧をしたアイーダの顔を見つめ、質問を繰り返した。

「どういう子たちなのか」シモーヌは間を置いてから答えた。「わたしもよくわからないの。知ってるのは、ベンヤミンがアイーダをとても気に入ってるということだけ。それから、アイーダが弟さんの面倒をよくみてるらしいってこと。ニッケは発達障害らしいの」

「攻撃的かい？」

シモーヌは首を横に振った。

「そんなことはないと思う」

そして、しばらく考えてから続けた。

「お母さんはなにかの病気を抱えているみたい。肺気腫じゃないかと思うけど、ほんとうのところは知らないわ」

ケネットは腕組みをして背もたれに体をあずけ、天井を見上げた。それから姿勢を正し、真剣な声で言った。

「ホエルオーというのは、漫画かなにかのキャラクターなんだね？」

「ポケモンよ」

「それは昨今の常識なのかい？」

「ある一定の年齢の子どもがいれば、いやでも耳に入ってくるわ」

ケネットはうつろな視線でシモーヌを見つめている。

「ポケモンっていうのは、言ってみれば、ゲームみたいなものよ」と彼女は説明した。

「ゲーム？」

「ベンヤミンが小さいころ、遊んでたのを覚えてない？　カードを集めてて、どんなパワーがあるかとか、どんなふうに進化するかとか、しつこく説明された」

ケネットは首を横に振った。

「二年ぐらい凝ってたわよ」

「いまはもうやってないのかい？」

「ポケモンはもっと小さい子ども向けなの」

「おまえが乗馬の合宿から帰ってきたあと、人形遊びをしてるのを見たことがあるぞ」

「そうね、たしかに、こっそりやってる可能性もあるわね」

「それで、そのポケモンってのは、どういう遊びなんだ？」

「どう説明したらいいかしら？　ポケモンっていうのは、動物みたいなものだけど、ほんものの動物じゃないの。架空の生きもので、虫みたいなのもロボットみたいなのもいるわ。可愛らしいのもあれば、気味が悪いのもある。発祥は日本で、一九九〇年代の終わりごろに出てきて一大産業になった。ポケモンっていう名前は、ポケットモンスターの略、つまりポケットに入るモンスターということ。プレイヤーはポケモンをポケットに入れてるの。丸めて小さなボールに入れることができるわけ。くだらないといえばくだらないわ。プレイヤー同士、自分の持ってるポケモンを戦わせて競い合うの。かなり暴力的よ。いずれにせよ、プレイヤーがめざすのは、できるだけ多くの相手に勝つこと。戦いに勝つと賞金がもらえるから……プレイヤーはお金を、ポケモンはポイントをもらえるの」

「いちばん多くポイントを稼いだ者が勝つ、というわけか」

「それがよくわからないのよ。まるで終わりがないみたいなの」

「つまり、これはコンピュータゲームなんだね？」

「それだけじゃないわ。だから一大産業に発展したんでしょうね。テレビ番組もあるし、トランプみたいなカードゲームもある。ぬいぐるみ、お菓子、テレビゲーム、コンピュータゲーム、ファミコン、なんでもあるの」

「まだいまひとつよくわからんな」

「そうよね」しばらくの間があってからシモーヌが言った。

ケネットは彼女を見やった。

「どうした？　なにか思いついたのかい？」

「まさにそれこそが狙いなんだと気づいたの。大人を締め出すためなのよ。子どもたちは干渉されずに遊べる。大人にはポケモンの世界が理解できないから。いろいろなものがありすぎて、範囲が広すぎて、大人にはわからない。それが狙いなんだわ」

「ベンヤミンはこのゲームをまた始めたんだろうか？」

「いいえ。ゲームをやってるわけじゃないと思うわ。これはどう考えてもただの遊びとは思えない」シモーヌはそう言いながら画面を指差した。

「ホエルオーが実在の人物を指しているというのかい？」

「そうよ」

「ポケモンとは関係がないと？」

「わからないわ……ニッケがホエルオーの話をしてくれたときは、ポケモンの話だとばかり思ってたけど、ニッケなりに現実のできごとについて話してたのかもしれない。でも、その一方で、ゲームとしか思えない面もある。ベンヤミンは〝ニッケを大海原に行かせるな〟って書いてるわ」

「いったいどこのことだろう？」

「そのとおりよ。この近くには大海原なんかない。ゲームの中にしかないのよ」

「だが、ベンヤミンは真剣に、自分たちの身に危険が迫っていると思っているようだ。ほんものの危険がね。そうじゃないかい？」

シモーヌはうなずいた。

「大海原はでっち上げかもしれないけど、危険が迫ってるのはほんとうにちがいないわ」

「このホエルオーというやつを見つけなきゃならんな」

「LunarStormのユーザー名かも」シモーヌがゆっくりと言う。

ケネットは彼女を見つめ、かすかに笑みをうかべた。

「自分がなぜ引退することになったのか、だんだんわかってきたよ」

「LunarStormっていうのは、チャット用のウェブサイトみたいなものよ」とシモーヌは説明し、椅子を引いてさらにコンピュータに近づいた。「ホエルオーについて検索してみるわ」

八万五千件のウェブサイトがヒットした。ケネットはキッチンへ出ていった。警察の無線機の音量が上がった。ぱちぱち、ざわざわという雑音が、何人かの声と混じり合っている。

シモーヌはポケモンに関するサイトにひとつひとつ目を通していった。〝ホエルオーは、現在確認されている中で最大のポケモン。大海原を泳ぎまわり、その巨大な口で、大量の食料を一度に飲み込む〟

「大海原との関連はあるようだな」ケネットがシモーヌの背後から記事を読み、低い声で言う。

ケネットが戻ってきていることに、シモーヌは気づいていなかった。

サイトの記事には、ホエルオーが獲物を追い込むようすが記されていた。大きくジャンプして魚の群れの真ん中に降り、魚をほおばって悠々と泳ぎ去っていく。獲物を一気に飲み込むようすはなんともおぞましいものだ、とある。

検索結果をスウェーデン語のサイトに限定し、見つかった掲示板に行ってみると、次のようなやりとりがあった。

〝ホエルオーはどうしたら捕まえられる？〟

〝いちばん簡単な方法は、海のどこかでホエルコを捕まえること〟

〝OK。海のどこで？〟

〝すごいつりざおを使えば、ほぼどこでも〟

「なにか見つかったかい？」

「時間がかかりそうだわ」

「メールを全部チェックしてくれ。ごみ箱も忘れずに。とにかく、このホエルオーってやつの手がかりをつかむんだ」

顔を上げたシモーヌは、ケネットが革のジャケットを着ていることに気づいた。

「パパはなにをするの？」

「行ってくるよ」ケネットがそっけなく答える。

「行くって、どこへ？　家に帰るの？」

「ニッケとアイーダに話を聞いてくる」

「いっしょに行きましょうか？」

ケネットは首を横に振った。

「コンピュータを調べてくれたほうが助かるよ」

ケネットは玄関へ見送りにきたシモーヌに向かって微笑みかけようとした。疲れきったようすだ。シモーヌは父親を抱擁し、彼が出ていくと玄関に鍵をかけた。エレベーターのボタンを押す音が聞こえた。機械が動きはじめる。シモーヌはふと、かつて一日中玄関に立ったまま、父親の帰りを待ってドアを見つめていたことを思い出した。あのとき、彼女は九歳ほどだっただろうか。母親が家族を捨てるつもりであることを理解したばかりで、父親にも捨てられるのではないかとおびえていた。

キッチンに入ってみると、大きな菓子パンがあった。ケネットが袋から出し、細かく切り分けてその袋の上に並べたものだ。コーヒーメーカーのスイッチが入れっぱなしになっていて、サーバーの底にコーヒーのおりが残っている。

焦げたコーヒーの香りと混ざり合うように、パニックが襲ってきた。人生の幸福な時代はもう過ぎ去ってしまったのかもしれないという、恐ろしい予感。彼女の人生は二幕に分けられた。幸福だった第一幕が、たったいま終わった。このあとになにが待っているのか、考える気力はなかった。

シモーヌはハンドバッグの置いてあるところに向かい、電話を取り出した。思ったとおり、ユルヴァが画廊から何度も電話をかけてきた形跡がある。着信履歴にはシュルマンの名もあった。シモーヌは彼の番号をディスプレイに表示し、通話ボタンを押したが、着信音が鳴りはじめる前に切った。電話を置き、ベンヤミンの部屋のコンピュータに戻る。

十二月、窓の外はもう暗い。風が強くなってきたようだ。道路の上に渡された街灯が揺れ、光の筋の中を牡丹雪が舞っている。

削除済みメールのフォルダの中に、アイーダからのメールが見つかった。〝嘘だらけの家で暮らしているあなたがかわいそう〟。サイズの大きなファイルが添付されている。こめかみの脈が激しさを増すのを感じながら、カーソルを動かす。画像ファイルを開くプログラムを選択する画面にさしかかったところで、玄関扉をそっとノックする音がした。叩いているというより、こすっているような音だ。彼女は息を止めた。もう一度ノックの音がして、彼女は立ち上がった。ひざの震えを感じつつ、玄関へ続く長い廊下を歩きはじめる。

29

十二月十三日（日）聖ルシア祭　午後

ケネットは、スンドビーベリにあるアイーダの自宅アパートの入口前で、車の中に座ったまま、ベンヤミンのコンピュータに残っていたあの不気味なメールについて考えをめぐらせていた。〝ホエルオーが怒ってるってニッケが言ってる。あなたを狙って口を開けてる、って〟〝ニッケを絶対に大海原へ行かせないで〟。これまでの人生で、恐怖は数え切れないほど見聞きしてきたし、自分でも経験している。恐怖を感じない人間などいない。

アイーダの住む団地はあまり大きくなく、三階までしかない。意外に古風できちんとした、素朴な美しさのある建物だ。シモーヌから借りた写真を見つめる。目のまわりを黒く塗り、ピアスをした少女。この建物に住んでいる彼女の姿を、どうも想像しにくいのはなぜだろう、とケネットは考えた。食卓についている彼女。馬のポスターの代わりに、マリリン・マンソンのポスターが貼ってある部屋。

車を降り、アイーダ家のものと思われるバルコニーへそっと近づいてみようとしたところで、彼ははっと動きを止めた。裏手の小道をうろついている大柄な人影が目にとまったのだ。

不意に入口の扉が開いた。出てきたのはアイーダだ。急いでいるらしい。ちらりと後ろを振り返ると、鞄から煙草の箱を出し、口を使って一本引っぱり出す。火をつけ、歩みを緩めることなく吸いはじめた。ケネットは彼女のあとを追って地下鉄駅へ向かった。目的地がわかった時点で声をかけようと考える。バスが轟音とともに通り過ぎ、どこかで犬が吠え出した。そのとき、アパートの裏手をうろついていた大柄な人影がアイーダに駆け寄っていくのが目に入った。足音が聞こえたのだろう、アイーダは振り返った。走って近づいてくる男を見て、彼女は満面の笑みをうかべた。白い粉をはたいた頬、黒く縁取られた目が、急に子どもらしさを帯びた。男は彼女の前で両足をそろえてジャンプしている。アイーダは彼の頬を撫で、彼はアイーダを抱擁して応えた。互いの鼻の頭にキスをしてから、アイーダが手を振って去っていった。ケネットは近寄りながら、この大柄な人物こそアイーダの弟にちがいない、と考えた。ニッケはじっと立ったままアイーダの姿を目で追い、軽く手を振ってから向きを変えた。ケネットの目に映った彼の顔は、やわらかく、無防備で、片方の目が強い斜視になっていた。ケネットは街灯の下で立ち止まって待った。少年はどっしりとした大股で近づいてきた。

「やあ、ニッケ」

ニッケははたと立ち止まり、ぎょっとしたようすでケネットを見つめた。唾液が小さなあぶくとなって、左右の口角にひとつずつのぞいている。

「だめだよ」彼は警戒するような口調でゆっくりと言った。

「私の名前はケネット。警官だ。いや、ほんとうのことを言うと、少し歳をとってしまって引退したんだが、それでも警官であることに変わりはない」

少年はいぶかしげな笑みをうかべた。

「じゃあ、ピストル持ってる？」

ケネットは首を横に振った。

「いや」と嘘をつく。「パトカーもない」

ニッケは真剣な表情になった。

「歳とったからとられちゃったの？」

ケネットはうなずいた。

「そうだよ」

「泥棒をつかまえに来たの？」

「泥棒？」

ニッケは服のファスナーを上げた。

「ぼく、たまに持ちものをとられちゃうんだ」そう言って地面を蹴りつける。

「だれがそんなことを？」

ニッケはもどかしげな表情でケネットを見た。

「泥棒だよ」

「そうか、そりゃそうだ」

「帽子とか、時計とか、きらきら光る縞模様のきれいな石とか」

「だれか怖い相手がいるのかい？」

ニッケは首を横に振った。

「ここにいる人たちはみんな親切だと？」少し間を置いてからケネットが尋ねた。

ニッケはしばらく息をはずませ、アイーダの去った方向を見つめていた。

「アイーダは、いちばん強い怪物を探してるんだ」

ケネットは地下鉄駅そばの売店をあごで示した。

「ソーダでも飲むかい？」

ニッケは彼とともに歩きながら語った。

「ぼく、土曜日は図書館で働いてるんだ。来る人たちの服を預かって、クロークに掛けるんだよ。で、番号のついた札を渡すんだ。たくさん番号があるんだ」

「感心だな」ケネットはコカコーラの瓶を二本買い求めた。

ニッケは嬉しそうな顔でケネットを見つめ、ストローをもう一本欲しがった。それからコーラを飲み、げっぷをし、飲み、またげっぷをした。

「さっき、アイーダが強い怪物を探してるって言ったね。どういう意味だい？」ケネットがなにげない口調で尋ねる。

ニッケは額に皺を寄せた。

「あの人だよ。アイーダの彼氏。ベンヤミン。ぼく、今日はあいつを見かけてないけど、この前あいつ、すごく怒ってた。ものすごく。アイーダが泣いてた」

「ベンヤミンが怒ってたのかい？」

ニッケは驚いた表情でケネットを見やった。

「ベンヤミンは怒ってない。ベンヤミンはいい人だよ。アイーダ、いつも楽しそうに笑ってる」

ケネットはニッケを見つめ返した。

「じゃあ、だれだい、ニッケ？　だれが怒っていたんだ？」

ニッケは急に不安げな表情になった。まるでなにかを探しているように、コーラの瓶を見つめている。

「知らない人から、ものをもらっちゃいけないって……」

「今回は大丈夫だよ、約束する。怒っていたのはだれなんだい？」

ニッケは首筋を掻き、口角にたまっていた唾液をぬぐった。

「ホエルオーだよ——こんなに口が大きいんだ」

ニッケは腕を広げて大きさを示してみせた。

「ホエルオー？」

「悪いやつ」

「ニッケ、アイーダはどこに行ったんだい？」

ニッケは頬を震わせて答えた。

「ベンヤミンが見つからないんだって。大変だよ」

「アイーダはどこに向かったんだ？」

ニッケは泣きそうになりながらかぶりを振った。

「でも、でも、知らないおじさんとしゃべっちゃだめだって……」

「ニッケ、これを見てくれ。私はただのおじさんじゃないんだ」ケネットはそう言って財布を取り出した。警察の制服を着た自分の写真が見つかった。

ニッケは写真を注意深く観察した。それから真剣な口調で言った。

「アイーダはホエルオーのところに行ったんだ。ホエルオーがベンヤミンを咬んだんじゃないかって心配してる。ホエルオーの口はこんなに大きく開くんだよ」

ニッケはふたたび腕を広げてみせた。ケネットは冷静な声を出そうと努めた。

「ホエルオーがどこに住んでるか、知ってるかい？」

「ぼく、大海原には行っちゃいけないことになってる。近くに行くのもだめだって」

「大海原にはどうやって行くんだい？」

「バスに乗るんだよ」

ニッケはポケットの中にあるなにかを手でまさぐり、ひとりごとをつぶやいている。

「ホエルオーと一回だけ遊んだことがある。ぼくがお金を払おうとしたときだよ」彼はそう言うと、笑みをうかべようとした。「でも、あいつはふざけてるだけだった。ぼく、食べものじゃないものを食べさせられたんだ」

ケネットは続きを待った。ニッケは顔を赤らめ、服のファスナーをいじっている。爪がよごれている。

「なにを食べさせられたんだい？」

ニッケの頬がまたがたがたと震え出した。

「ぼくはいやだったのに」ふっくらとした顔を涙がつたう。

ケネットはニッケの肩を軽く叩き、穏やかで落ち着いた声を出すよう努めた。

「ホエルオーってのは、実に悪いやつのようだね」

「すごく悪いやつだよ」

ケネットは、ニッケがポケットの中になにかを持っていて、絶えずそれをまさぐっていることに気づいた。

「警察官として言わせてもらうが、だれであろうと、きみに意地悪をする権利はない」

「でも、おじさんは歳とってる」

「それでも強いぞ」

ニッケの表情が明るくなった。

「コーラ、もう一本もらってもいい？」

「もちろんだよ」

「ありがとう」

「ポケットの中身はなんだい？」ケネットはなにげないふうを装って尋ねた。

ニッケは微笑んだ。

「秘密だよ」

「そうかい」ケネットはそう言っただけで、それ以上は聞かなかった。

ニッケは彼の狙いどおりの反応を示した。

「知りたくないの？」

「話したくないのなら、話さなくていいんだよ、ニッケ」

「いやいや、おじさんには想像つかないだろうねえ」

「どうせたいしたものじゃないんだろう」

ニッケはポケットから手を出した。

「教えてあげるよ」

握った手を開いてみせる。

「これ、ぼくのパワーなんだ」

ニッケの手の中にあるのは、少量の土だ。微笑むニッケを、ケネットは怪訝な顔で見つめた。

「ぼく、じめんタイプのポケモンだからね」ニッケは満足げだ。

「じめんタイプのポケモン」ケネットがおうむ返しに言う。

ニッケは土を握りしめ、ポケットに戻した。

「ぼくにどんなパワーがあるか知ってる？」

ケネットは首を横に振った。そのとき、頭のとがった男がひとり、通りの反対側で、暗く湿った建物の外壁に沿って歩いているのが目に入った。なにかを探しているのか、杖で地面をつついている。ケネットはふと、この男が一階の窓から中をのぞこうとしているのではないかという気がした。なにをしているのか聞きに行かなければ、と思う。が、ニッケに腕をつかまれている。

「ねえ、ぼくにどんなパワーがあるか知ってる？」

ケネットはしかたなく謎の男から視線を離した。ニッケは指を折って数えながら語った。

「でんきタイプと、ほのおタイプ、どくタイプ、いわタイプ、はがねタイプには強いんだ。絶対負けない。でも、ひこうタイプとは戦えない。くさタイプやむしタイプもだめ」

「へえ」ケネットはうわの空で答えた。男が窓のそばで立ち止まるのがちらりと見えた。なにかを探しているふりをしつつ、身をかがめて窓から中をのぞこうとしている。

「ねえ、聞いてる？」ニッケが不安げに尋ねる。

ケネットはニッケを励ますように笑いかけた。ふたたび窓のほうに視線を向けてみると、男の姿は消えていた。ケネットは一階の窓に目を凝らしたが、開いているかどうかは見えなかった。

「水にはすごく弱いんだ」ニッケは悲しげに語った。「いちばんの敵だよ。水はだめなんだ。すごく怖い」

ケネットはニッケの手をそっと振り払った。

「ちょっと待っててくれ」と言い、窓に向かって数歩を踏み出す。

「いま、何時？」とニッケが尋ねた。

「何時かって？　五時四十五分だよ」

「じゃあ、行かなきゃ。遅れると怒られるんだ」

「だれに怒られるんだい？　お父さん？」

ニッケは笑い声をあげた。

た。


「お父さんなんかいないよ！」

「じゃあ、お母さんかい」

「ちがうよ。アリアドスが怒るんだ。取りにくることになってるから」

ニッケはためらいのまなざしでケネットを見やっていたが、やがて視線を落とし、尋ねた。

「お金、もらってもいい？　あんまり少ないと、お仕置きされるんだ」

「ちょっと待った」ケネットはニッケの言葉に耳を傾けはじめた。「ホエルオーがきみから金を取ろうとしているのかい？」

ふたりはともに売店を離れ、ケネットは質問を繰り返した。

「ホエルオーが金を取ろうとしているのかい？」

「なに言ってるの？　ホエルオー？　ホエルオーはぼくを飲み込むんだよ……でも、やつらは……ほかのやつらは、ホエルオーのところに泳いでいけるんだ」

ニッケは後ろを振り返った。ケネットはふたたび尋ねた。

「じゃあ、だれが金を取ろうと？」

「アリアドスだよ、さっきそう言っただろ」ニッケはもどかしげに答えた。「お金、ある？　くれたら、引き換えになにかしてあげるよ。少しパワーをあげてもいい……」

「かまわないよ」ケネットは財布を取り出した。「二十クローナで足りるかい？」

ニッケは喜んで笑い声をあげ、二十クローナ札をポケットに突っ込むと、さよならも言わずに駆け出した。

ケネットはしばらくその場に立ちつくし、ニッケの言葉の意味について考えた。ニッケの話にはわからないところがたくさんあったが、それでもケネットは彼のあとを追って歩きはじめた。角を曲がったところで、ニッケが信号待ちをしているのが見えた。信号が青になり、ニッケは早足で道路を渡っていく。どうやら図書館の前にある四角い広場へ向かっているらしい。ケネットはあとを追って道を渡り、現金引き出し機のそばに立ってようすを見守った。ニッケはまた立ち止まった。図書館前の噴水のそばをそわそわと歩きまわっている。街灯があまりないせいでよく見えないが、ズボンのポケットに入った土を絶えずまさぐっているのがわかる。

そのとき、少年がひとり、歯科センター脇の植え込みを抜けて広場に出てきた。ニッケに近寄ると、彼と向き合い、なにか言っている。ニッケはさっと地面に横たわり、金を差し出した。少年は金をかぞえてからニッケの頭を撫でた。そしていきなりニッケの襟首をつかむと、噴水のそばまで引きずっていき、彼の顔を水中に沈めた。ケネットは駆け寄ろうとしたが、すんでのところで思いとどまった。ベンヤミンを見つけるために来たのだ。もしかしたらホエルオー本人かもしれない、あるいはホエルオーの居場所を示してくれるかもしれないこの少年を、追い払ってしまうわけにはいかなかった。ぐっと歯を食いしばり、駆け寄らなければならない瞬間までのカウントダウンを始める。ニッケは両脚をじたばたと動かしている。相手の少年の顔には、得体の知れない穏やかな表情がうかんでいる。少年がようやく手を放した。ニッケは噴水のかたわらで地面に座り込み、咳やげっぷをしている。少年はニッケの肩を軽く叩いてからその場を立ち去った。

ケネットは早足で少年のあとを追った。植え込みを抜け、緩やかな下り坂になっているぬかるんだ芝生を横切って、歩行者用の小道に降り立つ。団地の並ぶ界隈を歩き、少年が建物の中に入っていくと、歩幅を広げ、閉まりかけた扉をがしりとつかんだ。エレベーターには間に合った。六階のランプが点いている。少年と同じ六階で降り、しばらく立ち止まってポケットの中を探っているふりをしながら、少年が扉に近づいていって鍵を取り出すのを見届け、それから呼びかけた。

「おい、おまえ」

少年はなんの反応も示さない。ケネットは彼に近寄り、ジャケットをつかんで向きを変えさせた。

「放せよ、ジジイ」少年がケネットをにらみつける。

「人を脅して金を巻き上げるのは犯罪だぞ。知らないのか？」

ケネットは少年の驚くほど穏やかな目を見つめた。視線が滑るように動いている。

「名字はヨハンソンか」ケネットは扉に掲げられた名前を見て言った。

「そうだよ」少年はにやりと笑った。「あんたは?」

「ケネット・ストレング警部だ」

少年は微動だにせず彼を見つめている。おびえたようすはない。

「ニッケからいくら巻き上げた?」

「巻き上げてなんかいないよ。たまに金をもらうことはあるけど、巻き上げることはない。みんな幸せ、だれも文句無し」

「親御さんと話をさせてもらうよ」

「ふうん」

「いいのか?」

「お願い、やめて」少年がふざけて言った。

ケネットは呼び鈴を鳴らした。日焼けした肥満体の女性が現われた。

「こんばんは。警察の者です。申し上げにくいのですが、息子さんが事件を起こしまして」

「息子? うち、子どもなんかいないわ」

ケネットは少年が床を見下ろして笑っているのに気づいた。

「この子をご存じないと?」

「警察の身分証を見せてくださる?」

「この少年は……」

「身分証なんかないんだよ」少年が口をはさんだ。

「あるさ」ケネットは嘘をついた。

「この人、刑事じゃないんだ」少年はにやりと笑って財布を取り出した。「これ、バスの定期券。ぼくのほうが警察っぽい……」

ケネットは少年の財布をひったくった。

「返せよ」

「中身を見せてもらうよ」

「こいつ、ぼくのちんちんにキスしたいって言ったよ」

「警察に通報するわ」女性がおびえた声で言った。

ケネットはエレベーターのボタンを押した。女性はあたりを見まわすと、同じ階のほかの扉を叩きはじめた。

「お金をくれたんだ」少年が女性に言っている。「でも、ついていくのはいやだった」

エレベーターのドアが開いた。隣人がひとり、チェーンをかけたまま扉を開けた。

「これからはニッケに手を出すんじゃないぞ」ケネットは低い声で言った。

「あいつはおれのもんだよ」と少年が答える。

女性が警察をと叫んでいる。ケネットはエレベーターに乗り、一階のボタンを押した。

ドアがすっと閉まった。背中に汗が流れている。少年は噴水のそばからあとをつけられていることに気づき、まったく関係のない人のアパートに向かって彼を騙そうとしたのだ、とケネットは理解した。エレベーターがゆっくりと下降する。電灯がちかりと点滅し、頭上で鋼のロープが轟音を立てた。ケネットは少年の財布の中身を調べた。千クローネ近い現金、ビデオレンタル店のポイントカード、バスの定期券に加えて、しわくちゃになった青い名刺カードが見つかった。カードにはこう書かれていた。〝大海原、ローウッデ通り十八番地〟

30

十二月十三日（日）聖ルシア祭　午後

ファストフード店の屋根の上に、笑顔で片手にケチャップを持って自分にかけ、もう片方の手の親指を立てた、巨大なソーセージが載っている。エリックはハンバーガーとフライドポテトを注文し、窓辺のカウンター席のスツールに腰を下ろすと、曇ったガラス越しに外を眺めた。通りの反対側に錠前店があり、ショーウィンドウにはさまざまな金庫や錠、鍵などに混じって、ひざの高さほどのトムテ人形がいくつも置かれている。

エリックはミネラルウォーターの缶を開けてひと口飲んでから、自宅に電話をかけた。留守番電話になり、メッセージを残してくださいと促す自分の声が聞こえてきた。電話を切り、シモーヌの携帯電話にかける。応答はなく、彼は留守番電話サービスのピーッという音のあとに話しはじめた。

「やあ、シモーヌ……警護をつけてもらったほうがいいと思うよ。ヨセフ・エークは、ぼくにずいぶんと腹を立ててるようだから……それだけだ」

空腹で胃が痛くなり、彼はハンバーガーにかぶりついた。疲れがのしかかってくる。かりかりに揚がったフライドポテトをプラスチックのフォークで刺し、エヴェリンに宛てたヨセフの手紙を読んだときのヨーナの表情を思い起こした。まるで気温ががくんと下がったかのようだった。淡い灰色の瞳が凍りつき、たちまち鋭さを増した。

四時間前、ヨーナから電話があり、ふたたびヨセフを逃したと知らされた。隠れ家にしていた自宅の地下から逃げたのだという。ベンヤミンがそこにいた形跡はなかった。予備的なDNA鑑定の結果によれば、この隠し部屋には最初から最後まで、ヨセフひとりしかいなかったという。

ヨセフが自宅に戻っていると悟ったときのエヴェリンの表情を、彼女が発した言葉を思い返す。問題の隠し部屋があることを、エヴェリンが意図的に隠していたとは思えない。忘れていたのだ。ヨセフが自宅に潜伏していると気づいてはじめて、隠し部屋のことを思い出したのだろう。

ヨセフ・エークはぼくを狙っている、とエリックは考えた。嫉妬に燃え、ぼくを憎んでいる。エヴェリンとぼくが性的関係を結んでいると思い込み、ぼくに復讐しようとしている。が、ぼくの住所をヨセフは知らない。彼は手紙の中で、ぼくの家に案内するようエヴェリンに迫っている。あいつの家を教えろ、と書いている。

「ヨセフはぼくの住所を知らない」とエリックはつぶやいた。「ヨセフがぼくの住所を知らない以上、家に侵入してベンヤミンを引きずっていった人物は、彼ではあり得ない」

エリックはハンバーガーを食べ、紙ナプキンで手を拭いてから、またシモーヌに電話をかけた。ベンヤミンを連れ去ったのがヨセフではないと知らせてやらなければならない。安堵感がさっと駆け抜けていったが、その一方で、これですべてが振り出しに戻り、なにもかも初めから検討し直さなければならなくなったことも事実だった。エリックは紙を取り出すと、〝アイーダ〟と書きつけたが、考えを変え、紙をしわくちゃに丸めた。シモーヌにもっと思い出してもらわなければならない。なにか手がかりとなるものを見ているにちがいないのだ。

ヨーナ・リンナがすでにシモーヌから事情を聞いているが、彼女が新たに思い出したことはなにもなかった。彼らはみな、ベンヤミンが誘拐される直前にヨセフが脱走したという偶然にとらわれ、ベンヤミン誘拐はヨセフのしわざだと思い込んでいた。いまになってみると、そう思い込んだこと自体が奇妙に思われる。初めからずっと、つじつまが合わないと感じていたではないか。最初の侵入事件はヨセフの脱走前に起こった。ヨセフは次々と人を殺し、殺しの味を覚えはじめている。拉致という手口はヨセフらしくない。彼が連れ去りたがっているのはエヴェリンだけだ。彼はエヴェリンに執着している。彼の行動はすべて、エヴェリンを動機としている。

電話が鳴り、エリックはハンバーガーを置くと、ふたたび手を拭いてから、ディスプレイを見ることなく応答した。

「はい、エリック・マリア・バルク」

ぱちぱちと雑音がし、同時に鈍い轟音が響いた。

「もしもし?」エリックは声をあげた。

不意に弱々しい声が聞こえてきた。

「パパ?」

フライドポテトの入ったかごが熱い油に沈み、ジューッと音がした。

「ベンヤミン?」

鉄板の上でハンバーグがひっくり返される。受話器の向こうでは轟音が響いている。

「待ってくれ。よく聞こえないんだ」

エリックは店内に入ってきたばかりの客たちを押しのけ、駐車場に出た。街灯の黄色い光のまわりで、雪が渦巻いている。

「ベンヤミン!」

「聞こえる?」ベンヤミンの声がすぐ近くに感じられた。

「どこにいる? どこにいるんだ、教えてくれ!」

「わかんないよ、パパ。全然わかんない。車に乗せられてる。ずっと走りつづけてる…

……」

「だれに連れていかれたんだ？」

「たったいま、ここで目が覚めたんだ。なにも見てない。喉が渇いた……」

「怪我してるのか？」

「パパ」ベンヤミンは涙声になっている。

「ここにいるよ、ベンヤミン」

「いったいなにがどうなってるの？」

幼く、おびえきった声だ。

「絶対に見つけてやる」とエリックは言った。「どこに向かってるかわかるかい？」

「さっき、目が覚めたとき、声が聞こえたんだ。厚手の布越しに聞こえてくるみたいだった。なんて言ってたっけ？　たしか……家がどうとか……」

「家？　どんな家だ？　もっと聞かせてくれ！」

「いや、家じゃなくて……古い館、って言ってた」

「どこだ？」

「停まったよ、パパ、車が停まった。足音が聞こえる」ベンヤミンの声に恐怖がにじんでいる。「もう切らなきゃ」

ごそごそと手探りしているような奇妙な音が聞こえ、なにかがきしんだかと思うと、突然、ベンヤミンの悲鳴が響いた。動揺しきった甲高い声。ひどくおびえているらしい。

「やめて、いやだ、お願い、もう二度と……」

そして静かになった。電話が切れたのだ。

ファストフード店の駐車場の上で、粉雪が渦を巻いている。エリックは電話を見つめた。この電話を使う気にはなれない。ベンヤミンからまたかかってきたときに、話し中になっていては困る。彼はしばらく車の外でベンヤミンからの電話を待った。さきほどのやりとりを思い返そうとするが、どうも気が散ってしかたがない。ベンヤミンの恐怖が、すさまじい勢いで頭の中にこだましている。シモーヌに知らせなければ、と彼は考えた。

赤いテールランプが連なり、曲がりくねりながら北へ伸びている。その先が蛇の舌のごとくふたつに分かれ、一方は大学や高速E18号線のある右側へ、もう一方はカロリンスカ大学病院と高速E4号線のある左側へ向かっている。無数の車がラッシュアワーの列を成し、ゆっくりと流れている。ファストフード店のハンバーガーの脇に手袋と帽子を忘れてきたことに気づいたが、かまっている余裕はなかった。

運転席に座る。手が震えて、イグニッションキーを差すことができない。しかたなく両手を使う。融けた雪で道路が濡れ、灰色に光っている。暗闇の中、エリックは車をバックさせて駐車場を出ると、左に曲がってヴァルハラ通りを走り出した。

デーベルン通りに駐車し、早足でルントマーカル通りへ向かう。建物の中に入り、階段を上がっていると、まるで見知らぬ場所に来ているような奇妙な違和感を覚えた。ドアをノックし、待つ。足音が聞こえてきた。のぞき穴をふさいでいる金属製の小さなふたをずらす、カチリという小さな音が響く。中から鍵の開く音がした。エリックは少し間を置いてからドアを開け、薄暗い玄関に入った。シモーヌは後ずさり、腕組みをして廊下に立っている。ジーンズと青いセーターを身にまとった彼女は、苦しいのを懸命にこらえているような表情をしていた。

「電話に出なかったね」エリックが言う。

「かかってきたのは見たけど」シモーヌは小声で答えた。「なにか大事な用件？」

「ああ」

必死で隠そうとしている恐怖と不安のせいで、彼女の顔がひび割れた。片手で口を覆いながら、エリックをじっと見つめている。

「三十分ほど前に、ベンヤミンから電話があったよ」

「なんてこと……」

シモーヌが近づいてきた。

「どこにいるの？」声が大きくなる。

「わからない。本人もわからないって言ってた。なにもわからないって……」

「なんて言ってた？」

「車に乗せられてる、って」

「怪我は？」

「してないと思う」

「でも……」

「話はあとだ。電話を使わせてくれ。逆探知できるかも」

「どこにかけるの？」

「警察だよ。知り合いの警部が……」

「パパに連絡するわ——そのほうが早いわよ」

彼女は電話を手に取った。エリックは暗い玄関の低いベンチに腰を下ろした。室内の暖かさで、顔が熱を帯びてきた。

「寝てたの？」シモーヌが尋ねている。「パパ、実は……エリックが帰ってきたの。ベンヤミンから電話がかかってきたんだって。どこからかかってきたか調べてほしいの。わからないわ。いいえ、わたしは……エリックと直接話して……」

シモーヌが近づいてくると、エリックは立ち上がり、手を振って拒んだが、結局受話器を受け取って耳に当てた。

「もしもし」

「なにがあったのか教えてくれ、エリック」

「ぼくは警察に連絡したかったんですが、あなたに頼んだほうが早いってシモーヌが」

「そうかもしれん」

「三十分ほど前に、ベンヤミンから電話がかかってきました。本人は、自分がどこにいるのかも、だれに連れ去られたのかも、なにもわからないと言っていました。わかっているのは、車に乗っていることだけで……話してる最中に車が停まったらしく、ベンヤミンは足音が聞こえると言って、それからなにか叫んでいました。そこで電話が切れたんです」

エリックはシモーヌが静かに泣いているのを耳にした。

「本人の携帯電話からかけてきたのかい？」

「そうです」

「ずっと電源が切れていたのに……いや、昨日すでに、携帯電話の電波をたどろうとしたんだよ。知っているだろうが、携帯電話は通話していないときでも、最寄りの基地局に信号を発しているからね」

電気通信事業法二十五〜二十七条の規定により、捜査の対象である犯罪に対する刑罰が禁固二年以上である場合、電話会社には警察に協力する義務がある、とケネットが早口で説明しているあいだ、エリックは黙って耳を傾けていた。

「どんなことがわかるんですか？」

「正確性は基地局や交換局によってさまざまだが、運が良ければ、誤差百メートル以内で位置が判明するはずだ」

「急いでください。ぜひ急いで」

エリックは電話を切ると、手に電話を持ったまましばらく立ちつくしていたが、やがてシモーヌに手渡した。

「頬、どうしたんだい？」

「えっ？　ああ、これ。なんでもないわ」

ふたりは互いを見つめた。弱々しく、疲れきっている。

「エリック、中に入ったら？」

彼はうなずき、しばらくそのまま立っていたが、やがて靴を脱いでアパートの奥に進んだ。ベンヤミンの部屋のコンピュータがついていることに気づき、近寄っていく。

「なにか見つかったかい？」

シモーヌは戸口で立ち止まった。

「ベンヤミンとアイーダのメールのやりとり。だれかに脅されて、身の危険を感じてたらしいの」

「だれに？」

「わからないわ。パパが調べてる」

エリックはコンピュータに向かって腰を下ろした。

「ベンヤミンは生きてる」小声でそう言い、シモーヌをじっと見つめる。

「そうね」

「ヨセフ・エークは関与していないようだ」

「留守番電話のメッセージで、そう言ってたわね。ヨセフはわたしたちの住所を知らないから、って。でも、ここに電話をかけてきたことがあるじゃない？　それなら、住所だって……」

「それは関係ないよ」

「関係ない？」

「あの電話は、病院の交換手がここにつないだんだ。大事な用件のときは自宅につないでくれって頼んでたから。ヨセフはぼくたちの電話番号も、住所も知らない」

「でも、だれかがベンヤミンを誘拐して、車に乗せたことに変わりはない……」

シモーヌは黙り込んだ。

エリックは、嘘だらけの家で暮らしているベンヤミンがかわいそう、というアイーダのメールを読み、添付されている写真を開いた。夜にフラッシュをたいて撮影されたカラー写真で、ぼうぼうに茂った黄緑色の芝生が写っている。低い垣根のそばの地面が少し盛り上がっているように見える。乾いた垣根の向こうに、茶色い木の柵の裏側が見てとれる。フラッシュの強烈な白い光の端に、プラスチック製の緑のかごが見え、そこに広がっている地面は、じゃがいも畑のようにも見える。

エリックは写真を隅々まで眺め、いったいなにを写した写真なのだろうと考えた。どこかにハリネズミかトガリネズミでも隠れているのだろうか。カメラのフラッシュの向こうに広がる暗闇に目を凝らし、人影や顔を探したが、なにも見つからない。

「変な写真ね」シモーヌがささやく。

「添付する写真をまちがえたのかも」

「それなら、ベンヤミンがこのメールを削除した説明もつくわね」

「アイーダに話を聞かなければ……」

「製剤」シモーヌが突然うめき声をあげた。

「わかってる……」

「この前の火曜日、ちゃんとしてあげた？」

エリックが答える間もなく、シモーヌは部屋を出ると、廊下を歩いてキッチンへ去っていった。エリックは彼女のあとを追った。キッチンに入ってみると、シモーヌは窓辺に立ち、キッチンペーパーで鼻をかんでいた。手を伸ばして撫でようとすると、彼女はさっと身をかわした。最後にいつベンヤミンに注射をしたか、エリックははっきりと記憶している。製剤の注射。ベンヤミンの血液の凝固を促し、脳出血の自然発生を防ぎ、ただ単にすばやい動きをしただけで大量に出血してしまうことを防ぐ薬だ。

「火曜日の午前九時十分に注射したよ。スケートをするはずだったのが、代わりにアイーダとテンスタに行った、あの日だ」

シモーヌはうなずき、顔をひきつらせながら日数をかぞえた。

「今日は日曜日だわ。あさってには注射をしてあげないと」とつぶやく。

「あと何日かは大丈夫だよ」とエリックは言い、彼女を落ち着かせようとした。

シモーヌを見つめる。その疲れきった顔、端正な顔立ち、そばかす。股上の浅いジーンズの下から、黄色いパンティーの端がのぞいている。ここに留まりたい。ここに留まって、彼女といっしょに眠りたい。実を言えば、彼女とセックスがしたい。だが、まだ早いとわかっている。そうしようとするには早すぎる。望みはじめるにも早すぎる。

「それじゃ」と彼はつぶやいた。

シモーヌがうなずく。

ふたりは見つめ合った。

「お義父さんが逆探知に成功したら電話してくれ」

「どこに行くの？」

「仕事をしなければ」

「オフィスに泊まってるの？」

「なかなか便利だよ」

「ここに泊まってもいいのよ」

エリックは驚き、ふと、なんと言っていいのかわからなくなった。が、この一瞬の沈黙だけで、シモーヌが彼の反応をためらいと誤解するにはじゅうぶんだった。

「誘ってるわけじゃないのよ」彼女はすばやく付け加えた。「勝手に思い込まれちゃ困るわ」

「その言葉、そのまま返すよ」

「ダニエラのところに泊まってるの？」

「いや」

「わたしたち、もう別れたのよ」彼女は大声をあげた。「だから、嘘つくことないわ」

「わかった」

「わかった？　それで？」

「ダニエラのところに泊まってる」と彼は嘘をついた。

「よかったわね」シモーヌはささやき声だった。

「ああ」

「彼女が若くて美人なのかどうか、聞くつもりはないけど……」

「若くて美人だよ」

エリックは玄関に出て靴を履き、アパートを出て扉を閉めた。シモーヌが鍵をかけ、チェーンをかける音を聞いてから、階下へ下りていった。

31

十二月十四日（月）朝

シモーヌは電話の鳴る音で目を覚ました。カーテンが開いていて、寝室は冬の日差しに満たされている。エリックからの電話だろうかと思わず考え、それから泣き出しそうになった。彼が電話をかけてくるわけがない。エリックはダニエラのかたわらで目覚め、朝を迎えている。自分はひとりきりだ。

ナイトテーブルから電話を取り、応答する。

「もしもし」

「シモーヌ？　ユルヴァですけど。何日か前からずっと電話してるのよ」

ユルヴァはひどく焦っているようすだ。時計はすでに十時を指している。

「ほかのことで頭がいっぱいなの」シモーヌはこわばった声で答えた。

「まだ見つかってないの？」

「ええ」

沈黙が下りた。窓の外を影がいくつか横切り、向かいの建物の屋根からペンキが剝がれ落ちるのが見えた。オレンジ色の服を着た男たちが、色の剝げたトタンをこすってペンキを落としているのだ。

「ごめんなさい。もう切るわね」

「なにかあったの？」

「明日、会計士さんがまた来ることになってるの。帳尻の合わないところがあるとかで。でも、考えがまとまらないのよ。ノレーンがあちこち叩きまわってるもんだから」

「叩きまわってる？」

ユルヴァは解釈しがたい声を漏らした。

「あの男、ゴムハンマーを持ってきて、これがモダンアートだって言い出したの」彼女は疲れきった声で説明した。「水彩画はやめた、芸術の空洞を探すことにした、って」

「そんなこと、ほかの場所でやればいいのに」

「ペーテル・ダール（一九三四〜。画家）のボウルも壊されたし」

「警察には電話したの？」

「ええ、来てくれたんだけど、ノレーンは〝芸術表現の自由〟の一点張りで。とにかく画廊の中には入るなと警察に言われたものだから、いまは外であちこち叩きまくってるわ」

シモーヌは起き上がり、クローゼットについている、煙でいぶしたようなグレーの鏡に、自分の姿を映し出した。やつれ、疲労がにじんでいる。顔が割られて無数の破片となり、それをまたつなぎ合わせたような感じがする。

「シュルマンは？　彼の展示室は大丈夫？」

ユルヴァははやる気持ちを抑えているような口調で答えた。

「彼、あなたと話がしたいって」

「じゃあ、電話しておくわ」

「光の加減について、あなたに見せたいものがあるとか」

ユルヴァは声を低くして続けた。

「ねえ、エリックとうまくいってるのかどうか知らないけど……」

「別れたわ」シモーヌはそっけなく言った。

「わたし、思うのよ……」

ユルヴァは黙り込んだ。

「思うって、なにを？」シモーヌが辛抱強く尋ねる。

「シュルマンはあなたのことが好きなんだと思う」

鏡の中の自分と目が合った。急にみぞおちのあたりがうずきだした。

「これから行くわ」

「ほんとうにいいの？」

「家を出る前に、一件だけ電話をかけなきゃ」

シモーヌは受話器を置くと、しばらくベッドの端にじっと座っていた。ベンヤミンは生きている。それがなによりも重要なことだった。誘拐されてから何日も経っているのに、ベンヤミンは生きている。これはきわめて好ましい兆候だった。犯人は、ベンヤミンを殺すことを第一の目的として連れ去ったのではない。ほかに目的があるということだ。そのうち身代金を要求してくるかもしれない。彼女は自分の資産をざっと思い浮かべてみた。資産といっても、いったいなにがあるだろう？　アパート。車。芸術作品が少々。もちろん、自分の画廊も。お金を借りることだってできる。自分は金持ちではないが、きっとなんとかなる。父親に別荘とアパートを売ってもらうこともできる。そのあとは、父親もいっしょに賃貸アパートかどこかへ引っ越せばいい。ベンヤミンを連れ戻すことができるのなら、息子をこの腕に抱くことができるのなら、どうなったってかまわない。

父親に電話をかけたが、応答はなかった。これから画廊に出勤する、という短いメッセージを残してから、さっとシャワーを浴び、歯を磨き、着替えをすると、電気を消さずにアパートをあとにした。

外は寒く、気温は氷点下で、そのうえ強い風が吹いている。十二月の朝は薄暗く、どんよりとした眠気と墓地のような雰囲気があたりに漂っている。走っている犬のひもが引きずられ、水たまりに浸っている。

画廊に着くやいなや、ガラス張りのドア越しにユルヴァと目が合った。ノレーンの姿は見えないが、外壁のすぐそばの地面に、ナポレオンの帽子のように折り畳まれた新聞が置かれている。シュルマンの連作絵画が、緑がかった光を放っている。水草のような緑色を基調とした、光沢のある油彩画だ。画廊に入ると、ユルヴァが駆け寄ってきて彼女を抱きしめた。シモーヌは、ユルヴァがいつも髪を黒く染めているのに、今日はそれを忘れているのか、まっすぐな分け目のそばに白いものが混じっていることに気づいた。とはいえ、張りのある肌にはきちんと化粧がほどこされ、いつもの深紅の口紅も引かれている。灰色のジャケットとキュロットスカートを身にまとい、白黒の縞模様のストッキングにがっしりとした茶色の靴を合わせている。

「素敵になってきたじゃない」シモーヌはそう言ってあたりを見まわした。「すごいわ、お疲れさま」

「ありがとう」ユルヴァが小声で答えた。

シモーヌはずらりと並んだ絵画に近寄った。

「こんなふうに並べて見るのは初めてだわ。もともとそういう意図で描かれたのにね。一枚ずつしか見ていなかった」

さらに一歩近づき、続ける。

「まるで横に向かって流れているみたい」

もうひとつの展示室に入る。木の台の上に、シュルマンの洞窟絵画が描かれた石板が置いてある。


「本人は、ここにオイルランプを置きたいんですって」とユルヴァが言った。「でも、無理だって言ったの。作品がきちんと見えないと、お客さんは買ってくれないわ」

「そんなことないわよ」

ユルヴァは笑った。

「じゃあ、シュルマンの希望どおりにしていいの？」

「ええ。彼の言うとおりにしましょう」

「そのこと、本人に直接伝えたら？」

「えっ？」

「事務所にいるわよ」

「シュルマンが？」

「電話を借りたいって言うから」

シモーヌは事務所のほうを見やった。ユルヴァが咳払いをした。

「お昼に食べるサンドイッチでも買ってこようかしら……」

「もう？」

「ちょっと思っただけよ」ユルヴァは視線を落として言った。

「かまわないわよ。買ってらっしゃい」

シモーヌはしばらく立ち止まり、心配と悲しみのあまり頬に流れ出した涙をぬぐった。それから事務所のドアをノックし、中に入った。シュルマンは机に向かって座り、鉛筆をくわえていた。

「気分はどうだい？」

「あまりよくないわ」

「そうだろうね」

沈黙が訪れた。シモーヌは頭を垂れた。ふと、自分は完全に無防備だという気がした。身を削られ、もろくも壊れやすい物質となってしまった、そんな感覚が彼女を満たした。声を発した彼女の唇は引きつっていた。

「ベンヤミンが生きてることがわかったわ。どこにいるのか、だれに連れ去られたのかはわからないけれど、とにかく生きてることだけは」

「それはよかった」シュルマンが静かに言った。

「もうだめ」シモーヌはそうささやくと、向きを変え、震える手で涙をぬぐった。

シュルマンがそっと彼女の髪に触れた。彼女はさっと身を引いた。なぜそうしたのかは自分でもわからない。ほんとうはもっと触れてほしかった。シュルマンは手を下げた。ふたりは互いを見つめた。シュルマンは黒い、やわらかな素材のスーツを着ている。襟元からフードのようなものが飛び出している。

「例の忍者服を着てるのね」シモーヌはそう言うと、思わずかすかに微笑んだ。

「忍者を指す〝忍《しのび》〟という言葉には、ふたつの意味があるんだよ」とシュルマンは言った。「〝姿を隠す者〟と〝耐える者〟だ」

「耐える者？」

「耐えることこそ、なによりも難しい技なのかもしれないね」

「ひとりきりでは無理だわ。少なくとも、わたしにとっては」

「ひとりきりの人間などいないさ」

「もう耐えられない。壊れてしまいそう。あれこれ考えるのをやめなければ。どうにもならないのに、ずっと考えてる。なにかが起こってくれればいいのに。とにかくこの恐怖を振り払えるのなら、なんでもいい。自分の頭を叩いてもいいし、あなたとベッドに入ることだって……」

彼女ははたと黙り込んだ。それから苦しげに口を開いた。

「いまのは……なんてことを……ごめんなさい、シム」

「どっちがいい？　ぼくとベッドに入るのと、自分の頭を叩くのと？」彼は笑みをうかべながら尋ねた。

「どっちもいやよ」シモーヌはすばやく答えた。

それから自分の口調の鋭さに気づき、なんとか取り繕おうとした。

「嫌味を言うつもりではなかったの、わたしだって、できることなら……」

彼女はふたたび黙り込んだ。胸の中で心臓の鼓動が速くなるのを感じた。

「できることなら？」シュルマンが尋ねる。

シモーヌは彼の目を見つめて言った。

「いまのわたしは変になってる。だからいろいろ妙なことを言うのよ。恥ずかしいわ。わかってちょうだい」

彼女は視線を落とした。顔が熱くなり、軽く咳払いをする。

「それじゃ……」

「ちょっと待って」シュルマンはそう言い、鞄の中から透明な瓶を取り出した。

濃い色をした、厚みのある蝶のようなものが、瓶の中を動きまわっている。ガラスが蒸気で曇り、中からカチカチと音がする。

「なに？」

「すばらしいものを見せてあげるよ」

彼は瓶を掲げてみせた。シモーヌは蝶たちの茶色い体を、ガラスにこすりつけられた鱗粉を、さなぎの抜け殻を見つめた。蹄《ひづめ》のような肢先をガラスにぶつけている。口吻が激しく動き、互いの翅や触覚をまさぐっている。

「小さいころは、蝶ってきれいだと思ってたけど、ある日じっくり観察してみたら、そうとは思えなくなったわ」

「きれいではないね。残酷な生きものだ」シュルマンは微笑み、やがて真剣な表情になった。「完全に変態するからだと思う」

シモーヌは瓶をさわった。瓶を持っているシュルマンの手に彼女の手が触れた。

「変身するから残酷だと？」

「そうかもしれない」

ふたりは見つめ合った。もはや会話に集中してはいなかった。

「悲劇は人を変えるわね」シモーヌがゆっくりと言う。

シュルマンは彼女の手を撫でた。

「そうだろうね」

「でも、わたしは残酷になりたくない」とシモーヌがささやいた。

ふたりは身を寄せ合うように立っている。シュルマンはそっと瓶を机の上に置いた。

「シモーヌ……」シュルマンはそう呼びかけると、身をかがめ、シモーヌの口にさっとキスをした。

シモーヌは脚の力が抜けるのを感じた。ひざが震えている。シュルマンのなめらかな声、体の温もり。やわらかな服から、眠りとベッドリネンの香り、上品なハーブの香りが漂ってくる。彼の手で、頬を、うなじを撫でられたとき、彼女は愛撫というもののえもいわれぬ優しさをすっかり忘れていたと感じた。彼女を見つめるシュルマンの目に笑みがうかんでいる。もはや画廊を立ち去る気にはなれなかった。胸の中で激しく脈打つ不安を、ほんの束の間忘れ去るための逃げにすぎない、そう自分でわかっていながら、それでもかまわないと思った。もうしばらくこの瞬間が続いてほしい。つらいことはぜんぶ忘れてしまいたい。シュルマンの唇が近づいてきて、今度はシモーヌもくちづけに応えた。息が苦しくなってきて、彼女は鼻からすばやく息を吸い込んだ。背中に、腰に、尻に、シュルマンの両手を感じる。さまざまな感覚が押し寄せてくる。陰部が燃えるように熱い。この男を受け入れたいという、我を忘れるほどの欲望が、にわかに湧き上がってくる。そんな自分の衝動の強さがふと怖くなり、一歩後ずさって体を引き離した。自分の興奮に彼が気づかないことを願った。口元をこすり、咳払いをする。シュルマンは彼女に背中を向け、服の乱れをすばやく直そうとしている。

「人が来るかも」シモーヌはなんとか口を開いた。

「どうする?」シュルマンが尋ねる。シモーヌはその声が震えていることに気づいた。

彼女は答えを返す代わりにシュルマンのほうへ一歩踏み出し、ふたたびキスをした。もはやなにも考えることなく、彼の服の下に手を入れて肌をまさぐり、自分の体を愛撫する彼の温かな手を感じる。シュルマンは彼女の背中から腰に手を滑らせた。その両手が服の下に入り、下着のほうへ下りていく。彼女が濡れていることに気づくと、シュルマンはうめき声をあげ、硬くなったペニスを彼女の恥骨に押しつけた。シモーヌはここで結ばれてしまいたいと思った。壁に寄りかかって、机に寄りかかって、床に横になって、なにもかも投げ出して。とにかく束の間でも恐怖を忘れたい。心臓の鼓動が速くなり、脚が震える。彼女はシュルマンを引きずって壁へ向かった。シュルマンが彼女の脚を持ち上げ、中に入ろうとする。彼女は早く、急いで、とささやきかけた。その瞬間、玄関扉についている鐘が鳴り響いた。だれかが画廊に入ってきたのだ。木の床がきしむ音がする。ふたりはさっと体を離した。

「ぼくの家に行こう」シュルマンがささやき声で言った。

シモーヌはうなずいた。頰が赤くなっているのがわかった。シュルマンは口元をこすり、事務所を出ていった。シモーヌはしばらくその場にとどまり、机に寄りかかった。体じゅうが震えている。乱れた服を直してから画廊へ出ていくと、シュルマンはすでに出口のそばに立っていた。

「ランチ、楽しんできて」とユルヴァが言った。

ふたりで黙りこくったまま、マリアグレンド通りへ向かうタクシーに乗っているうちに、シモーヌは自分の行動を後悔しはじめた。パパに電話しよう、と考える。シュルマンには急用ができたと言おう。自分がいましていることを考えただけで、罪悪感とパニックと興奮で吐き気がしてきた。

幅の狭い階段を上り、五階にたどり着いて、シュルマンが玄関の鍵を開けているあいだに、シモーヌは鞄の中に入っている携帯電話を探しはじめた。

「父に電話しなければ」口ごもりながら言う。

シュルマンは答えず、先に立ってテラコッタ色の玄関に入っていくと、廊下の奥へ消えた。

シモーヌはコートを着たまま立ちつくし、薄暗い玄関を見まわした。壁にはところ狭しと写真が並び、天井のすぐ下に設けられた壁のくぼみに、鳥の剝製がずらりと並んでいる。

彼女がケネットの番号を押す間もなく、シュルマンが戻ってきた。

「シモーヌ、中に入ったらどうだい？」とささやきかける。

彼女は首を横に振った。

「ほんの少しでも？」

「わかったわ」

シモーヌはコートを着たまま、彼のあとについて居間へ入った。

「ぼくたちはもう大人だからね。やりたいことをするまでだ」シュルマンはそう言うと、グラスにコニャックを注ぎ入れた。

ふたりは乾杯をしてから飲んだ。

「おいしいわ」シモーヌが小声で言う。

一方の壁がほぼ完全なガラス張りになっている。シモーヌは窓辺に近づくと、銅板屋根の並ぶセーデルマルム島の街並みを見下ろし、歯磨き粉のチューブを模したネオンサインの裏側を見つめた。

シュルマンが近づいてきて、彼女の後ろで立ち止まると、彼女を抱きすくめ、ささやきかけた。

「初めて会ったときからずっと、きみに夢中なんだ。気づいてたかい?」

「シム、わたし……わたし、自分がなにをしているのかわからないわ」シモーヌの声はかすれていた。

「わからなくてもいいんじゃないかな」シュルマンは微笑み、彼女の手を取って寝室へ向かった。

彼女は導かれるままに歩いた。ずっと前からこうなることがわかっていたような気がした。いつかシュルマンと寝室へ向かうことになると、初めからわかっていたし、彼女もそれを望んでいた。彼女を押しとどめていたのは、母やエリックのようにはなりたくない、電話や携帯メールでこっそり浮気相手と連絡をとりあうような真似はしたくない、という思いだけだった。自分はけっして人を裏切らない、自分は浮気をするような人間ではない、ずっとそう思ってきたが、いまこうなってみると、人を裏切っているという感じはまったくしなかった。シュルマンの寝室は暗く、壁は紺色の絹のような布で覆われ、同じ布が長いカーテンとなって窓にも掛かっている。布の繊維を通じて差し込んでくる真冬のはかない斜光が、むしろ弱々しい暗闇のようだ。

シモーヌは震える手でコートのボタンをはずし、床に脱ぎ捨てた。シュルマンは裸になった。筋肉で盛り上がった肩がシモーヌの目に入った。体全体が黒い体毛に覆われ、陰部から臍にかけて線を描くように、ちぢれた太い毛が密生している。

シュルマンはやさしげな黒い目で、穏やかに彼女を見つめている。服を脱ぎはじめたシモーヌは、彼の視線にがしりとつかまれ、すさまじい孤独感にめまいを覚えた。シュルマンもそのことに気づき、視線を落とした。それから近づいてくると、身をかがめてひざまずいた。長く伸ばした髪が肩に触れている。彼はシモーヌの臍から腰骨にかけて、線を描くように指を走らせた。彼女は笑みをうかべようとしたが、あまりうまくいかなかった。

シュルマンは彼女をベッドの端にそっと押し倒すと、彼女の下着を引き下ろしはじめた。シモーヌは脚をそろえて尻を浮かせた。パンティーが下ろされ、片方の足に軽く引っかかった。仰向けになって目を閉じ、シュルマンが彼女の腿を開くにまかせる。腹に、腰に、陰部に、温かなキスを受ける。彼女は息を荒らげ、シュルマンのふさふさとした長い髪に指を差し込んだ。早く入ってきてほしいと思った。欲望が激しく脈打っている。体の内の暗闇が、血の流れの中を泳いでいく。蓄積された熱が、すべてを吸い込みながら、うずきとともに脚の付け根から陰部へ移動していく。シュルマンが彼女の上に覆いかぶさり、彼女は脚を開いた。彼が入ってきた瞬間、ため息をつく自分の声が聞こえた。シュルマンがなにかささやいたが、彼女の耳には届かなかった。ひたすら彼を引き寄せる。その全身の重みを受け止めたとき、さざ波をたてる忘却の湯に沈められたような気がした。

32

十二月十四日（月）午後

昼の光は凍てつくような冷たさで、空は青く晴れわたっている。人々の動きはどこかよそよそしく、帰宅途中の子どもたちは疲れたようすだ。ケネットは角のセブンイレブンの前で立ち止まった。ルッセカット（聖ルシア祭やクリスマスの時期に食べるサフランを使った菓子パン）とコーヒーがセットで割引とある。中に入り、レジに並んだところで、電話が鳴り出した。ディスプレイを見てシモーヌからの電話とわかり、緑色の受話器が描かれたボタンを押して応答する。

「シクサン、出かけてたんだね？」

「画廊に行かなきゃならなかったの。そのあと用事ができて……」

彼女は不意に黙り込み、それから続けた。

「留守電のメッセージ、いま聞いたのよ、パパ」

「寝てたのかい？　声が……」

「えっ？　ええ、少し眠ったわ」

「それはよかった」

疲れたようすの店員と目が合い、彼は割引セットを示すポスターを指差した。

「ベンヤミンからの電話は探知できた？」

「まだ答えが返ってきていない。早くて今夜だそうだ。これから電話してみるつもりだよ」

店員がケネットを見つめ、どのルッセカットがいいかと問いかけているようなので、彼はあわてていちばん大きく見えるのを指差した。店員はそれを袋に入れ、しわくちゃの二十クローナ紙幣を受け取ると、コーヒーマシンと紙コップを指差してみせた。ケネットはうなずき、ソーセージが転がっているガラスケースの前を素通りすると、重なった紙コップの山からなんとかひとつを引っぱり出しつつ、シモーヌとの会話を続けた。

「昨日、ニッケと話をしたのね？」

「ああ。とてもいい子だった」

ブラックコーヒーのボタンを押す。

「ホエルオーについてはなにかわかった？」

「かなりわかったよ」

「どんなこと？」

「ちょっと待ってくれ」

湯気の立っている紙コップをコーヒーマシンから抜き取り、ふたをすると、ルッセカットの入った袋とコーヒーを手に、プラスチックの小さな丸テーブルに向かった。

「もしもし？」不安定な椅子に腰を下ろす。

「もしもし」

「どうやら、ポケモンのキャラクターを名乗って、ニッケから金を巻き上げている連中がいるようなんだ」

ぼさぼさ頭の男性が、最新型のベビーカーを押している。乗っているのは、ピンク色のつなぎを着た、わりに大きな女の子で、眠そうな笑みをうかべながらおしゃぶりをくわえている。

「ベンヤミンと関係あるの？」

「ポケモン連中が？　それはまだわからん。ベンヤミンは連中を止めようとしたのかもしれない」

「アイーダに話を聞かなくては」シモーヌが決然と言う。

「学校が終わるころを見計らって会いに行くつもりだよ」

「これからどうするの？」

「実は、住所を手に入れた」

ケネットは唇をとがらせてコーヒーをすすった。ルッセカットをちぎり、さっと口へ運ぶ。

「いまのところ、手がかりはそれだけだ」

「大海原の住所？」

「大海原」

「なんの住所？」

「で、大海原はどこにあるの？」

「フリーハムネン港の近くだ」ケネットは嚙みながら言った。「ローウッデ岬だよ」

「いっしょに行ってもいい？」

「用事は終わったのかい？」

「あと十分で出られるわ」

「車を取りに行くよ。病院のそばに駐めてあるんだ」

「着いたら電話して。下りていくから」

「わかった。それじゃ」

ケネットはコーヒーとルッセカットの残りを持って店を出た。乾燥した空気がひどく冷たい。学校帰りの小さな子どもたちが手をつないで歩いている。自転車が車にまぎれて交差点を斜めに横切っている。ケネットは横断歩道の手前で立ち止まり、歩行者用のボタンを押した。重要なことを忘れているという気がしてならない。決定的ななにかを目にしたにもかかわらず、それをきちんと解釈できていない、そんな気がする。車の流れが轟音とともに通り過ぎていく。遠くのほうで緊急車両のサイレンが鳴っている。プラスチックのふたの穴からコーヒーをすすり、通りの反対側で待っている女性を眺めた。彼女の連れている犬がぶるぶる震えている。目の前をトラックが通過し、その重みで地面が揺れた。くすくすと笑う声が聞こえてきた。どうも不自然な笑い声だな、と思った瞬間、背中をどんと押された。倒れそうになり、思わず数歩ほど道路に踏み出す。振り返ってみると、十歳ほどの少女がかっと目を見開いてこちらを見つめている。この子が押したにちがいない、ほかにはだれもいないのだから、と思ったそのとき、車のブレーキ音が悲鳴をあげた。すさまじい力で吹き飛ばされる。両脚を巨大なハンマーで叩かれ、倒されたような気がした。首のあたりでなにかが砕けた。たちまち体が遠くなり、力が抜け、自由落下したかと思うと、暗闇が訪れた。

33

十二月十四日（月）午後

エリック・マリア・バルクは自室の机に向かっている。閑散とした中庭に面した窓から、弱々しい光が差し込んでいる。ふたのついたプラスチック容器にサラダの残りが入っている。ピンクのシェードのついたデスクランプのそばに、コカコーラの二リットル入りペットボトルが置いてある。彼は印刷された写真を見つめた。アイーダがベンヤミンに送った写真だ。暗闇の中、フラッシュの閃光によってつくりだされた明るい空間に、ぼうぼうに茂った芝生、垣根、塀の裏側が写っている。いったいなにを撮ろうとしたのか、なにがモチーフなのか、どんなに目を凝らしてもさっぱりわからない。写真を顔に近づけ、プラスチックのかごになにか入っているのだろうかと考える。

シモーヌに電話してメールの文面を読み上げてもらい、アイーダがベンヤミンになんと書いたのか、ベンヤミンがなんと返事をしたのか確認しようかとも考えたが、シモーヌは自分と話したくないだろうからやめておくべきだと自分に言い聞かせた。なぜ彼女にあんな態度をとり、ダニエラと浮気していると言ってしまったのか、自分でもよくわからない。シモーヌに赦されたくてしかたがないのに、彼女に疑われる一方だからなのかもしれない。

不意にベンヤミンの声が頭の中に響きわたった。車のトランクから電話をかけてきたときの声。恐怖を必死に抑え、しっかりとした声を出そうとしていたベンヤミン。エリックは木の箱からピンク色の鎮痛剤カプセルを取り出し、冷めたコーヒーで喉に流し込んだ。カップをなかなかソーサーに戻せないほど手が震えている。

ベンヤミンは車のトランクの暗闇に閉じこめられ、すさまじい恐怖を味わっていたにちがいない。だれに連れ去られたのかも、どこに向かっているのかも、なにもわからない状態で、父親の声を聞きたかったのだろう。

ケネットが電話の発信元をつきとめるには、どれくらい時間がかかるのだろう？　エリックはこの仕事をケネットに任せたことに苛立ちを覚えたが、それでも義父がベンヤミンを見つけてくれるのであれば、ほかのことはいっさい気にしない、と自分に言い聞かせた。

受話器に手を置く。警察に電話し、彼らを急かさなければならない。なにか手がかりをつかんだか、電話の逆探知はできたのか、容疑者はいるのか、聞かなければならない。電話をかけ、用件を説明したが、交換手がつなぐ先をまちがえ、もう一度かけるはめになった。ヨーナ・リンナと話をしたかったのだが、フレドリック・ステンスンドという巡査に電話がつながった。たしかにベンヤミン・バルク失踪事件を担当しているという。巡査はエリックの心配に理解を示し、自分も十代の子どもがいるのだと言った。

「夜に子どもたちが出かけてると、帰ってくるまで心配で気が気じゃありませんよ。子離れしなきゃならないとわかってはいるんですがね……」

「ベンヤミンは遊びに出かけてるわけじゃありません」エリックは重々しい声で言った。

「たしかに、そうではないことを示す情報がいくつか……」

「息子は誘拐されたんですよ」

「お気持ちはわかりますが、しかし……」

「ベンヤミンの捜索を優先してはくださらないんですね」

沈黙が訪れた。巡査は何度か深く息をついてから口を開いた。

「おっしゃることは真剣に受け止めています。全力を尽くすとお約束します」

「それなら、さっさと電話の発信元をつきとめてください」

「現在調査中です」ステンスンド巡査はそれまでよりもこわばった口調で答えた。

「頼みますよ」エリックはか細い声で通話を終えた。

そして受話器を持ったまま、しばらくじっと座っていた。とにかく電話の逆探知をしてもらわなければ、話は始まらない。ある特定の場所を、地図上の点を、向かっている方向をつきとめなければならない。手がかりはそれしかないのだ。ベンヤミンが語ることができたのは、人の声が聞こえたという事実だけなのだから。

ベンヤミンは、厚手の布越しに聞こえてくるみたいだ、と言っていた。が、エリックは自分の記憶が正しいかどうか自信がなかった。ベンヤミンはほんとうに、声が、くぐもったような声が聞こえると言ったのだったか？　単なる雑音だったかもしれない。言葉ではなく、人の声を思わせるなにかの音にすぎず、なんの意味もないのかもしれない。エリックは口元をさすり、写真を見つめ、生い茂った芝生の中になにか隠れているのだろうかと目を凝らしたが、やはりなにも見えなかった。背もたれに体をあずけ、目を閉じても、まぶたの裏に写真が残っていた――垣根と茶色の塀がピンク色になってちらつき、盛り上がった黄緑色の地面は紺色になってゆっくり動いている。まるで夜空に掲げた布がはためいているみたいだ、と思った瞬間、ベンヤミンが家という言葉を口にしていたことを思い出した。いや、古い館がどうのと言っていた。

エリックは目を開け、椅子から立ち上がった。例のくぐもった声が、古い館という言葉を口にしていた。なぜこんな重要なことを忘れていたのか？　車が停まる直前、ベンヤミンがそう言ったではないか。

上着をはおりつつ、どこで古い館を目にしたことがあるか思い返してみる。そうたくさんあるわけではない。ひとつ、どこかで見た記憶がある――ストックホルムの北、ローセシュベリあたりだ。頭の中にざっと道筋を思い描く。エド教会、ルンビー、並木道を抜け、丘を越え、コミューンを通り過ぎ、メーラレン湖へ向から。ルンサの城塞遺跡のそばにある、船のかたちをしたストーンサークルにたどり着く前、道路の左側の湖に面した場所に、古い館が建っていた。城を凝縮したような木造の館で、塔や屋根付きのベランダがあり、くどいほどに意匠が凝らされていた。

エリックはオフィスを出て廊下を急いだ。館を目にしたときのことを記憶から呼び起こし、ベンヤミンも車に乗っていたことを思い出した。スウェーデンでも有数のヴァイキング遺跡であるストーンサークルをいっしょに見学し、青々とした芝生の上で灰色の巨石がかたちづくる楕円形の真ん中に立った。晩夏の暑い日だった。空気が淀んでいた。熱気のこもった車に戻り、窓を開けて走り出したとき、駐車場の砂利の上を蝶が舞っていた。

屋内駐車場に向からエレベーターの中で、エリックはさらに記憶をたどった。遺跡から数キロほど走ったところで路肩に停まり、館を指差して、あそこに住みたいかい、と冗談めかしてベンヤミンに尋ねたことを思い出した。

「あそこって?」

「あの古い館だよ」だが、ベンヤミンがなんと答えたかは思い出せない。

日が傾きはじめていた。神経外科病棟の訪問者用の駐車場では、氷の張った水たまりに太陽の光が斜めに差し込み、ちらちらと光っている。ハンドルを切って出口へ向から。アスファルト上の砂が、タイヤの重みでざらざらと音を立てた。

ベンヤミンが指しているのがあの古い館である可能性が低いことは承知している。が、ゼロではない。高速E４号線を北へ向かうあいだに、日差しはだんだんと弱まり、世界が薄闇に沈みはじめた。エリックはまばたきをして目を凝らした。あたりが青く染まってきてはじめて、日が暮れつつあるのだと脳が理解した。

三十分後、エリックは問題の館に近づいていた。ケネットに四度電話をかけ、ベンヤミンの電話の逆探知ができたかどうか聞こうとしたが、応答はなく、エリックもメッセージを残すことはなかった。

広大な湖の上に広がる空は、いまだうっすらと光を保っているが、森は漆黒の闇と化している。エリックは細い道をゆっくりと進み、湖畔を起点に少しずつ広がっていったらしい小さな村に入っていった。車のヘッドライトが、真新しい一軒家を、二十世紀の初めごろに建てられたであろう建物を、小さな別荘を照らし出し、いくつかの窓に反射してきらりと光り、三輪車の置かれた私道をさっと撫でた。スピードをさらに緩める。高い垣根の向こうに、問題の館が輪郭を現わした。さらに何軒かの家を素通りしてから、道端に駐車する。車を降りて元来た方向に戻り、濃い色のれんが造りの家に続く門を開け、芝生に足を踏み入れると、ぐるりと家の裏手へまわった。ロープが旗竿を鞭打っている。エリックは塀をまたいでその奥の敷地へ入り、ギシギシときしむプラスチックのふたがかぶせられたプールを素通りした。湖に面した大きな窓は真っ暗だ。敷石が茶色い落ち葉に覆われている。エリックは歩を速めた。針葉樹の垣根の向こうに古い館を認め、むりやり垣根を通り抜ける。

まわりの家々とちがって、この館の敷地は外から見えにくくなっている、とエリックは考えた。

道路を走る車のヘッドライトが木を何本か照らし出し、エリックはアイーダの奇妙な写真を、そこに写っていた枯れかかった芝生と植え込みを思い出した。木造の館に近づいていく。部屋のうちのひとつで、青い炎が上がっているように見える。

中枠に意匠を凝らした縦長の窓がいくつもあり、それぞれにかぎ針編みのレースのようなひさしがついている。湖の眺めはすばらしいにちがいない、とエリックは思った。片方の翼棟に六角形の塔があるうえ、ふたつあるガラス張りの出窓にも塔のような屋根がついていて、館はまるで城の木製模型のようだ。木の板を組み合わせた壁は横縞模様になっているが、ときおり飾り板で縞が途切れ、立体感を醸し出している。玄関のポーチにもさまざまな装飾が凝らしてあり、木の柱と美しい三角屋根が印象的だ。

窓に近づいてみると、青い光はテレビであることがわかった。フィギュアスケートを観ているらしい。カメラがなめらかな滑りを、ジャンプを、すばやいエッジの動きを追っている。室内の壁に青い光がちらついている。ソファーに座っているのは肥満体の男で、灰色のジャージズボンをはいている。ずり落ちた眼鏡を指先で上げると、ふたたび背もたれに体をあずけた。部屋にいるのは彼ひとりらしく、テーブルにはコップひとつしか置かれていない。エリックはその隣の部屋をのぞき込んだ。ガラスの向こうで、なにかがかすかにカタカタと音を立てている。次の窓へ移動してみると、そこは寝室で、ベッドが乱れ、ドアは閉まっていた。ナイトテーブルの上に水の入ったグラスがあり、そのかたわらにしわくちゃのティッシュペーパーが放ってある。壁にはオーストラリアの地図がかかっている。窓の下枠に水が滴った。外壁に沿って次の窓へ進んでみると、カーテンが閉まっていて、すき間から中をのぞくこともできなかった。が、あの奇妙なカタカタという音がまた聞こえてきた。今度はカチリ、カチリという音もする。

さらに歩を進め、六角形の塔に沿って反対側にまわると、ダイニングルームをのぞき込んだ。つやつやと光る木の床に、黒に近い色の家具が置かれている。どういうわけか、この部屋はめったに使われていないという気がした。食器棚の手前の床に、なにやら黒いものが落ちている。ギターのカバーらしい。カタカタという音が聞こえる。エリックはガラスに顔を近づけ、灰色の空がガラスに映り込むのを両手でさえぎった。そのとき、部屋の奥から大きな犬が駆け寄ってくるのが見えた。犬は窓にどすんと体当たりし、それから前肢を窓にかけて立ち上がり、けたたましく吠えている。エリックは後ずさったが、植木鉢につまずいた。あわてて家の反対側にまわり、じっと待つ。心臓の鼓動が激しくなっている。

しばらくすると犬は静かになった。家の外の灯りがつき、やがて消えた。強烈な孤独感に襲われ、エリックは自分がここでなにをしているのかわからなくなった。これからどうしようかと考える。カロリンスカ大学病院のオフィスに戻ったほうがましだろうと考え、出口につながる館の正面に向かって歩きはじめた。

正面にまわってみると、玄関前の灯りの中に人影が見えた。例の太った男が、ダウンジャケットを着て外階段に立っている。エリックの姿を目にしたとたん、彼はたちまち不安げな表情になった。子どものいたずらかノロジカかなにかと思っていたのだろう。

「こんばんは」エリックが声をかけた。

「ここは私有地だぞ」男は鋭い声で叫んだ。

閉まった玄関扉の向こうで犬が吠えはじめた。エリックは近寄りながら、私道に駐まっているる黄色のスポーツカーに目をとめた。座席は二人分しかなく、トランクも人間が入れるほどの大きさがない。

「これ、あなたのポルシェですか？」

「そうだよ」

「ほかに車はお持ちですか？」

「なぜそんなことを？」

「息子がいなくなったんです」エリックは真剣な声で答えた。

「ほかに車なんかないよ。わかったな？」

エリックは車のナンバーをメモした。

「さっさと出ていってくれないか？」

「ええ」エリックは門に向かって歩きはじめた。

途中、暗闇の中でしばらく立ち止まり、館を眺めてから車に戻った。鸚鵡と先住民の小さな木箱を取り出し、錠剤をいくつか手のひらに振り出すと、丸くつるりとした小さな薬を親指で数えてから、口に放り込んだ。

しばらくためらったのち、シモーヌに電話をかけた。着信音が鳴り出す。きっとケネットの家にいるのだろう。サラミとピクルスをのせたパンでも食べているにちがいない。着信音が沈黙の中に間延びした穴をうがつ。エリックはルントマーカル通りのアパートが暗闇に沈んでいるところを想像した。上着の掛かった玄関、壁に取り付けたろうそく立て、オーク材の細長い食卓、椅子。玄関マットの上には、郵便物や新聞、請求書、ビニール包装された広告パンフレットなどが山積みになっている。留守番電話がピーッと鳴ると、エリックはメッセージを残さずに電話を切った。イグニッションキーを回し、Uターンすると、ストックホルムに向けて走り出した。

だれのところにも行くあてがないな、と思った瞬間、そのことの皮肉に思いあたった。グループ・ダイナミクスや集団心理療法を長年研究してきた自分が、不意に世界から切り離され、ひとりきりになった。頼れる相手はひとりもなく、話したいと思う相手すらいない。医師として、研究者としての彼を突き動かしてきたのは、人間どうしのつながりに秘められた力だったというのに。戦争を生き延びた人々のほうが、たったひとりで似たような経験をした人々よりも、心の傷をはるかにすんなりと処理できるのは、いったいなぜなのか。集団で拷問にかけられた人々のほうが、ひとりで同じ経験をした人よりも早く傷を癒せるのは、いったいなぜなのか。彼はこうした問いに答えたいと思った。人間どうしのつながりのなにが、われわれの苦しみをやわらげるのだろう？　鏡のごとく、他人の中に自分の姿を見るからか。他人を通すことによって、自分の苦しみを外に出しやすくなるのか。自分だけが苦しんでいるのではないと思えるからか。それとも、いわゆる〝連帯感〟のなせるわざなのだろうか？

高速道路を照らすオレンジ色の光の中で、彼はヨーナに電話をかけた。着信音が五回鳴ったところで電話を切り、携帯電話の番号を試してみた。

「もしもし」どことなくぼんやりとした声だ。

「もしもし。エリック・マリア・バルクだが。ヨセフ・エークはまだ見つかっていない？」

「まだですよ」ヨーナはため息をついた。

「彼の行動は予測不可能のようだ」

「エリック、前にも言いましたし、これからもしつこく言うつもりですが、どうか警察の警護を受け入れてくれませんか」

「そんなことより、ベンヤミンのほうが大事だから」

「それはわかりますが」

沈黙が下りた。

「あのあと、ベンヤミンから連絡は?」ヨーナが悲しげなフィンランド訛りで尋ねた。

「いや」

受話器の向こう、遠くのほうで声がした。テレビかもしれない。

「ケネットが電話の発信元をつきとめてくれるはずだったが……」

「そうらしいですね。しかし、時間がかかると思いますよ。問題の基地局の、問題の交換局に、技術者を送り込んで調べてもらわなきゃならないから」

「ということは、少なくともどの基地局かはわかっているのでは?」

「それは電話会社に調べてもらえばすぐにわかるはずですよ」

「聞いてみてもらえるかな? どの基地局なのか」

一瞬の沈黙が訪れた。それから、ヨーナがなにげなく尋ねた。

「どうしてケネットに聞かないんですか?」

「連絡がとれない」

ヨーナはかすかにため息をついた。

「調べてみます。けど、あまり期待しないでくださいよ」

「というと？」

「おそらくストックホルムのどこかの基地局でしょうからね。そうなると、技術者が正確な位置を特定しないかぎり、なんの手がかりにもならない」

受話器の向こうでヨーナが物音を立てた。ガラス瓶のふたをまわして開けているように聞こえる。

「母に緑茶をいれてやってる最中でしてね」ヨーナが手短に説明した。

蛇口から水の流れる音がし、すぐに止まった。

エリックはふと息をのんだ。ヨーナがヨセフ・エーク逃亡事件を優先しなければならないことはわかっている。ベンヤミンの件は、警察にしてみればよくある事件だ。十代の少年が自宅から姿を消しただけで、国家警察がかかわる類いの事件からはかけ離れている。それでも、聞かずにはいられない。現状を受け入れるわけにはいかない。

「ヨーナ。ベンヤミンの誘拐事件を、きみに担当してほしい。頼む。そうしてくれると……」

彼は言葉を切った。あごが痛い。無意識のうちに歯をくいしばっていたのだ。

「きみも知ってのとおり」とエリックは続けた。「これはそこらの失踪事件とはちがう。

シモーヌとベンヤミンは、外科手術用の麻酔薬を注射されたんだ。きみがヨセフ・エークの捜索を優先してることはわかってるし、ヨセフが関与している可能性がなくなった以上、ベンヤミンの件がきみとは関係なくなったことも承知してる。だが、それ以上にひどいことがベンヤミンの身に起こっていないともかぎらない……」

彼はまた言葉を切った。動揺のあまり言葉が続かない。

「ベンヤミンの病気のこと、この前話しただろう」彼はようやく口を開いた。「あと二日ほどで、血液の凝固を促す製剤の効き目が切れてしまう。一週間後には、血管に負担がかかりすぎて体が麻痺しているか、脳出血を起こしているか、咳をしただけで肺から出血しているか、そのどれかなんだ」

「なんとしても見つけ出さなければ」とヨーナが言う。

「力を貸してくれるかい？」

エリックの懇願が無防備に空中を漂う。体面など、もうどうでもいい。ひざまずいて助けを求めてもいいとすら思う。電話を持つ手が汗で濡れ、滑りやすくなってきた。

「ストックホルム県警がやっている捜査を、ぼくが勝手に引き継ぐわけにはいきません」

とヨーナは言った。

「担当者はフレドリック・ステンスンド巡査。親切そうではあるが、暖かいオフィスを一歩も出たがらないタイプだと思う」

「仕事はちゃんとやってるはずですよ」

「嘘をつかないでくれ」エリックは低い声で言った。

「ぼくが事件を引き継ぐのは無理だと思う」ヨーナは重々しい口調で言った。「それはどうしようもないことなんです。だが、あなたの力にはなりたい。腰を落ち着けて、ベンヤミンを連れ去った可能性のある人物について、じっくり考えてみてくれませんか。もちろん、犯人は新聞であなたを見かけただけかもしれない。だが、あなたの知り合いである可能性もある。犯人と疑われる人物がいなければ、事件性も低いとみなされるんです。よく考えて。何度も、何度も、過去を思い返して、あなたの知り合い、奥さんの知り合い、ベンヤミンの知り合い、全員について考えるんです。近所の人、親戚、同僚、患者、ライバル、友人。あなたを脅したことのある人物はいますか？ ベンヤミンを脅したことのある人物は？ とにかく記憶を探ってみてください。これは衝動的な犯行かもしれないし、何年も前から計画したうえでの犯行かもしれない。じっくり考えてください、エリック。それからぼくに連絡してください」

エリックは口を開き、もう一度、事件を引き継ぐようヨーナに頼み込もうとしたが、言葉を発する前にピッと電話の切れる音が耳に響いた。彼は運転席に座ったまま、勢いよく過ぎ去っていく高速道路の風景を、ひりひりと痛む目で見つめていた。

34

十二月十四日（月）夜

仮眠室は暗く、寒かった。エリックは靴を脱ぎ捨てた。上着を脱いで掛けようとすると、湿った植物のにおいがした。震えながらコンロで湯を沸かし、茶をいれ、強力な精神安定剤を二錠飲んでから、机に向かって腰を下ろした。デスクランプ以外の灯りはついていない。漆黒の闇と化している窓に目をやると、反射した光のかたわらに影となって座っている自分が見えた。いったいだれがぼくを憎んでいるのだろう、と考える。だれがぼくに嫉妬し、ぼくを罰したいと考え、ぼくのすべてを、ぼくの命を、ぼくの中にある生命を奪いたがっているのだろう？　だれがぼくを打ち砕こうとしているのだろう？

エリックは立ち上がって机を離れると、天井灯をつけ、部屋の中を歩きまわった。立ち止まり、電話に手を伸ばしたところで、テーブルの上に置いてあったプラスチックカップを倒してしまった。水がこぼれ、医師組合の機関誌のほうへゆっくりと流れていく。考えがまとまらないまま、彼はシモーヌの携帯電話の番号を押すと、ベンヤミンのコンピュータをもう一度確認したいという短いメッセージを残したが、それ以上なにも言うことができずに黙り込んだ。

「ごめん」彼は小声でそう言うと、電話をテーブルの上に放り投げた。

廊下のエレベーターががたんと音を立てた。ピン、と音が鳴り、ドアがすっと開く。だれかが簡易ベッドを引いてオフィスの外を歩いているらしく、きいきいと甲高い音が聞こえてきた。

薬が効きはじめ、まるで温かいミルクのような穏やかさが、古い記憶のごとく体の中でうごめき、胃を吸い上げるようにして湧き上がってきた。高いところから落ちている感覚。はじめは、冷たく澄んだ空気の中を。それから、なまぬるく酸素の豊富な水の中を。

「しっかりしろ」彼は声に出して言った。

だれかがぼくを傷つけようとして、ベンヤミンを連れ去った。この事実へ通じる窓が、記憶のどこかにあるはずだ。

「見つけてやる」

水に濡れた機関誌を見やる。写真の中で、カロリンスカ医科大学の新学長が、机の上に身を乗り出している。彼女の顔が水のせいでぼやけ、黒ずんでいる。片付けようとしたところで、機関誌がテーブルに貼り付いてしまっていることに気づいた。裏表紙の広告がテーブルに残り、〝世界保健学会〟の文字が半分ほどはがれている。エリックは椅子に腰掛け、親指の爪を使って紙をこすり取ろうとしたが、やがてはっと動きを止め、残ったアルファベットの組み合わせを見つめた——ｅｖＡ。

記憶の底から、緩やかな波が押し寄せてきた。水面に映り込んださまざまなものが、やがてくっきりとした像を結び、女の姿が浮かんできた。盗んだものを返そうとしない女。名前は、エヴァだ。口をきっと引き結んでいる。唾液の泡が薄い唇に見え隠れしている。彼女は屈辱感と憤怒に満ちた叫び声をあげる——盗んでるのはあんたじゃないの！　あんたは奪って、奪って、奪いまくる！　わたしがなにか盗《と》ったからって、あんたはなにを言うつもりなの？　どんな気持ちがするかわかる？　顔を両手にうずめ、あんたなんか大嫌いだ、と繰り返す。百回ほど繰り返したかもしれない。それから、やっと落ち着きを取り戻した。頬から血の気が引き、目の縁が赤くなっている。疲れ切った冷淡なまなざしでこちらを見つめている。彼女のことは覚えている。よく覚えている。

エヴァ・ブラウ。彼女を患者として受け入れたのがそもそものまちがいだった。初めからそうとわかっていた。

もうはるか昔の話だ。強力で効果的な治療法として、催眠を用いていたころのこと。エヴァ・ブラウ。その名は別の時代から響いてきた。催眠をやめる前のこと。もう二度と催眠をやらないと約束する前のこと。

当時の彼は、催眠に全幅の信頼を置いていた。患者たちが集まっていっしょに催眠を受けると、心の奥底に抑え込まれた暴力や犯罪、屈辱感などが、あまりこじれることなくほどけていくのを、自らの目で目撃していた。集団で催眠を受けると、事実を否定しにくくなり、癒しのプロセスが促される。罪悪感を分かち合うことができる。加害者と被害者の境界線が消失する。同じ経験をした人々といっしょにいることで、過去のできごとについて自分を責めなくともよくなる。

エヴァ・ブラウはなぜ患者として自分のところに来たのだったか？　彼女がどんなトラウマに苦しんでいたのだったか、いまのエリックには思い出せない。おぞましい運命は数え切れないほど目にしてきた。彼のもとを訪れる患者はみな、悲惨な過去を抱えていた。多くは攻撃的で、絶えず恐怖におびえ、強迫観念や被害妄想にとらわれていた。自傷行為や自殺未遂の経験があることも珍しくなかった。精神疾患や統合失調症と紙一重のところにいることがほとんどだった。徹底的に虐待された、拷問にかけられた、殺すと脅された、子どもを失った、近親相姦を強いられた、レイプされた、悲惨なできごとを目撃した、あるいは強制的に参加させられた——そんな人々だった。

彼女はなにを盗んだのだろう、とエリックは自問した。ぼくは彼女が盗みをはたらいたことを責めた。が、彼女はいったいなにを盗んだんだっけ？

記憶になかなか手が届かず、彼は立ち上がって数歩ほど歩くと、動きを止めて目を閉じた。ほかにも起こったことがなにかある。なんだっけ？　ベンヤミンと関係のあることだったろうか？　一度、ほかのセラピーグループを探してあげてもいいんだよ、とエヴァ・ブラウに言った記憶がある。どうしてなにがあったか覚えていないのだろう？　自分は彼女の存在に身の危険を感じはじめていたのだろうか？

呼び起こすことのできた唯一の記憶は、このオフィスで朝早くに彼女と会ったことだった。エヴァ・ブラウは髪を剃り、目のまわりにだけ化粧をほどこしていた。ソファーに座り、ブラウスのボタンをはずして、白い胸を淡々とさらけ出した。

「きみ、ぼくの家に入っただろう」

「あなた、わたしの家に入ったでしょう」

「エヴァ、たしかにぼくはきみの家の話を聞いた。が、それは家に押し入ることとはまったくちがう」

「押し入ってなんかいない」

「窓ガラスを割っただろう」

「石が窓ガラスを割ったのよ」

書庫の鍵が差さったままになっている。エリックが取っ手を下に引くと、畝のついた木製の引き戸がスムーズに開いた。さっそく探しはじめる。この中のどこかに、エヴァ・ブラウについてのなにかがあるはずだ。

患者がなんらかの理由で予想外の言動をし、自らの精神状態の枠からはずれる行動をとった場合、エリックはその逸脱が理解できるようになるまで、関係資料をこの書庫に入れておくのを習慣としていた。

それは簡単なメモであることもあれば、所見を記した記録、あるいは患者が置き忘れていった品物であることもあった。書類、ノート、紙切れ、メモを記したレシートなどを片付ける。クリアファイルに入った色褪せた写真、外付けのハードディスク、日記が何冊か——医師と患者とのあいだの、真に率直な、いっさい隠しごとをしない関係というものを信じていた時代の名残だ——心の傷に苦しむ子どもが夜中に描いた絵、カロリンスカ医科大学での講義を記録したカセットやビデオテープ。あちこちに印のついたヘルマン・ブロッホ（一八八六〜一九五一。オーストリアのユダヤ系作家）の本。エリックの手がはたと止まった。指先がうずく。VHSテープと紙切れが茶色い輪ゴムで束ねてある。ビデオの背には〝エリック・マリア・バルク、テープ14〟としか書かれていない。紙切れを引っぱり出し、ランプの向きを変えて照らしてみると、自分自身の筆跡が目に入った——〝古い館〟。

悪寒が背中をのぼり、肩から腕の先へ突き抜けていった。うなじの毛が逆立つ。不意に腕時計の秒針の音が耳に届いた。頭の中でどくどくと音がする。心臓が速く打っている。エリックは椅子に腰を下ろし、ビデオをもう一度見やると、震える手でテーブルの上の電話を取った。用務員室に電話をかけ、VHSビデオプレーヤーをオフィスに持ってきてほしいと頼む。鉛のごとく重い足でふたたび窓辺に向かい、ブラインドの薄板の角度を変えると、中庭に積もっている水気の多い雪をじっと眺めた。空中を舞いながら斜めに降っている牡丹雪が、オフィスの窓にぶつかっては、ガラスの温かさに色を失って融けていく。きっとただの偶然だ、奇妙な偶然にすぎないのだ、と自分に言い聞かせる。が、その一方で、いくつかのパズルピースがかちりと嚙み合う予感もあった。

紙切れに記されたただひとつの言葉――〝古い館〟には、彼を過去へ連れ戻す力があった。まだ催眠に携わっていたころのこと。まちがいない。たとえ気が進まなくとも、真っ暗な窓へ近づいていき、窓ガラスに映る自分の向こうに、過ぎ去った時がつくりあげたあらゆる鏡像の向こうに、いったいなにが隠れているのか、目を凝らしてみなくてはならない。

用務員がそっとドアをノックした。エリックはドアを開け、礼を言うと、テレビと妙に古ぼけたビデオプレーヤーの載った台を受け取り、オフィスの中へ移動させた。テープを差し入れ、天井灯を消して腰を下ろす。

「すっかり忘れていた」エリックはだれにともなくそう言うと、リモコンをプレーヤーに向けた。

画面がちかりと点滅し、しばらく雑音がしていたが、やがてテレビのスピーカーから自分の声が聞こえてきた。風邪声で、場所と日付、時刻を淡々と述べてから、こう締めくくっている。

「ちょっと休憩をとりましたが、まだ全員が後催眠状態にあります」

あれから十年以上が経ったのだ、とエリックは思った。カメラを設置した三脚の脚が伸ばされている。映像が揺れ、やがて落ち着いた。レンズの先には、椅子が半円形に並んでいる。やがて彼自身の姿がカメラの前に現われた。椅子の位置を直している。いまよりも十歳若い彼の体は軽やかで、その歩みのしなやかさがもはや失われていることを、エリックははっきりと自覚していた。映像の中の彼には白髪がなく、額や頬の深い皺もまだない。患者たちが現われた。けだるそうに歩き、腰を下ろしている。何人かが小声で会話を交わしている。ひとりが笑い声をあげた。患者たちの顔を判別するのは難しい。映像の質が悪いせいだ。画像のきめが粗く、ぼやけている。

エリックはごくりとつばを飲み込んだ。催眠を続ける時間だ、と呼びかける自分のくぐもった声が聞こえてきた。患者の何人かはまだおしゃべりに興じている。黙って座っている者もいる。椅子のきしむ音がする。エリックは壁のそばに立ち、メモ帳になにやら書きつけている。不意にノックの音がし、エヴァ・ブラウが入ってきた。気が立っているようすで、首筋や頬がまだらに赤くなっている。画面の中で、エリックは彼女のコートを受け取って掛けると、グループのほうに案内し、手短に彼女を紹介した。温かく迎えてあげよう、と呼びかける。ほかの患者たちは遠慮がちにうなずいた。はじめまして、とつぶやいたように見える者もいた。彼女を無視し、床に視線を落としている者もいる。

エリックはこのときの部屋の雰囲気を思い出した。グループは休憩前に行なわれた催眠の影響からまだ抜けきっておらず、新たなメンバーの登場に困惑していた。もとからいる患者たちはみな、すでに親しくなり、互いの物語に自分を重ね合わせはじめていたからだ。

グループの人数は多いときで八人。催眠状態でひとりひとりの過去を探っていき、痛みの源へ近づいていく、という方法だった。催眠はつねに、グループの前で、グループとともに行なわれた。こうすることで、全員が互いの経験を目撃するにとどまらず、催眠状態という心の開かれた状態で、痛みを分かち合い、ともに悲しむことができる。つまり、集団で悲惨な経験をした場合と同じ状況になる、という考え方だ。

エヴァ・ブラウは空いた椅子に腰を下ろし、ほんの一瞬、まっすぐにカメラのほうを向いた。彼女の顔がどことなく鋭くなり、敵意を帯びた。

この女が十年前、ぼくの家に押し入ったのか、とエリックは考えた。しかし、彼女はなにを盗んだのか？　ほかにはなにをしたのか？

画面の中で、エリックは第二部に入る前に休憩前の第一部に触れ、半分遊びのような自由連想を促した。これは、患者たちが気分を回復するためのひとつの方法だった。彼らの言動の奥で絶えずうごめいている、暗く底知れないなにかの存在にもかかわらず、ある程度までは遊び心をもつことができると感じてもらうことが目的だ。彼はグループの前に立った。

「では、第一部についての感想や連想から始めよう。なにかコメントがある人は？」

「よくわからなかったわ」厚化粧をした、太り気味の若い女性が言った。

シベルだ、とエリックは思った。彼女の名前はシベルだった。

「なんだかすっきりしない」ユッシが北のほうの訛りで言った。「目を開けて、頭を掻いただけで終わっちまった」

「なにを感じた？」エリックが尋ねる。

「髪」

「髪ですって？」シベルがくすくすと笑う。

「頭を掻いたときに、髪の感触があったよ」

何人かがこの冗談に笑い声をあげた。ユッシの陰気な顔に、嬉しそうな表情がほのかに見え隠れした。

「じゃあ、髪から連想してみようか」とエリックは言った。「シャーロット、どうだい？」

「さあ。髪？　ひげ、とか……いいえ、おかしいわね」

「ヒッピー。バイクに乗ったヒッピー」ピエールが笑みをうかべて言った。「こんなふうにバイクにまたがって、チューインガムを嚙んで、さーっと……」

エヴァが突然、がたんと音を立てて立ち上がり、連想ゲームに抗議しはじめた。

「こんなの馬鹿馬鹿しいわ」

「どうしてそう思うんだい？」エリックが尋ねる。

エヴァは答えなかったが、ふたたび腰を下ろした。

「ピエール、続けてくれ」

ピエールは首を横に振ると、両手の人差し指で十字架を作ってエヴァのほうにかざし、彼女から身を守ろうとしているふりをしてみせた。

ピエールがなにやらひそひそ声で話している。ユッシがエヴァに向かって片手を挙げ、北部の訛りでなにか言った。

彼の言っていることがもう少しで聞こえるような気がして、エリックは手探りでリモコンをつかんだが、床に落としてしまった。電池が飛び出した。

「ちくしょう」だれにともなくつぶやき、ひざまずく。

震える手でプレーヤーの巻き戻しボタンを押し、ビデオの再生が始まると音量を上げた。

「こんなの馬鹿馬鹿しいわ」とエヴァ・ブラウが言った。

「どうしてそう思うんだい？」とエリックは尋ね、エヴァが答えないのを見てとると、ピエールに向かって連想を続けるよう促した。

ピエールはかぶりを振り、両手の人差し指で十字架を作ってエヴァのほうにかざした。

「デニス・ホッパーは撃たれちゃうんだ。ヒッピーだから」とささやいている。

シベルがくすくすと笑い声をあげ、横目でエリックを見た。ユッシが咳払いをし、エヴァに向かって片手を挙げた。

「古い館では、馬鹿馬鹿しい遊びなんかやらないよ」重々しい北部の訛りでそう言っている。

全員が静かになった。エヴァはユッシのほうを向いた。いまにもつかみかかりそうに見えたが、なにかが彼女を押しとどめた。ユッシの声の真剣さと、そのまなざしの穏やかさかもしれない。

古い館――その言葉がエリックの頭の中に響きわたった。同時に、催眠をどのように進めるかを説明している自分の声が聞こえてきた。かならずリラクゼーションから始め、これには全員が参加する。それから、ひとりかふたりを対象に催眠をかける。

「そして、うまくいきそうだと思ったら、全員を深い催眠状態に導いてみることもあるんだ」

エリックは、こうして目にしている状況が慣れ親しんだものでありながら、同時に途方もなく遠いところにあると感じた。催眠から手を引く前のこと、別の時代のできごとなのだ。画面の中のエリックは、椅子を引き寄せ、半円形に並んだ患者たちの前に座っている。

彼らに向かって話しかけ、目を閉じて背もたれに体をあずけるよう指示している。しばらく経ってから、目を閉じたまま椅子の上で姿勢を正すよう告げた。体の力を抜くよう患者たちを導きながら、立ち上がり、彼らの背後を歩き、ひとりひとりの休息の度合いをじっと観察する。患者たちの表情がやわらかく、緩くなっていく。自意識がだんだんと薄れ、見せかけや媚《こび》とは無縁になっていく。

画面の中のエリックが、エヴァ・ブラウの後ろで立ち止まり、彼女の肩にずしりと手を置いた。催眠をかけはじめる自分の声を聞いて、胃のあたりにうずきが走った。ひそかに暗示を埋め込んだ急激な催眠誘導を、そっと進めていく。自分の技術をまったく疑っていない。自分に特殊な能力が与えられていることを自覚し、楽しんでいる。

「エヴァ、きみは十歳だ。今日はいい日だ。とても楽しい。どうして楽しいのかな？」

「あの人が、水たまりの中をぴちゃぴちゃ踊ってるから」彼女は顔の筋肉をほとんど動かさずに言った。

「踊っているのはだれ？」

「だれ？」と彼女は繰り返した。「ジーン・ケリーよ、ってママが言った」

「なるほど、『雨に唄えば』を観てるんだね」

「ママが観てる」

「きみは観てないのかい？」

「観てるけど」

「楽しい?」

彼女はゆっくりとうなずいた。

「それから?」

エヴァは口を閉じ、頭を垂れた。

「エヴァ?」

「わたしのお腹が大きいの」声が小さすぎて、ほとんど聞こえない。

「お腹が?」

「すごく大きくなってる」彼女はそう言い、涙を流しはじめた。

「古い館だ」ユッシがつぶやく。「古い館」

「エヴァ、聞いてくれ」とエリックは言った。「この部屋にいるほかの人たちの声も聞こえるはずだが、いまはぼくの声だけに耳を傾けてほしい。ほかの人たちが言うことは気にしないで。ぼくの声だけを聞くんだ」

「わかった」

「どうしてお腹が大きいのか、わかるかい?」

彼女の顔は閉ざされている。なにかの考え、なにかの記憶にとらわれて、そっぽを向いている。

「わからない」

「いや、わかっているはずだよ」エリックは静かに言った。「だが、エヴァ、きみのペースで進むことにしよう。もう考えなくていい。またテレビを観ようか？　ぼくはきみといっしょに進んでいく。ここにいるみんなが、きみといっしょに進んでいく。なにがあろうと、最後までいっしょに行く。約束する。ぼくたちの約束だ。信じていいんだよ」

「古い館に入りたい」と彼女はささやいた。

エリックは、病院の自室にある仮眠用のベッドに座って映像を見ながら、これから自分の部屋に近づいていく、と感じた。記憶の隅に押しやられ、忘れ去られた部屋へ近づいていくのだ。

彼は目をこすり、ちらちらと光るテレビ画面を見つめながら、つぶやいた。

「ドアを開けろ」

エヴァをさらに深い催眠状態へ沈めるため、数字をかぞえている自分の声が聞こえてきた。これからはなにも考えず、ぼくの言うとおりにしてほしい、ぼくの声がきみを正しい場所へ導くと信じてほしい、と告げている。彼女はかすかに頭を振っている。エリックはカウントダウンを続けた。数字がずしりと重みを帯び、眠りを誘うように落ちていく。

画質が急に悪化した。エヴァは濁ったまなざしを上に向け、口の中を湿らせてからささやいた。

「人をつかまえてるのが見える、つかつか近づいていって、人を……」

「だれが人をつかまえてるんだい？」

エヴァの呼吸が荒くなってきた。

「髪をひとつに結んだ男」彼女はうめくように言った。「吊るし上げてる、あの小さな……」

ビデオテープが雑音を発し、映像が消えた。

最後まで早回ししてみたが、映像は戻ってこなかった。録画した映像の後半が消えているのだ。

エリックはそのまましばらく、真っ黒なテレビ画面を前に座っていた。奥行きのある、暗い鏡像となった自分が、こちらを見つめている。過去の自分の顔と、それから十年を経た現在の自分の顔が、重なって見える。テープ14と書かれたビデオテープに目をやり、輪ゴムと、〝古い館〟と書かれた紙切れを見つめた。

訳者略歴　国際基督教大学教養学部人文科学学科卒，パリ第三大学現代フランス文学専攻修士課程修了，スウェーデン語，フランス語翻訳家　訳書『ミレニアム１　ドラゴン・タトゥーの女』ラーソン，『いくばくかの欲望を、さもなくば死を』ビエドゥー（以上早川書房刊）他

HM=Hayakawa Mystery
SF=Science Fiction
JA=Japanese Author
NV=Novel
NF=Nonfiction
FT=Fantasy

催《さい》眠《みん》
〔上〕

〈HM㊲③-1〉

二〇一〇年七月二十日　印刷
二〇一〇年七月二十五日　発行
（定価はカバーに表示してあります）

著者　ラーシュ・ケプレル
訳者　ヘレンハルメ美穂《みほ》
発行者　早川浩
発行所　株式会社早川書房
郵便番号　一〇一 - 〇〇四六
東京都千代田区神田多町二ノ二
電話　〇三 - 三二五二 - 三一一一（大代表）
振替　〇〇一六〇 - 三 - 四七七九九
http://www.hayakawa-online.co.jp

乱丁・落丁本は小社制作部宛お送り下さい。
送料小社負担にてお取りかえいたします。

印刷・株式会社亨有堂印刷所　製本・株式会社明光社
Printed and bound in Japan
ISBN978-4-15-178851-2 C0197

＊本書は活字が大きく読みやすい〈トールサイズ〉です